春山故园

家族往事杂记

CHUNSHAN GUYUAN
Jiazu Wangshi Zaji

王可嘉 著

敦煌文艺出版社

图书在版编目（CIP）数据

春山故园：家族往事杂记 / 王可嘉著. -- 兰州：敦煌文艺出版社，2022.8
ISBN 978-7-5468-2196-2

Ⅰ．①春… Ⅱ．①王… Ⅲ．①散文集–中国–当代 Ⅳ．①I267

中国版本图书馆CIP数据核字（2022）第138147号

春山故园：家族往事杂记
王可嘉　著

责任编辑：余　琰
装帧设计：孟孜铭

敦煌文艺出版社出版、发行
地　址：（730030）兰州市城关区曹家巷1号新闻出版大厦
邮　箱：dunhuangwenyi1958@163.com
0931-8152315（编辑部）
0931-8773112　　0931-2137387（发行部）

武汉鑫兢诚印刷有限公司印刷
开本 710毫米×1020毫米　1/16　印张 14.25　插页 2　字数 280千
2023年4月第1版　2023年4月第1次印刷

ISBN 978-7-5468-2196-2
定价：68.00元

如发现印装质量问题，影响阅读，请与出版社联系调换。
本书所有内容经作者同意授权，并许可使用。
未经同意，不得以任何形式复制转载。

序：充满视像的历史痕迹
□尤小刚

王可嘉的《春山故园：家族往事杂记》很值得一读，在各种各样的史料、札集、轶闻乃至方兴未艾的短视频充斥着的今天，《春山故园：家族往事杂记》既没有写轰轰烈烈的事件，也没有写声名如雷的人物，而是用浓浓的亲情、恬淡的笔触，记录了长辈的家事，以西北古城兰州中徐氏兄弟及其亲属们的旧事，叠显了横跨时空的历史印迹，令人不禁感慨时代的变迁。徐家的命运，既有其普遍性，而每个人又不乏独特的个性与经历。徐龄楷和徐龄垚兄弟俩，曾经是少爷，后来从学从军，并分别迎娶了陈秀贞小姐和高芳贞小姐，也曾少年意气，然而1949年兄弟两家天各一方，直至改革开放，费尽周折才重涉大洋得以团聚。这类命运并非绝无仅有，带有相当的普遍性，从历史角度看，具有某种必然规律，但是从个人命运而言真可谓刻骨铭心，可贵的是在王可嘉并无惊涛骇浪的平静叙事中令读者的脑海中浮现出清晰而生动的现实视像，风情、人情浑然一体，远超过了那些为尊者讳的"传记"，哗众取宠的"剧作"，危言耸听的"揭秘"（近期的网文和自媒体上充满了此类"佳作"），作者对所述之事的真切印象和深藏于心的亲情清晰可见，这亲情不仅仅是对自己家人的情感，同时也充满着对自己生长于斯的古城、名校乃至市井环境的眷恋，所以读文之时才能够令人产生视像。当今网络世界各种"新词""奇论"不绝于耳，"二次元""维度""虚拟时空""元宇宙"等等，其实大千世界人文精神才是本地球的核心价值，平平淡淡总是真，真真切切关乎情，唯有如此才可能在文字中看到历史的痕迹，穿越时空的境界，感受到情景交融。

王可嘉嘱我作序，其实文学大家甚多，都比我合适，我只不过是个影视剧导演，只能有感而发说点真话，反正我读此文感受到了人、看到了景、触到了情，悟到了理，纵是淡却是真。

2022年5月4日北京

作者系国家一级导演，中国电视剧制作产业协会会长

题　记

　　赖是丹青不能画，
　　画成应遣一生愁。

　　　　　　　——[宋] 司马池《行色》

　　此处本应是一幅画，是家中旧时的宅院，几次临摹，都无法呈现我们心目中的宅院旧貌。或许，每一个人心中都有一个无法描摹的家园，那里四季如春，落英缤纷，存放着最美丽、最哀愁的往事。不能付之笔端，无法现于水墨，不能久存于丹青。只好让我们流浪的灵魂在行色匆匆中回味春来的色泽。

目 录

铜驼荆棘　　　　　　　　　　　　　　　　／001

女子中学的礼堂与小学里的天主教堂　　　　／012

烽火连三月，家书抵万金　　　　　　　　　／021

穿金条背心的纺织专家　　　　　　　　　　／036

知青情结——"下河清"　　　　　　　　　／046

吾生也有涯，而知也无涯　　　　　　　　　／061

跨越一个世纪的"绣娘"　　　　　　　　　／069

山色不随人事改　　　　　　　　　　　　　／079

古中国画卷中的"悲情王子"　　　　　　　／088

赏心乐事谁家院　　　　　　　　　　　　　／103

一顶美丽帽子的渊源　　　　　　　　　　　／119

花儿与少年　　　　　　　　　　　　　　　／128

列车上的活佛与敏亚姐姐　　　　　　　　　／139

王世骥历险记　　　　　　　　　　　　　　／147

月出天山　　　　　　　　　　　　　　　　／173

麻孃孃与九姨　　　　　　　　　　　　　　／189

跳快狐步舞的校长　　　　　　　　　　　　／205

后　记

铜驼荆棘

"自笑此生余几许？铜驼荆棘尚关情。"①

大约没有人在出生的时候清楚地知道自己身处在一个什么样的时代，将要面对何种风波，生命总带着一种一厢情愿的热爱奔赴未来。我外祖父徐龄楷出生在公元1918年，四年之后，他的同胞弟弟出生，不久他的母亲过世，家里唯一的支柱他的父亲徐老爷在国民政府中任民政科主任。民国时期人口没有如今这么多，政府部门的设置也不会层层分级，划出几大块，全省的米面粮油、交通往来就管理得差不多了。这位徐老爷的官职是民政科的科长，实权岗位，很忙。据家里人说起来，民国时期的官职可不是清闲职位，打发光阴玩的，得有实在的政绩，否则立即就"回家赋闲"去了，这是一件很可怕的事情，因此，徐老爷的工作怠慢不得。他在工作时要行使权力，权力所到之处就有各种人物、达官贵人、学者名流，每天邀请他喝酒吃饭的人排着长队，不到深夜孩子们是见不到徐老爷的。两个丧母的幼子为了等到早出晚

---

①形容国土沦陷后残破的景象，出自《晋书·索靖传》。

归的父亲，趴在桌子上睡着了。深夜的旧宅木质窗棂关起来还是不严实，有风吹进来，窗户有吱呀的声音，像是一种风雨之前的警报，这是一个注定不平静的时代，两个年幼的男孩子从他们出生开始，便不是在安逸的环境里。我外婆说起外祖父的幼年时代，一顿大白描，一点也不替我外祖父遮掩，说他"没人管，野跑惯了"。的确如此，一个忙碌的父亲连儿子们的衣食都顾不得，吃饭穿衣都得自己想办法，因此，从一出生，这两位兄弟就有一种相依为命的味道，彼此互相照顾。兄弟俩在自己叔父开的小学里下课之后到处闲逛，每天恨不得有些新鲜事好让精力旺盛的他们玩乐一番。有一天，街上开了"舍粥"的大锅，吃不上饭的穷人都可以去要一碗粥吃。外祖父和弟弟知道了，好奇得不得了，挤在人群里，因为人小不够高，前面的大锅里煮的是什么也看不见。周围有人说，把碗举在头顶上！于是，我外祖父顶着碗，拉着他最亲爱的弟弟，只觉得头顶上"咚"一声响，碗里降下来一勺粥，弟弟龄垚开心地大笑，跟在哥哥身后跑回家。①这哥俩倒不是吃不起饭，自己的父亲在国民政府的官职不算低，只是没有了妈妈，生活起居没有人照顾，自小少了很多疼爱。家门口总有些卖货的商贩等着，弟弟嘴馋了就去问小贩要果子吃，付钱倒是不急，因为徐老爷酒局饭局应酬不断，自己的儿子都等不到他，别说小贩等着要钱了；赖账也不会，因为徐老爷是政府官员，历任职务有民政、粮食、税务等实权部门，跑是跑不掉，攒着小贩的钱一起付，还会多给几个铜板。送货的人时间长了都知道了徐老爷的名声，只要送上门的货都没有赖账的，更不要说二公子吃过的果子了。于是，送木材的、送穿衣镜的，拉了货坐在门上，二爷爷龄垚还不到上学的年纪，整天在门前溜达，各种好东西先试一遍，有些东西家里未必需要，但货拉都拉来了，也在前门的

---

① 民国十八年（1929年），甘肃旱灾，疫病蔓延，死伤无数。在兰州市区内设立粥场施救，称"放舍饭"。

石头台阶上被二位公子观瞻了多日，那就进来吧，小商小贩欢喜不尽，跟着徐老爷进院子里领钱去了。徐老爷因为做官的缘故，讲究体面，这个习惯也就遗传给了两个儿子。

我外祖父自幼念书好，弟弟淘气些，总要教导，学校里的老师先教四书五经、古文典籍，老师的办法是先不管懂得多少，背会了再说。大约是二爷爷龄垚不喜欢这种背书的教学，他念了记不住，倒是教堂里神父说起英文来让他更感兴趣。他的哥哥不仅功课好，做事也认真，不喜欢耍排场乱花钱，两人一起买东西，哥哥认真地与商贩讲价钱，多一个铜板都不行。哥哥很执着地让小贩必须降价，才算合了他的心意。弟弟跟在身后不以为然，他最喜欢像父亲那样讲排场，吃饭时给点小费才合乎他二少爷的身份。后来时局变化，二公子不但给不起小费，连生活也安排不好，作了一首打油诗，还唱成歌，说"生活困苦，恨不得手指头变成牙刷"。

幼年闲散的生活很快被一系列的世事冲击，教书先生们不会放过这些旧宅院里的公子哥，教育他们："念书，本就不是一件享受的事情，要头悬梁锥刺股！"这种教育在他们初涉世事的时候就开始了，不仅要"言传"，还有"身教"，自己的父亲受的是封建教育，是"恪尽职守"典范，一生被人称道为人"勤苦、和蔼"。父亲有十分完美的"风评"，意思是说，自己的品德自己说了不能算，要亲友邻里来评价，父亲为人的标准深刻地影响了大公子龄楷，按照父亲的标准，对人的行为准则有明确的标准，诸如"懒惰、欺诈、虚伪、说谎"这些行为外祖父是绝对不能容忍的，因为没有母亲的教导，外祖父成了父母的影子，细心地教导着幼弟，"要吃苦，能吃苦"是那个时代对男孩子的基本要求。很多故事讲旧社会的公子哥整天玩乐、游手好闲，殊不知我们家的这两位公子哥读书努力起来，一般人都不能比。

或者教育和时代的需要是紧密相连的，随着战事的爆发，这些在大宅院里长大的公子哥也逐渐长大成人。在徐老爷的观念里，十五六岁的少年要挑起家里的重担，一起长大的同伴也都一一开始离家，似乎生为男儿，即使家里有再疼爱自己的母亲，再舒适的宅院，也还是要早早出门历练。那个时代，假如有一位俊朗的少年，他一定是在奔波的路上，不会是在父亲的宅院里。徐家的亲友在这个时期，把所有身强力壮的儿子们都送去了部队，经过严格的考核，按照他们自己的身体条件和个人技能被分派到各个部门，因此，在旧时的宅院门口，这些年轻帅气的男孩子都是穿军装的。即使他们被时代的命运磨砺，公子哥的思维方式还是存在。大公子龄楷考进了的国立兰州一中，当时被称为"少爷学校"，二公子龄垚考进了的空军学校，更是著名的"少爷空军"。

这些少年们勤奋努力，吃苦耐劳，少爷们努力起来与他人是不同的，是"打落牙齿和血吞"，他们遭受的磨难外人看不见，也不能时刻挂在嘴上说，假如总说自己受了多少苦，那便不是"少爷"。这种习惯贯穿了外祖父和他弟弟的一生，似乎从幼年时就决定了他们要承受比他人更大的痛苦，两兄弟从幼年起就互相依靠，总认为在成就一番事业之后会有更好的未来。谁也无法预测，他们注定天各一方，终老未能魂归故里。

在这两位少爷的生命里，走入了两位杰出的女性，是我外婆与二奶奶。旧时的男人是要娶好几位太太的，徐家的公子哥想来被仰慕的人也不少，但他们一生中只有自己敬重的妻子，连红颜知己都没有。后来家里人分析这个问题，一致认为："不可能，符合少爷们条件的女人实在太少，全市的名门闺秀里找出来两个太不容易了，没有了。"于是，他们一生就只与自己的妻子相依相伴，有共同的话题，一起闯过的风浪，一起分享的回忆。少爷们的固执、脾气、失意和落寞，也都留给了自己的妻子。在旧时代里都是包办婚姻，但少爷们的婚姻生活却很和谐，甚至可以说，他们在婚姻家庭生活中圆融自在，夫妻之间互相打趣玩笑，绝对不是同床异梦之类，在思想境界上与少爷们并行的女性用自己的胆识学问影响了男人的命运，大约，夫妻一体就是这个意思。我在历史书上看到,在古代的时候,一个家族假如有好几个出类拔萃的儿子,是要另外封房封地,好比一种过于出色的能量一定要在更大的领地上去扩大它的影响力,不能让他们聚在一个小家庭里。徐家的两位公子顶着舍粥的碗乱跑的时候,无法预料自己未来的命运,幸或者不幸,他们被时代抛掷在风浪里,每一次前进或者后退的步伐都无法深思熟虑。弟弟龄垚想要再跟在哥哥身后偷果子的日子很快过去,他的哥哥从西昌回来,不是带他去闲逛,而是马上安排他的终身大事,成家立业,为一个男性准备着他即将负担的责任与使命。

外祖父很年轻的时候,与他赏识的青年人在一起逛公园、讲学问,被友情和亲情包围,再有一份热爱的工作,这就是他心目中完美的人生了,但命运之神却不是这样安排他们的命运的。在他们看似富足平静的生活背后隐藏着一场巨大的政治风浪,彻底改变了所有人的命运。公子哥们并不是生来就是英雄,他们是被逼成英雄的。我常常想,假如没有政治的风浪,或者二爷爷龄垚会一生陪伴在他的亲哥哥身边,一家人守在一起,这可能是他们最愿意享受的生活,那些勇猛的革命者似乎离他们很远,结果,这两兄弟却与政治立场纠缠了一辈子。外祖父在工作之余有很多爱好,逛茶园是他最喜欢的休闲方式。年轻的时

1938 年外祖父徐龄楷在成都国际电台工作,时年 20 岁

外祖父徐龄楷

候他与自己的兄弟好友一起，逛遍了成都、武汉的公园，亲情、友情的相伴，让他即使离家很远也感到快乐满足。结婚后外祖父和我外祖母一起逛茶园，几乎每个休息日，他们都是在邓家花园里度过的。家里不开火，他们逛够了一路就吃点各色小吃。兰州的各种小吃琳琅满目，汉回满蒙各种特色的吃食一摆就是一条街，想要一次吃够是不可能的，只好每次尝一两样。这个习惯延续到下一代，再到孙子辈。我们全家人浩浩荡荡地上五泉山，带着自己做好的小菜，背着大西瓜，在郊外野餐，是生活里一件很重要的大事，这个习惯是我外祖父培养出来的，以至于我们认为生活里重要的节日就要去茶园。

假设将一个时代的文明与进步的标志量化，就是看这个时代的女性在做什么，想什么。女性在巨大的历史风浪里出色的表现才是一个时代在历史长河中真正的底色。我的两位奶奶，即是这样的人。外祖父龄楷与亲弟弟龄垚家境不算大富大贵，二位公子娶媳妇的标准倒是不低，并非是家财丰厚，而是人要看得上眼，要想让二位公子入了眼，必定是不能俗气，如何才能避免俗气，就是要娶有文化的。在民国时期，要按照徐家公子的要求，如此女子实在是凤毛麟角。大公子龄楷，即是我外祖父，娶了陈家的大小姐。相亲的过程十分戏剧化，我外祖父在街角等着，悄悄地看了一眼，回来之后很心虚，

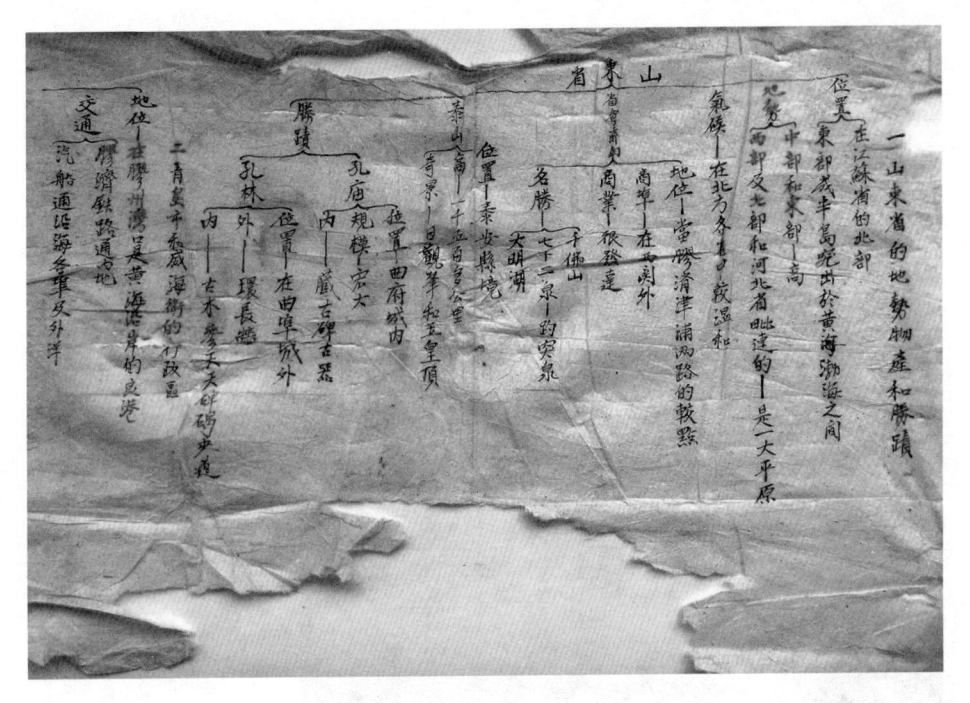

外祖母在学生时代写的地理笔记

说:"看起来比我高啊!"于是我外婆就有了一个响亮的绰号,叫"陈大个子"。我外祖父辗转反侧了几天,又去陈家,说"再看看"。陈家老太太立即恼了,"你瞎啊,一次看不明白,还看第二次?!"我外祖父娶了"陈大个子",这一端详就是大半个世纪,在风雨中相伴走完了一生,养育了六个子女。二老感情融洽,相互扶持,在亲朋好友中传为佳话。以至于我们时常在想,旧时的婚姻没有自由恋爱,却有它十分稳固的基础。我看着外祖母毛笔小楷的笔记,在那个女子不能读书的时代,作为女子中学的高中生,不知道她对自己的婚姻有过怎样的期待。

二公子龄垚比起我外祖父作风更大胆些。我们总说,二爷爷是我外祖父的升级版,连娶的媳妇也比"陈大个子"更厉害。徐家的公子娶媳妇从不问漂亮不漂亮,而是讲"好,出色"。二奶奶比我外祖母更出类拔萃,女子高中毕业之后,进入当时的甘肃省国民政府做了一名打字员,成了职业女性。她穿着高领的旗袍从街巷中穿过，实在是说不出的自信，谈吐见地更是不同凡响。那个时代的女性除了自己的男人孩子不知道外界的事，我二奶奶每天坐在国民政府的木桌子旁叮叮咚咚打着文件，上达军情密报，下至物资调配，一份份飘着油墨香的文件散发到全省各地。这样的女子怎么样安排相亲呢？还是老办法，徐家的长辈们登门拜访，先看看生辰八字。结论还没有出来，发现高家的小姐不见了，再去问问，徐龄垚也不见了。有人说，你们还看生辰八字？人家两个人早都约好了去喝茶逛园子了！至于当年的二爷爷是怎么约出来的高小姐，乃是疑案。自此之后，高小姐娉婷的身影旁边有了一个帅气的身影，他们有一场非常盛大而隆重的婚礼，当时甘肃省教育厅的厅长水梓是证婚人。证婚人的人选是非常讲究的，这个人选昭示着新人未来的走向，是一种信念的选择。水梓一门皆为隽秀，时至今日，水家的子弟也是各个领域的杰出人才。大家熟识

1947年二爷爷徐龄垚与高芳贞小姐喜结良缘

的央视主持人水均益，即是水梓之孙。

　　我总在想，或者某些特别出类拔萃的人，要去承载一些超过常人的波澜。新婚燕尔的二公子在国民政府大撤退的时候，第一个被架上了飞机，一切都是仓促临时的决定，很多人还在观望。这个时候他的新婚妻子和我外婆生活在一起。有一天，外祖父突然收到了一封电报，里面有一张乘坐飞机的证明，让二奶奶前往成都。当时二爷爷龄垚在成都机场工作，家里也弄不清楚情况，匆忙之中送二奶奶上了飞机。过了十天，兰州宣布解放，自此他们与家里人失去了联系。之后的三四十年里，家人对他们的记忆与联系是外祖父一份份不断修改的"交代材料"。在我们各种罪证的其中一项就是"有重大的海外关系"，那个时候最严重的一种罪名叫做"历史反革命"，外祖父同父异母的长兄龄永因为是甘宁青马步芳电台的主任已经被关押，就剩下我们一家人在战战兢兢不断写交代材料。外祖父在材料里曾经写道："对自己亲弟弟徐龄垚的问题全部如实汇报，毫无保留。"这个时候谁也无法说两兄弟关系淡漠，只能怪当年二位公子潇洒得过分，住在周围的人都知道，兰州解放后二位公子只剩下一位，总不能说二公子龄垚被大炮打下来掉进海里死了。在那个动荡的年代，还真是有人这样说，自己失散的亲人死掉了。似乎我们自从失去他们的消息之后从来没有这样想过，只有一次又一次的交代，我们获得的消息据说他们会去台湾，但没有任何联系。

　　二爷爷龄垚是最愿意回家的。他回家动静很大，在外面看见什么好东西就往家里搬。似乎父亲留下来的老宅院是一个聚宝盆，可以存放这个世界上所有的好东西，他有一口皮箱，放着早逝母亲的照片，自己和芳贞小姐的结婚证。他没有来得及再回家一趟，匆忙地飞往了香港，遗失了这口小皮箱，遗失了自己一生中最重要的证明，以至于连自己准确的出生日期也不能确定了。历史对待个人就像一场儿戏，一场慌张的离家，就这样割断与自己最亲密的联系，自此只有自己，没有亲人，二爷爷辗转香港历经很多波折才到台湾。这个时候，他经受的一切风浪只有自己一个人默默承受下来，没有人分担，也没有人知道，甚至不会有人知道他的生死。二奶奶不能一同上飞机，在海南岛滞留了。这个时期，凄惨的事件比比皆是，离散的亲人跳海的，自杀的，疯掉的，假如他们的命运再悲惨一点，我们会永远找不到他们，像一粒尘埃，在灰飞烟灭的炮火中没有了踪迹。在危难的紧要关头，读过的书就会起作用，二奶奶没有像大多数无助的女人一样隔着茫茫大海痛哭，眼泪与绝望解决不了任何问题。她成了那个时代十分少见的例外。二爷爷惦念着他的皮箱，那里面有他认为最重要的东西，但这口皮箱在上飞机的时候，被二奶奶舍弃了，她只带最要紧的东西，把自己陪嫁的金镯子缝进了贴身的衣服里，这些值钱的东西帮助她在危难的时候解了燃眉之急，至于那些无关紧要的纸张就让它存放在老宅院里吧。在海南岛滞留的时候，假如没有机智与勇敢，我们实在无法预测她会是何种命运。这位政府部门女职员的智慧又一次

左起至右，二奶奶高芳贞，外祖母陈秀贞，外祖父徐龄楷

超越了我们的想象,她借了一身军装,趁乱挤上了飞机,在台南的空军基地成功与二爷爷会合,在屏东才算真正开始了她的新婚生活。屏东美丽的海湾对岸就是故乡,只是我们一无所知她所经历的这些危难。等我们知道他们几经周折终于团聚,是在三十年之后。

时间,在几十年的光阴里戏弄了每一个人。像一幕恶意剪辑的电影,风华少年转眼就到了垂暮。经历了巨变的人面容是不一样的,这张照片是在他们生命里最繁华的时期,一转眼,风浪来袭,把每一个人都卷进了浪底,老宅院们前依旧繁花似锦,只是徐家这对年轻的妯娌再也没有了机会在窗下讲究谁的旗袍更好看些,或者陈小姐的发型更好看,还是高小姐的刘海吹得还不够有型。在她们身后我的外祖父,对于崭新的生活是满足又欣喜的。只是这些昙花一现的优渥生活都被沧桑与磨砺取代了。四十年之后,当他们再次团聚的时候,也不过是一句感慨而已,"白发三千丈,缘愁似个长。"大家都还活着,顽强、用力、乐观、旷达地活着。

女子中学的礼堂与小学里的天主教堂

　　二奶奶与我外祖母都是兰州女子中学毕业的,在民国时期,那是省内唯一一所女子高级中学。这座学校坐落在市内的山脚下,十分幽静美丽。经历了战火、纷争,大半个世纪之后,我又走进了这所学校。我在报考高中的时候,有很多学校的选择,不知道为什么,鬼使神差地就填了二十七中学,我心里隐约知道这是女子高中的前身,心里有些雾蒙蒙的东西,却不能为外人道。我知道自己考上后,要去看放榜,那是一个夏日里的好天气,是我走进考场考试之后,第二次踏进这所学校。用毛笔写的录取榜贴在一面粗糙的墙上,用了一种糨糊贴上,粘得不牢靠掉了下来,风一吹,像一朵朵海面上的浪花,翻滚在我的视线里,看榜的同学又找来老师要贴上,我没有再去找自己的名字。我没有特别兴奋,在校园里走了走,像是有一个陌生的事物等我去认识,我似乎在找什么,却也不能获得自己期望的蛛丝马迹。我在贴榜的那面墙旁边站了一会儿,夏日凉凉的风吹来,不远处是绵延的卧龙山脉,据说解放兰州最艰苦卓绝的战役就发生在这里,我外祖母说,枪声和炮火,响了三天三夜。在我的身后,有一座很高大的建筑物,门掩着,黑黢黢的,看不清里面是什么。之后高中生活的三年里，有很多时间我都是在那里度过的。这座礼堂在民国时期可比后来要有名气的多，因为是省内唯一一所女子中学，它是新女性与新生活的标志，这里汇聚了所有省内外追求进步的才子名流，新时代的女性在此举办各种活动，连蒋中正先生与宋美龄女士也来女子中学的礼堂里参加过活动，后来为了这座礼堂筹款募捐，弄得人人皆知，礼堂甚至超越了学校的名声，成了当时的文化中心。在我的奶奶们上学的时候，除了学习书本知识之外，适当的艺术活动与交际是培养新时代女性的重要内容。显然，这个传统在我上学的时候仍然被保存得很好，我们经常上课上到一半，从课堂上被拎出来直奔礼堂，这种教育分析起来简单又粗暴，诗词歌赋从纸张里站起来，走到礼堂的舞台上，变成了我们艺术教育的一部分。这种生活直接影响了我之后的艺术观念，似乎音乐舞蹈总要比文字更有说服力，包括理科的学问，不能盖成优美的房屋立在那里接受时间的考验，总是很虚无。作为历史悠久的女子中学里培养的人，我们也同样接受着检验。

在我上高中的三年里，全省的中学生艺术节就在礼堂里举办，各个学校里最优秀的节目都拿来在艺术节上一展风采，无论是合唱、舞蹈、诗歌朗诵，学生们的节目艺术水准都很高，很多看过我们节目的老师一致认为，在技术技巧上也许不够成熟，但"学生味"是最浓的。我记得我们演出从不化妆，连发型都是没办法打扮的学生短发，后来有人说，化点淡妆，不然一打灯光你们的脸个个像鬼一样惨白。问题是怎么样才叫化淡妆，谁也不知道，也不知道怎么化，于是我们就去买了一管口红。买口红的同学很心虚，逢人就说，我们买口红是要参加艺术节演出的。在我们看来，小小年纪就浓妆艳抹的学生一定不是什么正经好学生。于是在艺术节上我们带着红嘴唇走上了舞台，吟唱着我们心中最美的诗篇。这种潜移默化的标准我也说不清是谁规定的，似乎我们对美有一种毋庸置疑的规则，越是在正式的场合，我们选择的衣服就越是简单，好像也没有什么人教育过，小伙伴们的观念全一样。

"借白衬衫"是一件大事，每到演出的时候，就需要白衬衫，雪白的，没有任何装饰的，假如有那种像荷叶一样的翻领就最完美了。这样的白衬衫我从小穿到大，我演完了跑进后台，马上把白衬衫脱下来给另一位同学，似乎最庄重的节目站在舞台上都是那样清一色的白，干净纯洁的眼睛。后来我问我外婆，我们这样的穿着打扮符不符合你们那时候对"新女性"的标准，要知道，我外婆娘家是大财主，她出门都是戴翡翠镯子的。我们浑身上下没有一样装饰，凭着纯洁赢得了很多掌声与赞美，只是，这是我多年之后才发觉的，那个时候的我们，并不懂来看我们演出的观众他们在节目上读出了什么，我们是懵懂的盲人，看不见自己。记得有一次演出完了我从后台的小门跑出来，在礼堂的门口看见一群人指指点点在说，"人家的学生是这样，居然是这样的。"我回去想了很久，也不知道这话是褒是贬。在我大学毕业很多年之后，有人仍然对我说："你还是一股学生气质。"我对他们说："我看起来像学生，因为我不会化妆。"我妈妈常说，少年时期的观念是会影响一生的。这样想来，在高中的三年，我们夏天的时候借白衬衫，假如是冬天，就借白毛衣，或者在我们的观念里，除了白色，其他颜色都不能上舞台站在灯光下，我们被一所女子高中的传统左右着，纯净朴素是最美的。我想，这种伴随我们一生的美的标准，要比考出高分更有价值。

　　礼堂的舞台上有光滑的木地板，已经非常旧了，不少地方都有破损，但完全不影响整个礼堂那种古典秀美的韵味，这样古旧的地板，我的奶奶们也会站在这里，描绘着她们对崭新未来的理想。木地板有一股十分特殊的气味，假如捂了很久打开门，有一股淡淡的霉味，学生跑进跑出多了，霉味就淡化开了，散尽了。我总觉得，一所真正有文化底蕴的学校，都应该有一座礼堂。它的存在，既庄严又神秘，又美丽又哀伤。这其中或者夹杂了我个人的历史，变得复杂起来。礼堂的舞台一侧，有一架老旧的钢琴，总是会跑调，老师时常要找人调音，保证我们每一次在舞台上排练，琴的音质都是最准确的。我不懂建筑的构造,那个礼堂很神奇,站在舞台上听伴奏的琴音,像是从四面八方传来,十分铿锵有力,仿佛每一个音符都是命令,不容许思绪随处飘散。我们的那架琴虽然老旧,音质却十分好,钢琴老师的手往上一放,音符就像玻璃被击碎一样,脆生生地传进耳朵里。我妈妈说,你们学校是没有暑假的。每个暑期我们都在礼堂里排练节目,参加各种汇演。一群叽叽喳喳的少女从礼堂的门里挤进来,那种很艺术的光像一把利剑穿过高而窄的窗户,我常在想,假如真有伊甸园,一定就是我们礼堂的模样。在那些时光里,陪伴我们的是夏日的树荫、音乐、诗歌,在礼堂里的角落里喊一声,会有回音,假如到了傍晚,光线暗下来,礼堂里一大片黑压压的座椅,显得阴森森的,只有当灯光亮起来,才是梦幻般的模样。这个地方有一种非常古怪的气氛,极端的热闹与极端的寂静,人群像潮水一样迅速退去,在礼堂里走路时脚步声会有回音,像有什么人跟着,你停下来,他也不动了;你不能慌,假如一害怕跑起来,就像被鬼魅追上了一样,让人会觉得这座古老的礼堂里真是藏着鬼魂的。我其实也是害怕的,只是我的害怕里存着些好奇。如果说陌生的鬼魅在礼堂很吓人,那么,对我而言,这些鬼魂或者是认识我的。我常常这样想,似乎他们从时光深处走出来,就坐在下面,一双双明亮的眼睛,看着我,看着我的奶奶们。礼堂的大门走进去正对着舞台,但无法上去,上舞台的门在另一侧,要从礼堂外面一条小路走,有一个很窄的小门,不高的台阶经常要挂住演出时的大裙子,往里面走就到了舞台上,有很厚的三层帷幕,很粗的绳子挂在上面,我们女生劲小拉不动幕布的绳子,老师就安排两个力气大的男生坐在舞台的两侧,一边一个,每当一个节目结束,灯光一灭,两个"大力士"就起来干活,像希腊神话被惩罚的信徒,喘着粗气将天空用深蓝色的帷幕遮起来。那个瞬间,安静极了。我站在幕布后面,能听见自己呼吸的声音。那个时刻很古怪,节目更替时拉幕的时间非常短暂,却给我留下深刻的记忆。那条窄窄的通道从后台一步就可以跨入舞台中央,是一个奇幻的瞬间,有点像转世投胎。从一个黑暗的角落一下子被光照耀着，变成了另一个生命。承载着转世投胎功能的甬道只有短短几步，显得很神秘，演员们在幕布后面做着深呼吸，调整好情绪，一步就迈进了一个新的表情里。灯光老师坐在帷幕的后面，像太阳神随时准备将美妙的光环投射在舞台中央的主角身上。说起来，礼堂的灯光也就那么几样，却足够我们用来创作各种唯美的画面，如今想起来，那个打光的老师实在是位高超的艺术家，他经常不来彩排，到了演出的时候才从天而降。我们常说，灯光老师的艺术激情只能用一次，事前不能露面。他有时候连节目单也不看，即兴发挥。有一次，我们的节目是分声部的女生小合唱，唱的是哈萨克民歌《可爱的一朵玫瑰花》。那个老师就像刚睡醒的哪一位神，先乱晃了几下灯光，才听清我们唱的是什么，随着我们轻轻摇摆的吟唱声，灯光很唯美的如同海里的波浪，灯光老师营造的绝佳氛围往往能让观众对我们的节目掌声如雷，台下的观众被我们带入梦境般的世界，短暂又绝美的几分钟，那个关起门的礼堂真是最接近天堂的地方。

帷幕的布是一种很特殊的质地，像丝绒，但比丝绒更重，三层之间有间隔，有一股尘土的味道，配上古朴的木质舞台，真是像古典画卷中的淑女一样。一所学校有怎样的建筑就会培养出怎样的学生，传统悠久的女子中学，在我们还很小的时候给我们灌输了一种美的观念：朴素典雅，高贵沉静。"并占东风一种香，为嫌脂粉学姚黄。饶他姊妹多相妒，总是输君浅淡妆。"那种毫不矫饰的朴素礼堂，真是美得气定神闲。记得我们演出的时候选不定服装穿什么，正在犹豫的时候，比较系统来了，有一位唱独唱的女生穿了一件大红色镶满花朵的礼服，说实话，那件衣服在灯光下看起来很震撼，行话叫"很压台"。我们正在心里欣赏着那种大气又张扬的美丽，结果被老师们一致训斥了，"那不是青春年少的中学生，是歌舞场的暴发户。"同学们听完之后都笑了，成年之后我只要一看到那种风格的衣服就会想起在礼堂里那一幕。后来我们的演出服是翻领的白衬衫，同学们凑了零用钱买来一卷丝带，在领口上打上蝴蝶结，灯光下那个墨绿色的领结像春日里的枝丫，满是朝气与期冀。

有时候说起女子高中，像历史文物一样。现今女校早就销声匿迹了，或者是我自己独特的感受，总觉得一所历史悠久的女子学校有一种别样的魅力。很多人都说，从女子学校出来的女生，总是要比其他学校的女生漂亮一些，这种漂亮，往往会超越打扮或者样貌，就如同我的奶奶们一样，她们身上那种脱俗的气质，是怎么样也打扮不出来的。我们家里聚会时让我外婆换件"好点"的衣服，结果她就穿了极为素净的深蓝色外套；我同她一起出门，穿的是一件纯白色的针织衫，历史的选择就是如此，我们不约而同地选择了同一种美的判断。

我生活的城市兰州，是一个非常特殊的城市，很狭长，中间夹着黄河，地势险要，自古以来都是兵家必争之地，有"西部咽喉"的美誉。这个城市不大，东西很长，南北却很窄，在旧时，驻守边关的士兵才会在此长期生活。我外祖父的家就是这样的行伍出身，在兰州生活了近百年，若说徐家的亲朋故交都是威武的军人身份一点都不奇怪，家族里的男性个个高大英俊，性格直率坦荡，男子气概十足。这些男孩子英气十足，接受的都是新派教育，市区里唯一一所天主教堂就是我外祖父上过的小学。这座教堂传说是一位荷兰人建的，也不知道从那么远的荷兰，怎么会跑来兰州盖一座教堂，荷兰人盖好了还不算，非常"负责"地开始各种传教活动，来自各个国家的人在教堂里举办活动，这些外国人和当地的开明人士相处得非常好。我外祖父的姑叔——柴源春（柴维森即是外祖父的表兄，黄埔军校第十四期毕业，后任北京宪兵营长）在这座教堂里创办了一所小学，自己任董事长，取名为私立培德小学，用英文教学。这在当时是一件非常新鲜的事，以至于到我们孙女一辈，常常问外祖父："是不是因为古典国文太难，你们才改学英文的？"外祖父从踏进学校的第一天开始，接受的就是一种西式的教育，他学的数学、几何只会用英文解题，换成中文就什么都不知道了。但这所学校有一点麻烦，它是教会学校,得入教才能入学。我外祖父很固执,坚决不入教,违反了教会学校的规定,因为校长是家里的亲戚,为他开了特例。不知道是不是因为外祖父不入教没有得到神父的真传,我二爷爷入了基督教,成了一位不怎么靠谱的基督教徒,每天给神父翻译菜谱,后来成功地飞去了美国受训学习,直到晚年回家来,还是很习惯夹着英文说话。我外祖父不入教有他完整的思想体系,他是"知行合一""言行一致",绝对不做去违心的事情,他受到了自己父亲的影响,坚决反对迷信的事情。当时的徐老爷是国民政府的官员,整天倡导新文化革新,但这种革新的速度远远赶不上挽救自己的两位妻子,外祖父与二爷爷幼年丧母,包括长兄龄永的母亲,皆因产后感染。这件事情刺激了年幼的儿子们,他们认为,只有最先进的科学才能真正解决人面对的这些灾难,他们的一生都在完成这种信念。有了理想,千里之行,始于足下,刻苦学习英文就是他们救赎自己丧母之痛的最大动力。我二爷爷每天凌晨早起,在旧居的高台阶上大声朗读英文,吵得街坊四邻不能睡懒觉,这种"晨练"很费元气,等他念完回到屋里,脸色都发青了,足以见得这个少年有多么用功。在二爷爷刻苦读英文的时候,我外祖父也在教堂内外溜达,见到了人家举办教会活动摆放的精美器具,这样的宗教场景对一个少年的影响力是深远而且巨大的,他知道了在世界的另一端,人们有另一种文明的生活。这与自己心目中的迷信活动是有截然不同的区别的。有了这样的比较,他们的知识体系就像旧居里的窗户纸,穿透了大洋彼岸的阳光,散发着别样的光芒。我这两位爷爷的知识系统随时有自我更新的能力,后来我读了很多研究文化史文明史的书,其中有一条世界通用的逻辑,越是低级的文明越是固执与封闭,更高级的文明都具备兼收并蓄的特点,从而更具备生命力而不会消亡。因此,他们对一切文化现象有一种很旺盛的吸纳能力,直到晚年,我外祖父经常拿着我的作业研究,看见先秦古汉语眼睛一亮,这样的文章你们也要学?我妈妈在恢复高考之后读了自学考试的新闻专业,外祖父对她说:"鲁迅的文章要学一学，你看他一句废话没有，不能删掉一个字。"我听了他的见解，对铺陈辞藻有一种天然的鄙夷，如同浓妆艳抹的女人很难看一样。就连流行歌曲他也有自己的理解，他说："你们看这个歌词写得多好，'朋友，在你危难时想起我，在你幸福的时候，请你忘记我。'"这与他一生做人的原则，"只雪中送炭，不锦上添花"的观念不谋而合。

外祖父与二爷爷一生经历了近代中国所有的大事，民国时期、社会主义、两岸隔绝、改革开放，每一次社会的变革都使他们的个人命运受到冲击，危机困苦，情感创伤，失意落寞等等，这些危难的时刻得以平安度过，还能让他们对坎坷的命运保持热爱与喜悦，得益于知识结构给他们良好的自洽能力。我二爷爷的这种自洽能力表现更为明显。他们在教会学校里受到了文明的熏陶，最反感的就是封建文化落后的那一套，坚决不要缠足的女人，简直连看都不要看。二爷爷在美国学习工作过之后，对于"新女性"有了一套自己的标准，他只有两个宝贝女儿，没有儿子，丝毫没有什么香火延续的思想。我在台湾的两位姨妈，庆新与庆屏真是我二爷爷的掌上明珠，他也很以自己的女儿为荣，培养她们上了大学，连我二奶奶都说，为了让两个女儿接受最好的教育，"哗啦啦地花去好多新台币"。后来回家来见到了我妈，他丝毫不掩饰自己的赞美之情。一种美国人的表达方式，很直接，不谦虚，他盛赞我妈与庆新姨妈是"杰出的人才""活跃交际型的新女性"，他看到这样的后辈，实在是太高兴了！这位从封建时代走过来的新派人物对婚姻的看法到如今很多人都达不到，他说："一点儿也不担心女儿的婚姻，自己有收入，养儿防老太落后了，女性就是要活出自己的精彩。"当年我外婆24岁还没有出嫁已经是很出格了，庆新姨妈事业有成，当副总忙得不得了，连回大陆玩都没有时间，过了30岁还没有男士让她"来电"，她可爱的爸爸每次来信都把女儿是否"来电"的恋爱情况描述一遍。他讨厌旧式的家长作风，很会宠爱自己的两个女儿，他来信告诉我们，有一段时间不能写信哦，你们不要着急哦，为什么呢？"因为小新要用我的书桌来打英文信件，所以把她亲爱的老爸'请'去了走廊上。"我们看到信之后，完全能想象一位机智又可爱的老父亲在走廊上徘徊的场景。他一惊一乍，手舞足蹈，丝毫不认为自己是年过六旬的老人，所有的情绪都挂在脸上，很会表达，可爱又充满魅力。不得不说，这座小教堂的启蒙教育实在是很出色。

　　这座天主教堂至今还在市区里，被修缮之后焕然一新，也是当年的原址。我上的小学新华小学就在天主教堂的院子里，只是我无法回到历史中去看神父们光灿灿的餐盘，只有刻在大理石上的一段圣经让我体会来自另一个世界的文化。

烽火连三月，家书抵万金

对于我这种不离家的人来说，从来都不需要写信，我的亲人朋友围绕在身边，想起什么事转过街角或者站在楼下喊一声，我的姐妹、姨妈就从窗户里伸出头来答应了。但离散的亲人，不要说是事无巨细的生活，连生死都无法知晓。在我还很小的时候，外祖父楼下有一个报箱，一把小小的钥匙。他的生活很规律，每天早上六点钟下楼晨练取牛奶，这个报箱很重要，家里所有的信件、报纸、

珍贵的家书

刊物，都要从这里送到外祖父手中。推开门假如说一句"台湾来信了！"家里人一定会赶紧围过来，看一看信里说了什么。因为大家都清楚这一封信能够寄到我们手里有多么的不容易，在我的印象里，那种印着航空条的白色信封是十分特殊而宝贵的，在外祖父上了小锁子的抽屉里，放着一沓这样的信封。对我们家中每一个人来说，都有着特殊而且沉重的意义。

两岸寻亲的故事被无数艺术家以各种形式创作成艺术作品呈现出来，只是不像我们这样，除了跌宕的故事之外，还有许多痛苦与无奈的体验，并不愉悦。薄薄的这几张纸先由二爷爷寄往美国，我外祖父的老同事、邮电管理局的工程师郝骊的弟弟郝奎在美国，写一封自己的家信，把我们家的信套在里面，从美国寄出来，到香港，最后才能到我们家楼下那个小小的报箱里。

对于外祖父这一代人来说，能通信的这个时刻，已经太欣慰了，因为我们知道他们还活着，二奶奶与他会和之后，定居在台南，再也没有比平安更好的消息了。

我外祖父收到信之后，自然要回信，路径还是一样，去美国中转，一来一去，不知道多少天又过去了。这封信里外祖父的焦灼之情溢于言表，在我们的眼

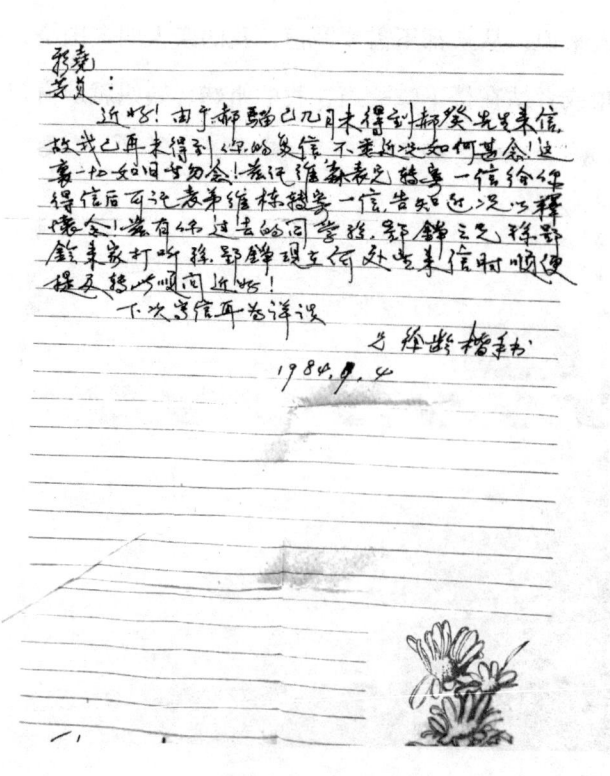

写好未寄出的信件

中，徐工是多么严谨、克制的人，却在信中一再用了"甚念，以释怀念"这样的字眼。我想，当得知自己的手足亲人在海岛一隅安好的一瞬间，是许多年的磨难、政治风波、大起大落的生活积压在心里的情绪，被两岸解冻的瞬间激发出来了。这些信件里的每一句话我们都很熟悉，真的是一字千金，另外一些离散的同事、好友、亲朋，都在信中获得了消息。至于当年离乱之时的细节，是在探亲回来之后，我们一家人才详尽明白地知道了那些命悬一线的情节。我后来读了中文系，看了很多小说，有时候总记不住，网络上有一句很俗的话，倒是十分贴合我的感知，"无论我们怎么描述生活，都不如生活本身更加离奇。"

通信之后的家人，一池平静的水被激起了涟漪，像是雪山上的冰融化之后汇入了溪流，很多不愿意去碰触的往事也都一一被重提，因为团聚与平安的慰藉，似乎那些过往的苦难都不再重要了，相反，我们所有人在翻滚的世事变迁当中体味到了更多人生的滋味，有了一再去品味过去的勇气。每次等待收信的时候，家人们总是打趣说，"这个美国人靠谱不靠谱啊？怎么信还不到？！"于是，当外祖父从楼下的报箱里空手而回的时候，我们对于大洋彼岸的国度产生了深深的质疑。我很小的时候，家里吃饭用着一个很大的不锈钢做的汤勺，勺柄

有了准确地址的通信

023

上刻着三个字母"USA",每当外祖父焦灼地等待来自美国的信件之时,我们再拿大勺吃饭的时候就有点不得劲,似乎拿着大勺敲得叮当作响,远在另一个国度的投递员就会快一点把信送进我们的小报箱里。

20世纪80年代初的时候,还不能家家户户有电话,外祖父隔壁住着邮电局的同事,是个有点官职的领导,他家有一部电话,辗转取得联系之后,这个在我们一墙之隔的电话号码就被作为唯一的通讯方式传到了二爷爷那里。然后突然有一天,隔壁的伯伯着急地敲门,"快!徐工,台湾的电话!"在此之前的匆匆一别,生死未卜,两兄弟没有再听见过彼此的声音,拿起电话的那一刻,二爷爷在电话那头说不出话来,旁边的人在话筒里喊:"他太激动了,说不出话来了!"外祖父何尝不激动。"少小离家老大回,乡音无改鬓毛衰。儿童相见不相识,笑问客从何处来。"

隔壁家的电话像是一个没有邀约的惊雷,不知道什

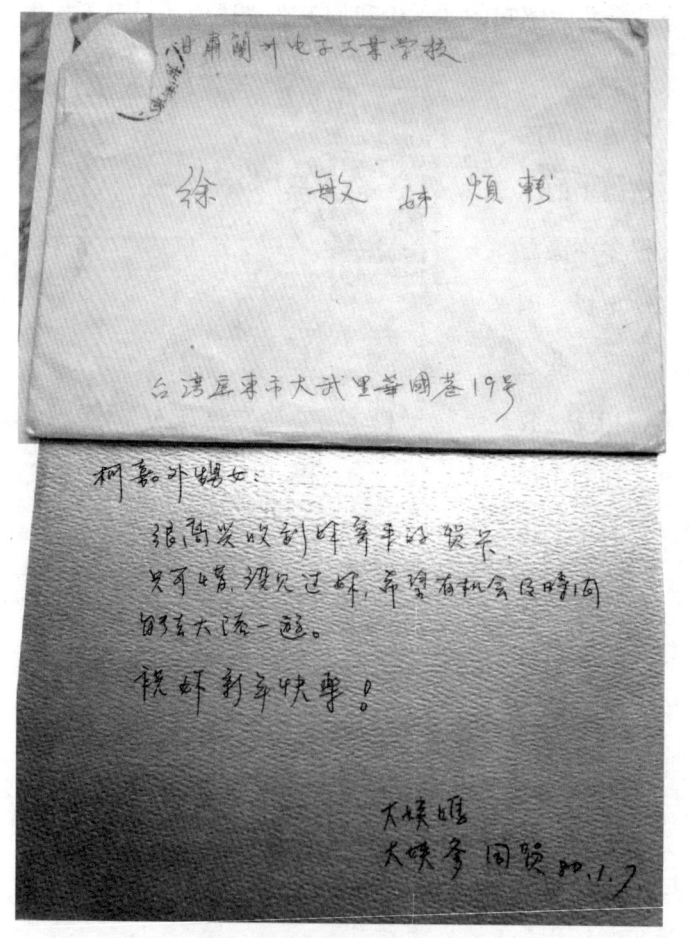

庆新姨妈写字与我妈十分像,她们接受的知识体系截然不同,至今令我很惊讶。

么时候会响起。后来我小舅舅做了电信工程师，他提着工具箱走进了机房，插一根线就可以打国际长途，大家太高兴了，终于解决了"隔壁惊雷"的问题，任何时候都可以电话直接打到二爷爷的床头上去。随着两岸交通越来越开放，我们也不用再去美国转信，速度也就快了很多，在我学会写字的第一件事（这是我妈说的，学了几天写字就要写信），就是在新年的时候给台湾的两位姨妈——庆新与庆屏寄去了贺卡。这种行为完全可以说是当年艰难通信的后遗症，我们想试一试直邮的效果，结果很快，两位姨妈也寄来了贺卡，庆新姨妈新婚，这位新来的"大姨爹"也给遥远的我们带来了问候。

这些信件不仅历经波折，到我们手里还不能保证完整，有人一看见"中华民国邮票"，直接就剪下来当文物收藏去了，后来在很多古董市场，把这种邮票炒到很高的价格出售。所以，这些信件有很多都是这样带着一个窟窿送到我们手里。对我而言，知识体系一直受到两种力量的干扰，一种是学校，另一种是家庭，我不停在这两种体系里切换，连时间都变成了三维空间，姨妈回寄的贺卡顺手注明日期，我还要在上面加上十一年，八〇加十一，才是信件的时间，公元1991年，台湾是民国纪年，我觉得这个比起用中英文两种语言交流要更玄妙。我在之后漫长的应试教育里，注定是做不好单选题的，最初的经历里，连纪年都是两种体系。

收信的我们在故乡这一头，二爷爷一家人，连同其他失散的亲戚故交在海岛的另一头。我们随着信件来往的频率，时而焦急，时而兴奋，时而感慨万千。这种起起伏伏的情绪 "这头"与"那头"是不一样的，我们这头人多力量大，为了寻亲动用了一切人际关系，终于在美国的郝奎先生的助力下接通了通信的渠道。在这之前，我们连二爷爷的生死也不能确定，在一个战乱的时代，很多人是活不见人，死也不见尸，像虚幻的水蒸气，从亲人朋友的身边消失，再也不见了。在几十年音讯全无的漫长时间里，似乎已经习惯了亲人的消失，只是一念未亡，在苦苦寻找证据而已。后来，在民革甘肃委员会与红十字会的帮助下,我们在一大串名单里发现了自己家人的名字,徐龄蒲、徐龄垚、柴维栋,他们全都活着!这个时候高兴地长吁一口气的是"这头",台湾的"那头"对我们的生死一无所知,我外祖父拿到了这个珍贵无比的"敌人名单"(当时是按反革命敌对方公布出来的),开始了他漫长的寻亲之旅。那个年代有一首歌曲,叫做《妹妹找哥泪花流》,在我们家是"哥哥找弟泪花流"。在我们想尽一切办法寻找通往台湾的沟通渠道的时候,台湾的亲友只能隔着茫茫大海叹气,他们不能主动与我们联系,也没有打听消息的渠道。刚开始在美国转信的时候,二爷爷的内心是很忐忑的,他怕因为自己的不谨慎给我们带来麻烦,也不知道一封信出去之后我们这边会发生些什么,在等回信的时候各种猜测都来了,比热恋中的情人还要焦灼,直到收到我们的回信,悬着的心才落下来;往往等不及回信,也不知道我们的情况,一封连一封地写,收到多少算多少,这个时期传递的信息是很混乱的,事情也是重复地问,重复地写,重复地核实收到信件的情况。很快,我们掌握了一套沟通的办法,每次写信的时候,双方先报告收到的信件的内容、日期,寄出的信件同样列出来,然后把重要的信息重复说一次,最要紧的是,报平安!在通信的几年里,这是最重要的事。看起来有五六年的时间,说清楚的事并不多,大半年收不到信是常有的事,有时候一次收到好几封,说的事也许是重复的。

在岛上的亲人经历的情感折磨一点也不比我们少,那种孤独与寂寥不是我们"这头"能够体会的,那头没有任何与对岸联系的办法,被困在一座孤岛上,我们的家人全都是国民党政府的军方人士,一举一动都不能算是自由,这种情形之下,对于故乡的一切牵挂只有默默藏在心底里,二爷爷甚至想过,自己的墓地要选一个朝着大陆的方向,也好觉得自己是有根的人。他的感觉是多少年如一日的孤寂与凄凉,从1948年飞机起飞的那一刻开始,直到1983年我们从美国转往台湾的信送抵他的手中,这几十年的时间他都是在"举目无亲"的凄凉中度过的，这种绝望的情绪跌得有多低，反弹的力量就有多大。那个年代失散的亲人有父母子女、妻子丈夫、兄弟姐妹，很多人在两岸通信之后很快去世，撑着最后一口气，就是在等亲人的消息，这种心理上的力量一消失，人也很快离世，在我们互通消息的同时，也在不断地传来亲人故去的消息，真的是"生离"与"死别"。假如说我们"这头"的家人在各种政治运动中饱受磨难的话，"那头"家人则是经历着仿佛流放般的绝望，仿佛世界再也与自己没有了任何关系。二爷爷后来对我们形容那种感觉，说自己"生活在古庙里"，可想那种与世隔绝的孤寂。我后来想，世间的事总是不随人愿，假如这种古庙般的生活换成我外祖父，也就是将这兄弟两人的命运对调一下，他们的痛苦会大大减轻，我外祖父一定会对古庙般的清修生活安然接受，而他的弟弟来大陆接受一波又一波风浪与热闹非凡的命运的波澜。我总想以我二奶奶的胆识她也一定会比我外婆处理得更好，或者因为她超越他人的思想境界，成就另一种人生，但这样的挑战并没有落在她们身上。亲人离散，我二奶奶接受的一切新女性的教育和二爷爷最赏识她的交际能力都毫无用武之地。旧时的女人被要求"大门不出，二门不迈"，我外婆陈家就是这样要求女儿的，结果我外婆被各种"运动"揪出来参加劳动改造、大会发言，她想一言不发地去绣花，再也不可能了；与此同时，二奶奶在古庙般的生活里，孤寂苦闷说不出口，只有用打麻将来打发时间；这个时候的我们，在混乱的政治风波里艰难地搜寻着他们的消息，大家都在命运的巨浪中挣扎。在岛上孤独的生活对我二奶奶的打击要大过于二爷爷，高家大小姐可是活跃在国民政府里的女职员，家里的姐妹、亲戚更是络绎不绝，最后只能逃遁到麻将牌的无味生活里去。听我二爷爷说，她在台湾有几个结拜姐妹，时常来家里走动，以解亲人离散的苦闷。我外婆听见后说，真是应该把兰州的亲戚全发给她来应付，我们家的门整天关不上，人来人往吵得人受不了。

我不知道还有没有人像我们一样，在一个特殊的历史时期，那么焦心地等待过信件。那些薄薄的纸张寄托着太多太多牵挂，三十几年的时间，足以让这些信件有"千金"之重。我们手里收到的信件是二爷爷从台湾寄来的，还有一些是我外祖父从兰州寄出去由于各种原因退回的，这些来往的信件只是其中的一部分，有大量的信件都丢失了。当时通信的速度非常慢，外祖父的同事郝伯伯的弟弟郝奎先生帮我们家转信，足足有五六年之久，直到1988年两岸可以探亲。周转时间最长的一封信，二爷爷在台湾等了五个月，外祖父寄出的信才到他的手里。我们无奈地在家里看着世界地图，薄薄的那张纸在地球上徘徊，不知道何时才能够准确地落入美丽的台湾岛。那种期待又担忧的心情假如不是血缘至亲，是无法体会的。因为来往一封信非常困难，消息的传递也就十分慢，那个时候，二爷爷不停地确认家人谁还活着，谁已经过世，还在问候这些人健康平安。长兄徐龄永早在他离家后的两年里，被宣判有期徒刑十五年入狱服刑，并于1977年去世。父亲也早在1960年过世，姑舅亲戚柴维森两次入狱，他的亲弟弟柴维栋就在二爷爷身边等待着我们传来的消息。这意味着每一次收到信，是亲人的牵挂，也有更多亲人亡故的消息，悲喜交加，大约也不能表达那些复杂的情绪。我们收到二爷爷的第一封来信，才知道二奶奶当年离家之后成功与他会和，至于之后在岛上艰难困苦的生活，都比不上他们团聚平安更令我们欣慰了。后来二奶奶说起刚去台湾的生活，"痛悼"她陪嫁的金镯子，都在生活困难的时候典当了贴补家用。最早这些在美国中转的信件只有短短几句话，其中的原因非常复杂，因为我们家的信要夹在郝先生的信里面，不能超重。这些历经风雨的"老神探们"发挥自己的特长，也不知道我二爷爷从哪里找来那种特别薄特别轻的纸，字也写得很浅，不注意几乎看不到，就差写成密码让他那个"敌台"的哥哥来破译。那个时候，这种通信的方式是"试"，不断试着能不能收到，一方收到信之后，也不知道对方又发生了什么，所以就不停地写，不停地试，或者写得多的没收到，写得少的反而收到了，于是，信息的传递是随机的，像人的命运一样难以捉摸。在美国转信的五六年里,我们仅仅就是"报平安"而已,至于那些像咆哮的潮水般情绪都没有机会释放。说起来,真是麻烦死了美国的郝先生!后来我二爷爷还往美国寄美元,表达我们对郝先生的感激之情。那些年里,我们常感叹:"要是没有美国的郝先生,我们可怎么办呀!"

通信的第一个阶段截至1988年。这几年的通信,大家都经历很多复杂的心路与情感波折。尤其是在岛上的二爷爷,他的处境更特殊,

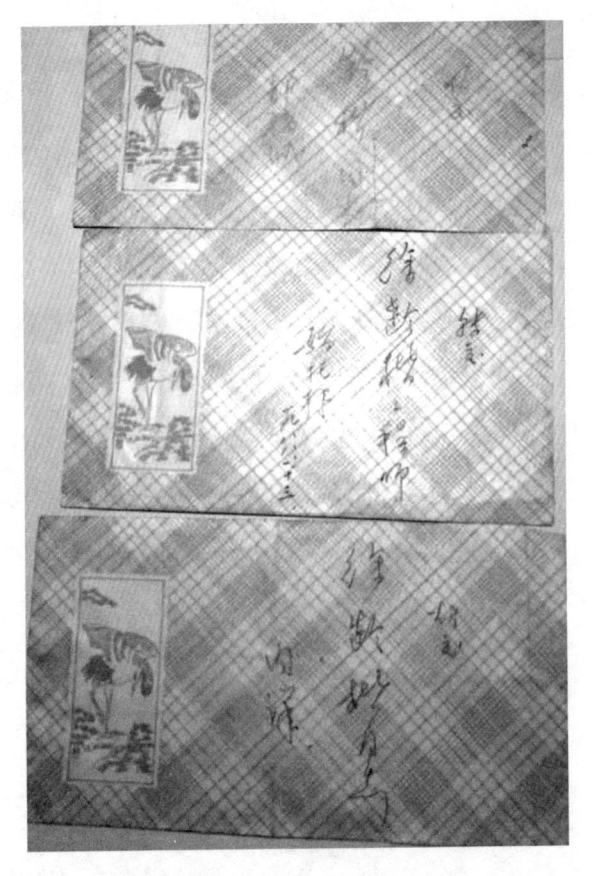

郝骝先生通过在美国的弟弟为我们转信

比起我们这边的人多势众,他显得小心又孤单,内心很多敏感悲伤的情绪也没有地方一吐为快,前半生的记忆都被封存在一湾海水里。他所有的亲人,都在丧母之后又一一断绝了联系,或者这真是一种命运的酷刑。他内心中说不出的痛苦,只有他的亲哥哥最能体会,所以自从离散的那一天开始,我外祖父就没有停止过寻找,甚至是以全家人的政治前途为代价。他们永远都是我们的亲人,与我们遭遇的一切命运共生共存。我们在通信之后知道了他的境况良好,用我外祖父的话说,"没有在海峡的上空被大炮打下来掉进海里",他在饱经磨难之后还是开朗幽默的性格,还是我外祖父最牵挂疼爱的弟弟,其实在岛上的"那头",他们一家人经历的情感波澜要大过于我们。这一

点，与人群的体量有关，我们这边人多，关系也复杂，虽然政治风波一点也没有把我们落下，似乎是水域太大，浪涛到了我们这里，很快又恢复了平静。但在岛上的他们不一样，我二爷爷在信中详尽地叙述了他收到信之后一家人忙乱兴奋的情形。他收到信的时候在台北，那里的房子是上班租用的，二奶奶一个人在屏东，又赶快去通知她，一家人高兴得睡不着觉。二爷爷说他那种"古庙"般的生活终于结束了，简直像"过会"一样热闹。（指我们那里的庙会，逢年过节举办，吃喝玩乐都有，人挤人地逛庙会，热闹的时候连鞋子都挤丢了。）从这时起，二爷爷又恢复了他在家里"明星"般的角色。当年他刚从美国受训回来的时候，才二十几岁，穿一身军装，戴大盖帽，从徐老爷的宅院里走出来，一步迈下青砖砌的高台阶，周围卖东西的小商贩仰视着他，连大气都不敢喘，他当年的英姿家里几乎人尽皆知。后来我读了《红楼梦》，书里形容说下人看见了贾府的姑娘连大气儿也不敢喘，怕这气儿大了吹倒了林姑娘，气儿暖了，又吹化了薛姑娘。徐老爷的这二位公子一点也不会逊色于薛林，只要他们结伴同行从街道上走过去，那是气儿大了会吹皱了大公子的眉头，气儿不够芬芳，再吹恼了二公子。

1989年左边是我外祖父徐龄楷，右边是二爷爷徐龄垚

我们这边所有人的牵挂与爱让岛上凄凉的感受彻底一扫而空，我们家里的二位明星般的"少爷"又恢复了他们的人生原色，一种从生命深处的动力迸发出来，这个时候的他们，更有魅力了。我们怎么会满足于信件里互报平安，

我们全家齐上阵，包括在台湾的家人，在大陆和台湾同步开始大规模地照相。二爷爷确认沟通的途径通畅之后，第一件事就是在那个周末让两个女儿回家，一家四口去了照相馆。这是我们收到的第一张照片。

二爷爷一家

我们开始了变本加厉邮寄照片的旅程，为什么说是"变本加厉"，是因为那些无法触及的思念与磨难远远不能用信件来抵消，甚至像是一种毒素，连新仇旧恨全体勾起来了。我们已经不满足于信件的语言，在很多关键时刻，文字总是最先被抛弃的一个。我们看到照片之后就想知道更多，收寄的照片在亲朋故交手中一传阅，一场浩大的寻亲队伍跟在这些照片后面源源不断地来了。我们寄往台湾的照片比二爷爷寄来的大一倍，因为我们人多，六个子女加上孙子，得站三排，于是，我们寄信的信封也变成了大号，大家看完觉得不过瘾，就越寄越多。有一次，台湾寄出来四十张照片，在香港中转的时候遗失了。这种寄信的高峰在1988年达到了顶点，一来因为准许探亲，大量的信息需要沟通，据说要在香港中转，所有的信件全部涌向了红十字会；二来随着探亲的浪潮很多寻亲的人开始带信，每一封寄出的信都肩负着很多任务，每一个收信的人除了自己家人的信之外还有很多捎带着找人的、带东西的，来往的信件成几何倍数增长。在二爷爷即将启程探亲的时候，信件已经可以不必麻烦郝奎先生，我们一直沿用的内外两层信封的历史也成了过去，二爷爷来信描述我们寄出的信到他的手里的模样："我收到的信，是内外信

从香港红十字会退回来的信,左上角的标志是红十字会的英文全称 International Committee of the Red Cross

封均分毫未动,只是在大陆邮票上盖了一枚圆邮章,上面外圈字样是'自由民主安和乐利',中间是年月日,如此而已,所以说以后来信不必用内信封。"其中提到的"自由民主安和乐利"就是在多年的寻亲中起到重大作用的"红十字会",这个遍布海内外的国际组织在那个特殊的年代,像一把无形的伞,保护了我们全家人的命运。最早在两岸传阅着一张叫做"阵亡"名单,即是由国际红十字会发布出来,幸运的是,我们在这个名单里没有发现自己家人的名字,后来也是通过红十字会出来了一张"逃往台湾"的人员名单,才有了之后我们家几十年割舍不断的亲缘故事。这个组织并不在台湾,而是在香港,我们所有的一切信件,直到后来探亲办理手续全都要在香港完成。红十字会从最开始的联络工作,工作量不断加大,直到探亲的轮船飞机大规模地开始运行,终于扛不住我们"变本加厉"的信件压力,崩盘了,所有在香港中转的信件全体遗失,在岛内引起了不小的震动。当时要回大陆探亲的人近二十二万,二爷爷就算了一笔账,一家写三封信,就是六十六万封,还要在红十字会分拣投递,实在是超出了承载范围。于是大家不再写信,改成了"带信",每一个回家探亲的人身上都带着很多"任务",包括带信、寻人、带东西,还有捎美金的,带金项链的,总之一切我们能捎能带的都装进了行李里。

经历了艰难的通信之后,迎来了第二个阶段:寄照片、寄钱。这个举动完全是我二爷爷想出来的，在我们的照片还没有寄出去的时候，他就来信对我外祖父说："实在是想寄点别的什么东西给你们。"我们看到信之后，开玩笑说："哪一个轮船公司寄人，把你寄过来最好了。"哪知道这个玩笑后来成真，我们有了团聚的那一天。二爷爷这个公子哥儿的习气多少年来还是没有变，我们听说他开始试探性地邮寄美元，五块十块地寄出来万一丢了也不要紧，全家人笑了好久，似乎时光放出了旧电影，徐老爷的二公子"给小费"的老毛病又犯了，旧社会到处发铜板，如今是发美元！而且给小费给出了岛，发去了美国，寄回了大陆。我外祖父说："让他过过瘾吧。"二爷爷强烈的思乡之情无法表达，他需要有一种途径，就是发钱。不得不说，"二少爷"真的是很实在，一点也不来虚的，一高兴就给美元，信也不好好写了，改寄贺卡，他坐在家里想各种"花招"，寄出来就开始辗转反侧，不知道我们能不能收到。我们这边开始全家写信，逐渐取得联系的亲戚朋友，信息全部在我外祖父这里汇总。假如其他亲朋的消息

之后通信的邮戳是屏东，1993 年

不能及时送达，就由我外祖父去确认是怎么回事，这个时期，我们把旧时的人全体找了一遍，就差在老宅院门口卖梨、卖肉的。到了二爷爷回家来的时候，第一件事就是要吃"高老三的酱肉"，他的记忆全部停留在1948年，真是难坏了我们！在这个时候我们顾不上给他找卖小吃的，两岸所有的人都在密切地关心着探亲的消息。我们经历了多少年的政治审查，我外祖父平均五年写一次交代材料，真是不敢相信自己的耳朵听到的是确切的消息。二爷爷开始剪报纸寄给我们，我们家里除了了解国内新闻，捎带着看《参考消息》，还要研究二爷爷寄来的台湾报纸，真是热闹非凡。后来我想，一个家庭，政治关系还是不要太复杂的好，像我们这样，太累了。台湾报纸各种舆论宣传，我们也不知道是真是假，直到有一天，报纸上说有一家香港的轮船公司愿意和岛上旅行社联系，代办一切手续。具体事宜一件件落地，我们开始觉得美梦要成真了！一家香港的航空公司在获得国务院的批准后正在与各个方面接洽。这个时候，我外祖父已经近70岁了，只要一想到两位老人即将见面，我们所有人的心里都像是陈旧的伤疤在春回的时节里隐隐作痛，那种伤感实在是不能用语言来表达。二爷爷见到我们的照片之后，说道："见到兄已苍老，弟亦是。"我们拿着信流泪，都说："他以为他那个哥哥是孙悟空，不会老呢。"两兄弟少年分离，各自经受风雨，各人身上都挑着重担，在他们退休安度晚年的时候，这一场盛大的团聚真是一个时代给他们的补偿。

在1988年成功探亲之后，中国大陆改革开放的脚步加快了，我们开始安装电话，让两个年迈的老人不必再费劲地写信。我妈去深圳、香港出差旅游，似乎隔着一湾海水就能看到对岸的亲人，大家都在说，两岸以后会实现直航，两三天就能到达，我们想聚，随时都可以。话是如此说，但老人们年纪渐大，越来越经不起旅途的劳顿，外祖父与二爷爷两次探亲之后，身体大不如以前。二爷爷回大陆时一直说他肩膀疼，我们每天给他测血压心跳，也不敢让老人们太劳累太激动，结果一回到台湾，他突发心脏病进了荣总医院，之后需要一直服药维持，这也是他没有再回大陆的原因。外祖父的情况比他还要严重些，一次轻微的脑出血虽然没有危及生命，却让他的记忆与思维都受到很大的影响，造成的最直接的后果是无法提笔写字，很多字他都忘记写不出来了。后来的通信时二爷爷也觉察了哥哥的异常，一点小事反复地说，只是他听过之后还是会忘记。都说疾病是身体对过往的记忆，外祖父这多少年来，寻找亲人团聚是他内心最强烈的信念，为了看到这一天，任何苦难他都能忍受下来，到了夙愿已偿，他千头万绪的内心松弛了。真的像有一种命定的力量，那些保存在他脑海里的往事太沉重，他终于卸下来，没有遗憾了。

穿金条背心的纺织专家

我妈妈是文科生,爸爸是理科生,上溯一代,正好倒过来。我外祖父是理工学院,祖父是文科学院。假如把二爷爷算进来,就是外语系,家族里的人都知道,龄垚先生的外语比中国话说得好多了。他说英语反正别人也听不懂,是不是骂你也不知道,还不能准确地骂回去。如今的金融学院不知道都讲些什么课程,我祖父时常讲他揣着金条去办货的故事,精彩绝伦。比起枯燥的金融课可是好听太多了,绝对不会让

祖父王世骥,出生于山东淄博——丝绸产业的发源地

人犯困。后来我总结出来，我祖父这叫"资本行为"。但他不懂数学，古文背得熟，毛笔小楷写出来像印刷体，讲起生意经冷不丁吓人一跳，"小生意，挣了三五百万"。这个三五百万说的是银元。看电视就评价那个防弹背心，一定是和他们这些常年在外跑买卖的人学的，用一种特制的棉布做的，扯不烂的，缝成一格一格，尺寸是按照金条的大小，贴身穿在身上，金条就一根根放进去，车船劳顿丝毫不会有闪失。他讲到这里的时候，一般我就睡不着觉了，那个金条背心实在是太令人担忧了。

金条背心令人很不安，枝蔓几句题外话。是不是有一种时代，盛产美男子。家族里老一辈男性，个顶个帅，比起如今的明星不知道强多少。徐家的几位爷爷都是在国民党的军界，身上有一种潇洒的帅气。我祖父又是另外一种气质了，是一种很柔和的儒雅之气。再来说这位穿金条背心的帅哥。在淄博老家怀揣巨款办货的人，是经过严格选拔的。在我祖父很小的时候，先要跟随师傅学做买卖，这个师傅眼光十分要紧，得判断出来这个孩子的特长适合干什么，能说会道的，立刻被派去柜台上做销售。我祖父没有去，凭一张卷面整洁干净的小楷被派去学了记账。这个"人力资源部"的师傅把我祖父分到了"会计专业"。记账的人要仔细有耐心，每一笔账写得详尽清楚，当然还得有实战经验，就是对货品的判断。每一种织物、丝绸、布匹质地的好坏，品相的优良，经过多年的训练，我祖父成功地掌握了纺织行业的系统知识，成了专家。到了我出生的年代，涤纶合成纤维这些新型的面料铺天盖地，我爸穿一双涤纶的袜子很得意，说这个材料不会破。我祖父不吭气，满大街地逛商店（我自小喜欢逛商店，遗传很可怕），他要找的东西都在我们的经验之外，猜不到他会找到什么。后来我妈去了深圳，带回来一种美国货，上面写"100%cotton"，我祖父捏在手里捻了一下，摇头，"这不是全棉。"我爸去了苏杭，买了真丝围巾就更受打击了，我祖父说："压根和丝没关系。"假如放在现在，我祖父应该叫纺织品鉴定专家。我和我妈洗了床单拽起来拧水，他就说，别使太大劲，那个经线和纬线是多少多少，再拧就破了。我想大约精确的计算器也不如他准确，所有的织品拿在手里捻一会儿，马上报出来经纬线各是多少。我们感叹，穿金条背心的人到底还是厉害，不像现在的有些专家，名不副实。

他喜欢逛商店不说，还喜欢逛各种早市夜市鬼市地摊集贸市场，时不时给我们买回来不常见的东西，新鲜的药材、日常的用具，还有各种严格符合他的标准的布料。我小时候贴身穿的衣服都是我祖父这样淘来的布料，洗过之后颜色会暗下来，是真正的全棉材质。还有一种像亚麻的布料，被我奶奶缝成鞋垫，他说："脚下要穿棉的，透气对身体好。"等我知道这些知识是在他去世后很多年，这些都是中医的理论。我记得自己刚上小学的时候，脚上穿的是我奶奶亲手做的棉鞋，笨笨的，像个元宝，看上去十分土气，穿着却非常暖和，小孩子跑跳之后脚会出汗，却不闷脚。长大之后不能再穿那么土气的棉鞋，穿着各种皮鞋、运动鞋，夏天捂出汗疱疹，冬天冻出冻疮，大约我的脚受了祖父的指导，再也适应不了现代化的鞋子。

现代化的工业体系创造出了各种新兴的材料，我祖父却仍然徜徉在旧时光里。他夏天要穿三十支的棉布衫，脚下要穿棉布纳鞋底的布鞋，扇风的蒲扇要用盛夏之后的芦苇。这些烦琐又矫情的生活习惯让他和我们之间的生活节奏有了差异，我在祖父身边一直生活到上大学，潜移默化地遵循了他的很多习惯，后来在《本草纲目》和《黄帝内经》里全部找到了依据，只是我的觉悟来得太晚，没有了机会再去询问他这些生活智慧从何而来。每到节气的时候一定要有一些特殊的事情，比如芒种、秋分，用很细的梳子梳一梳头；夏天最热的时候一定要出一出汗；小孩子不舒服不要着急吃药，饿一饿；切一块萝卜生吃；喝一杯热茶。还有一些规则接近于怪力乱神：树下掉下来一只死去的鸟要埋了，埋的时候要念叨些话，送一送；有些生病的人会像鬼附了身，不要惊了魂，送了邪祟就好了。后来我知道这并不都是些迷信，有些是顶尖的科学，是病毒与抗体的关系。他有一个小布匣子，我知道里面放着很多铜钱，据说都是从古墓里出来的，很灵，用来做什么呢？三枚铜钱为一组，可以问卜卦象。我进了中文系，各个大学的教授们来办讲座，讲《易经》，每次我都听到一半就出来了，或者他们的学术专著写了很多，只是没法吸引我，我祖父的《易经》讲到了生活的角角落落，春夏四季，生老病死。这些教授就像一些僵硬的符号，没有意义，也没有生命力，那不是我所熟悉的《易经》。在我整个儿求学的过程里，其实一直处在一种饥饿的状态，迫不及待地冲向了餐桌，发现仍然吃不饱。饥饿的人在餐桌上徘徊之后，仍旧回到了家里。我妈说，我们家的大课是躺在床上讲的，精神上获得满足的人才好安然入梦。

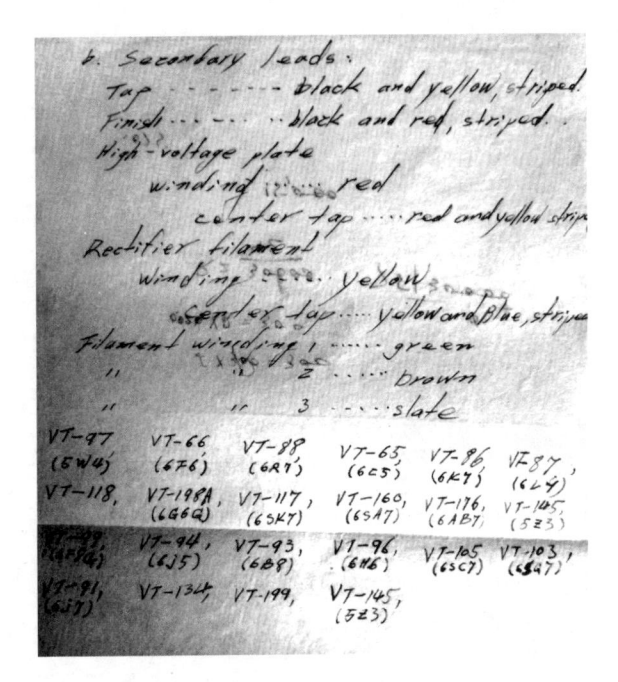

外祖父的作业

外祖父的书架上有很多理工类的书，原版代数几何和微积分，没有一个汉字，他解题用英文。于是，知识鸿沟还没有解决，语言障碍又来了，想和我外祖父讨论数学，一定要用英文的逻辑，他一着急，变成了英文，数学尚且没有弄懂，还要在脑子里不断翻译外国字，很累人。他经常对我们说，Penicillin 的发明是非常伟大的，它解决了所有因为感染而丧命的问题，于是我的脑子里马上翻译，青霉素。不知道外语系的同声传译专业是不是这样训练的，翻译的好坏他也很懂，讲"幽默"这两个字真是翻译的好，humor 的音

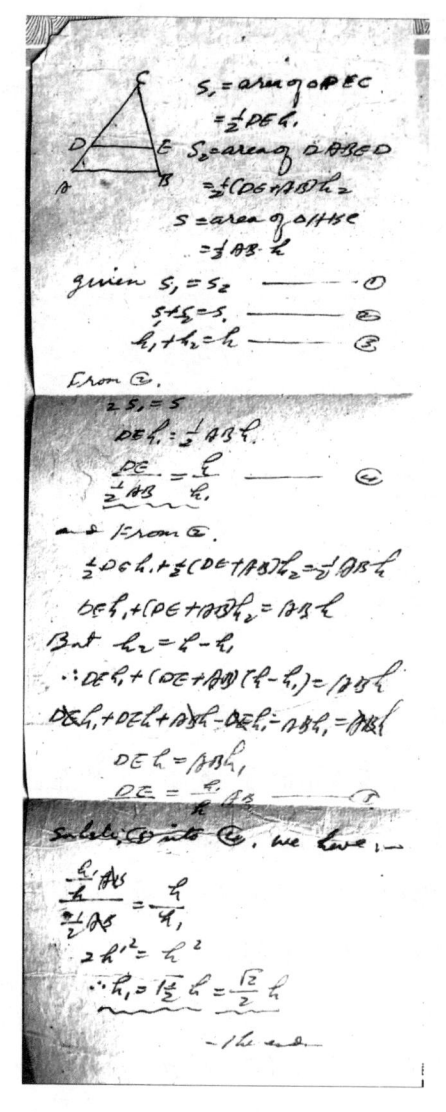

外祖父用英文解题

一样，字也用的好，幽乃深，默乃沉，深沉地开玩笑，这个境界高了。翻译的要求被他评价过之后，我们不敢轻易地造词，似乎变成了汉语说不好，干脆说英文吧。语言是一种很古怪的东西，当你迫切地想要知道什么的时候，会理解得特别快。外祖父有听广播的习惯，我们就问他，你这是"窃听敌台"吧？外祖父哈哈大笑，说他自己就是造"敌台"的。中国最早的通讯卫星发射基地西昌，外祖父一开始工作就在西昌的国际电台里学技术，其中的同事有很多外国人。外祖父跟着德国人学技术，德国人做事严谨，一丝不苟。上班的时候必须穿白衬衫，每天都要换，不换衣服洗澡的中国人会被德国人看不起，外祖父一生的白衬衣领子都是雪白洁净的。这个传统传到了下一代，首先影响了工程师出身的我爸，让他出国考察，别的国家都不感兴趣，心心念念直奔德国，考察的结论是：德国人在厕所里贴的马赛克特别齐，连缝都是笔直的。比对图是：比利时就不行，瓷砖缝歪歪扭扭的。回来带了礼物，是一把小工具，给我们展示，看这个角度，这个手柄，光滑、流畅，用来做什么呢？夹核桃！以前家里有很多美国货，是二爷爷带回来的，一把电钻，一个万用表，后来都上交了，否则可以比对一下质量。这些理工高材生的眼光，决定了我们国家的工业化水平。外祖父作为新中国第一代工程师当选政协委员,年年带报告上政协会。每年的春节,省政协都会派人来看望他,一盆馥郁芬芳的水仙花预示着春节的临近,也是我们一家人团聚热闹的时候。政协送来的水仙花旁边,是外祖父的一张工作照,挂在书房里很多年。我们常说,这张照片可以登上时代杂志的封面,题目叫《中国的工程师》。

  细究起来,外祖父的学历是高中毕业后上了专科学校。多年之后,邮电管理局的工程师要职称考试,找外祖父出试题。老人家按照自己记忆里的知识体系,全英文搞了一大篇,反响很大,大家说,快让徐工回去吧,太难了!全不会!外祖父在邮电系统里名气很大,我妈没觉得,不就是一个工程师嘛!结果有人专门找到她说,你父亲的知识面非常宽,你知道他闲来无事的休闲是什么?我妈当然不知道,做什么?他是解数学题,高数。我妈沉默了,这就是她敬爱的老爸对自己的评价,"本人没有不良嗜好",我们对比他对自己的要求,似乎都是不良嗜好,徐工的人生标准是很高的。我们因为迫切要知道海外的消息,到处找英文原版的书籍、电影,再加上广播电视,一着急,意思就懂了,再一着急,话也会说了,到了英文试卷却不行,说实话,我都不知道那些卷子要考什么,似乎用英文表达也不是那样说话,假如再要用英文的思路解释中国文化,英语课就等于什么也没有教。前几年有一位英国的朋友逛完了故宫,临行之时,我送给他一个小纪念品,是一个蝙蝠的项链吊坠,景泰蓝的工艺。我想了很

外祖父加班工作

久，无法在很短的几句话里把这个坠子说清楚。我对他说，蝙蝠是有毒的东西，但中国人视它为吉祥物，可以趋吉避凶。他说这个意思就是"luck"，我想了想，认为它是"happiness"，因为在中国的哲学里，"luck"与"unluck"是同一件事。外祖父这一代人早已离我远去，旧日的历史成为我书中的故事，而我是否有足够的智慧将中国深沉、壮美的文化讲给世界听，有待我在学校课程之外的努力。

王家爷爷没有学过现代科学，英文是不懂了。但人家也有外语基础，是日语。日语课本没见过，日本人直接教，闲来没事摇着大蒲扇就唱一段，啥意思呢？不知道。在淄博老家闲置很多空房子，租来住的都是日本房客，似乎关系还不错，不然那么多日文歌，在我祖父的记忆里如此清晰，想必也不是一天半天学会的。日本人还跟着我祖父学些丝绸生意，据说谦虚得很。我们听完觉得扳回了一局，没有德国人的技术，丝绸生意日本人还不是得向我们学习。当我第一次飞往日本旅游，飞机落地的那一刻，脑海里回响的是我祖父的日本歌，说不出是什么感觉，或者是我对爷爷的思念，也或者，是对日本某种特殊的感情吧。

祖父在20世纪50年代的运动里，财产全部充公，避免了被定性成万恶的资本家，发配到了一个叫"回收公司"的地方领工资。我后来想，能回收的东西，都是文物啊，这是个什么单位。家里人很庆幸，还好没有送进大牢扫厕所，不但没有扫厕所，还干上老本行——会计，坐进了办公室。后来他对我说，这个公司应该叫"资源回收利用再生"公司，他说资源要再生可得要技术呢，破烂一翻新都是好东西，可以大大节约资源，减轻环境压力。直到如今，垃圾回收利用的问题仍然是中国经济发展最大的瓶颈，我爷爷在半个世纪前就看到了问题的关键。我们总说，他是少爷作风，喝茶听戏找清闲。物质水平降下来，不代表生活习惯会降下来，夏日的傍晚，我们沿着街道散步，路边长满了大槐树，夏天开了花，像粉末一样洒进头发里。走到了广场

的花坛，趁着月黑风高，挖两棵芬芳的月季、雏菊之类的，祖父弯下腰看，要根好的，栽了开的花就大，做贼难免心虚，一个土疙瘩抱在怀里赶紧跑回家，到了

旱码头

开花的时候，祖父会仔细地修剪过，喷上水，摆在阳光下的窗台上，那些赏花的日子，似乎也就格外美丽。他是很会生活的，我明白很多东西与金钱无关，与心灵的敏感有关。淄博除了丝绸，还有一样，是瓷器，家里有一套茶具，是我父母结婚时祖父送的礼品，尽管用了很多年，瓷杯依旧很白，不沾油渍，实在是胎薄釉美，堪称上品。他也很会挑瓷器，叫做"一叩二听三看"，叩击时没有破音，说明烧制的时候没有裂纹，听声音有金玉之音，就是好东西，再看色彩，青蓝为上，红黄为下。我爸进了化工厂，整天推敲瓷器、紫砂，不调查好不拿来泡茶，达不到我祖父的标准，有杂质是有毒的。

在过去，淄博周村轻工业、手工业发达，加之附近有铁矿、煤矿资源，大大促进了地方经济的繁荣。尤其是丝绸产业的兴起，更加带动了市场经济。交通便利，商贾云集，所以称之为旱码头。旱码头并不是一个真实意义的码头，就因为以上原因，周村就被人称之为旱码头。南来北往的商贾，在这儿中转、歇脚、上货，顺便掌握市场行情。这儿的行情基本就是方圆二百多里的行情。就像现在伦敦有色金属交易所的价格基本就是世界有色金属的价格一样，具有代表性、指导性。周村的集市贸易价格虽然代表不了那么大区域，

春山故园 | CHUNSHAN GUYUAN

1943年，保定莲花池，右一为祖父王世骥

在方圆二百里的范围还是具有代表性的。

如今的淄博周村已经成了山东重要的旅游景点，当我们再回去的时候，曾经的老街在修缮下别有一番古朴沧桑的韵味。《旱码头》《闯关东》摄制组也都在此取景，重现当年丝绸商人的风貌。这些修缮后的街景距离我们的旧宅非常近，年轻的祖父就是从这样青石板的路上走出来，一路北上，到保定府交款，在前门的戏楼里斟一盅黄酒，来一盘干炸小黄鱼。

如今我已在北京生活了很多年，时常去前门大栅栏，总在瑞蚨祥的门前沉思一会儿，这里每一条窄窄的甬道，我爷爷也走过。他对北京要比我在此生活的人更了解，新中国成立之前，北京并不是首都，那个时候北方商贸的重镇在保定，他们叫"保定府"。后来随着战事吃紧，西北重镇兰州是向西在丝绸之路的要塞，我爷爷跑买卖的路走到了这里，停下来了。他当时雄心勃勃，在此地大干一场，世事难料，租了房子没想到再也没有回到故里，淄博的亲友时常给他捎来周村烧饼，以慰乡愁。周村烧饼是一种很薄的脆饼，和饼干有点像，据说这种饼是从印度传过来的，是印度飞饼制成了薄脆干饼，正是为长年在外奔波的人随身带的干粮，携带轻便，不容易变质。我祖父到了兰州，滞留之后给家捎信，这一滞留就是终老。我奶奶带着三个儿子与他在兰州会合，周村烧饼不再吃了，学会制作各种少数民族的食品，回族的三炮台、手抓羊肉，精通了各类丝绸之路上的香料，最初，这些去秽干燥之物的作用都是为了长途跋涉的货运中不会变质，是丝绸之路上的人们一种重要的生活习惯。在兰州当地生活的人有一种说法，回族人是中国的犹太民族，没有他们做不成的生意，无论多远的地方，都有回族人的生意。我祖父只要记账发货即可，贩卖的工作，在此地有各种明里暗里的渠道。从兰州往西，过了新疆，中国内陆的货物直奔中东，因为同为穆斯林的缘故，回族人的生意做得特别好。前些年有一位摄影师拍了很多有关沙特阿拉伯的照片，令我十分震惊。照片中一种搪瓷的杯子，还有一种木质长条的凳子，与我们家的几乎一模一样，只是我分不清是他们影响了我们，还是中原的生活习惯，进入了这些戴头巾的国度里。20世纪80年代初，大家迅速摆脱"文革"时期灰蓝的衣服，变得花枝招展起来。在兰州时兴了一种衣服，我们叫"大包"衣服，从世界各地来的，大家说那些是别人穿过的衣服，怕不干净，但是忍不住还是要买，因为实在是太漂亮了，不知道挑那些衣服的都是些什么人，比起现在最大牌的时装不知道美多少。我们买回来，拿去紫外灯下消毒，然后美丽万分地穿上街。那些衣服看不出旧，只是来路不明。偶尔也会出现来路明的，我小时候穿着一件针织衫，上面写"Cyprus"，我爸去外祖父的英文词典里查，才知道这个词是塞浦路斯。这件衣服的质地很特殊，怎么洗都不变形，也不褪色，纹理十分紧致，我们研究过后，认为在国内当时的技术条件下，做不到如此水平。

讲到这里，就不能不提徐工的《参考消息》，这个报纸不是我们非得看，是政协订给他老人家的，不看都不行，时间长了，《参考消息》在家里堆成了山，摞起来有一人高，倒下来会砸到小孩。这个报纸很高端，讲的都是世界各国的事，国内我们身边的事没有。我外祖父看了就讲故事，先讲沙特，再讲伊朗，后来说，要打仗。很快，官方消息传遍祖国大地，海湾战争爆发。到了我学历史的时候，饥饿感又来了，全部都是欧洲、美国、伊比利亚半岛，我想听的都没有。

知青情结——"下河清"

听完了爷爷辈的传奇故事,接下来是我父母这一代的故事。谁也无法预料自己的命运之中会发生什么,就像我的外祖母,陈家实在太有钱,这位陈小姐出嫁之前什么都不会做,她的生活里只有两件事:绣花和写小楷。在如今兰州市最繁华的西关十字一带,以前光是陈家的铺子就有无数,这些商户租了陈家的铺面,有时候交不上房租,就用货物来抵,有什么抵什么,什么玉石扣,绣花线,帽顶子①,一拉一箱子。这些东西不时被陈小姐从娘家拿来交给她的穷老公,被我妈姐妹几个拿来玩,一拉抽屉,一堆珠珠串串哗啦啦地流了一地。金玉之物、上好的丝绸,后来又加上二爷爷不时从美国贩回来各种东西,这些都即将成为"文革"时期他们重要的罪证。

外祖父有了四个女儿之后,很用心地打扮她们,每次去上海出差要紧的事就是给每人买一件新衣服。那个时候以外祖父的资历,担任重要工作的工程师,收入是足够维持生活水准的。这位陈小姐专职操持家务,问题很多,

---

①帽顶子:清朝至民国时期带的一种男士帽子,上面镶一块玉石、玛瑙之类。

首先饭做得很难吃。人家陈家是长年住着厨子、裁缝,裁缝每年来家里两次,住在家里做衣服,一次做冬衣,一次做夏衣。徐工程师简直是委屈了陈小姐。直到

后排左起至右:二姨徐启明　大姨徐雁飞
前排左起至右:妈妈徐敏　四姨徐蓉

二老年纪很大,外祖父都不让子女们数落外祖母,在他的心目中,这位操持家务、辛劳一生的女性太伟大。我总在想,外祖父的这种情绪,是因为外祖母为他创建了一个安稳、美好的家,这个家抵挡住了很多大风大浪,是他内心最温暖的来源。

我母亲姐妹四人,各有风采,最温柔美丽的是我大姨,年轻时候追求她的人简直不要太多,弄得家里车水马龙,目的都是来看这四个如花似玉的女儿的。都说旧时的社会重男轻女,在我们家,有趣的故事都发生在这四个女儿身上,反而我两个舅舅黯然失色了。最聪慧、学习成绩最好的是我二姨,她也最不幸。假如我二姨生在如今的时代,她是一个做职业科学家的好苗子,一定会超过外祖父的水准。但是,在"文革"开始之前,各种政治运动不断把外祖父牵扯进去。我妈在上小学的时候,就开始为自己的父亲写交代材料。说实话,我们家的事需要"交代"的也太多了,光是海外关系就说不清,还有国民政府的电台、美国基地,写得人心惊肉跳。在这样混乱的局面之中,大家自顾不暇,谁也没有注意到我二姨严重失眠很长时间,等到家人发现采取治疗措施的时候,她已经被诊断为精神分裂,终生无法治愈。那一年,她

刚满十八岁。

　　接踵而来是一个混乱而且疯狂的年代，后来我阅读了很多历史书籍，其实把"文革"的混乱全然归咎为政治行为是不公允的，应该是一种广义的历史周期跌宕。在每一次这样的周期，每一次历史的转折处，人性，都会暴露出来各种问题。文明与智识，进步与蒙昧，都会再一次校正它的定位。人，并不会永远保持清醒与理智，每当有外界冲击的时候，人性的黑暗也就会放至最大，不能否认在"文革"中有各种冤假错案，关键在于，在这样的动荡之中获得了怎样的经验，校正了何种智识。曾经有很多人提出建立"文革"博物馆，也有无数多的文艺作品在反映重现这一段历史，这些反思大部分都停留在个人命运倾覆之后的仇恨之中，很少有更深层次的思考。任何一种社会变革都会激化各类潜伏的矛盾，集中呈现人性当中的恶，比如贪婪、懦弱、嫉妒等等，这些毒瘤去除之后，社会就会再次向前进步一点。置身在时代巨浪之中的人是无法看到未来的，也不知道未来会在什么地方，没有人知道"文化革命"是一种什么样的社会形态，会持续多久，于是，在这个漫长的等待与观望的时候，很多人都崩溃了。当人看不到明天的时候，便会结束自己，在"文革"中自杀的人很多，我二姨的不幸只是其中之一。

　　我大姨去了甘南，近十年之后，才通过各种途径调回兰州。我妈去了下河清，这是省内戈壁滩上的一块荒地，准确地说，应该叫"下河清农场"，再往西北前行，就是嘉峪关与敦煌。下乡插队的故事是中国文艺史、文学史上浓墨重彩的一笔，有很多人的命运因此改变。1968年，知识青年踏上插队的这条路，都是前途未卜的，没有人能够预知未来，我妈和我大姨也一样。后来家里人常说，假如我二姨不是整天闷在屋子里读书，和我妈一起下乡，或许她就不会得病，但是，没有如果。送我妈去插队搞得很隆重。我常在想，或者我外祖母心中是有隐忧的，三丫头这一走，不好说等待她的是何种命运。陈小姐压箱底的宝贝也拿出来了，一个金镯子，典当之后给我妈置办了远行的装备。典当行的老板相当专业，纯金的东西是很软的，镯子被他用专用的剪刀剪断，看过成色之后才给出价格。后来我也有很多金项链戒指之类的，想起这一段往事，就觉得是假的。我妈的行囊是一口箱子，一床新棉被，一件新棉袄，在戈壁滩上，御寒是大事。就这样，十七岁的我妈被时代的巨浪卷上火车，茫然地

1966年，我大姨在省人民医院学习，之后分配至甘南夏河县卫生院

奔赴茫茫戈壁。我常问她，假如没有"文革"，你打算做什么？她说首先是要上大学的。

假如这个世界上的知青，有最幸运的一批，那么，一定是与我妈同行的

前排左起第八是我妈，分配至下河清农场劳动半年后，搬迁至永昌县五七干校

齐红阿姨、张洁阿姨在五七干校革委会的留影

这四百人。他们在农场里住了一年多，就全体返城，进入交通系统，分配到各种车间成了修理工、司机、长途车调度等等。而这一年多的生活，变成了这群人最珍贵而难忘的记忆，成就了他们几十年里牢固的友谊。"下河清人"，变成了一个代名词，旅居海外的很多人，只要说"我是下河清的"，就像是对上了暗号，马上找到了组织。

"文革"十年中，所有的人都中断了学业，推翻了在中国大地上流传千年的文化体系，消灭了财产、富贵、身份与记忆，甚至是尊严。没有了书籍，没有了学校，老师与教授变成了"牛鬼蛇神"。这股摧毁一切的力量很大，代表着封建阶级与资产阶级的一切蛛丝马迹都上了审判台。没有人会在这样的浪潮中保持质疑与犹豫，因为这十年的动乱，中国大陆出现了知识的断代。我外祖父这一代人受到的冲击更大，因为他们对人生的观念是完备的，而我妈可以在"革命"的洪流中重建她的价值体系。论语讲："吾日三省吾身"，我们经历了伤痕文学多年的洗礼之后，也未完成清醒的自省。

文化废墟之上需要重建，之后在 20 世纪 80 年代，中国的文艺空前的繁荣，也是人们多年来对知识饥渴的补偿。"文革"在大陆的作用有一点好处，就是大力提高了女性的地位，因为推翻了封建礼教，三从四德、恭顺温良，这些捆绑与束缚女性的道德高地走下神坛。女性有了质疑与反攻父权、男权的心理预设，进步才成为可能。如果说，"文化革命"的毁灭性很大，同时也意味着封建礼教对女性的禁锢有多么根深蒂固，如果不是这样彻底的运动，中国的女性压根不会有反抗男权的意识，是真正的心理上与男性的平等，生存基础的对等和智力水准的对等。中国女人，砸烂了神像，才能找到自己。这种心理基础的变化在我外祖母和我妈身上，有明显的不同。陈家大小姐的条件已经非常优越了，但在她的内心深处，她仍然把生儿育女作为自己人生最重要的任务，她自己对人生成就与满足感的来源，只有她的丈夫与子女。而我妈就不同，她在不用上学的近十年的时光里，学完了这个世上所有她能够学的东西，吹拉弹唱，打球照相，在我这个受应试教育的人来看，不知道哪个学校有这样的本事，能教会她如此多的东西。她画的人物素描被裱在墙上，写的艺术字体比印刷体好看，参加了全区的乒乓球比赛，勇夺亚军，如今七十岁的她，在球场上风采依旧，眼神坚定，动作潇洒，在我的眼中不亚于专业运动员。人生轨迹除了没有如父亲是"中国电信事业的奠基人"这样的高度之外，她有一种超强的弹性与宽泛的人生体验。这样的女人不可能把注意力全部放在自己的丈夫与家庭上，这只是她生活的一小部分，她交游广阔，聚会不断，我爸需要跟着她，才能进入更大的社交圈。到了我这里，因为全部是独生子女的原因，我们独占了一个小

左起第三是我妈，中间男士为厂部干部，留苏人员，俄语非常好

家庭当中所有的关注与培养，似乎从来都没有想过，我们与男性有什么不一样的标准，从上学的第一天开始，学习的竞赛中从不问性别，那么，对于男性的恭顺或者讨好，也就没有一

劳动中欢乐的少女们，右起第二是我妈，周围都是我熟识的阿姨

丝一毫基础。这一切的改变似乎翻天覆地，却也仅仅一个世纪而已。

下乡插队的人有一个共同的特点，就是出身不好，各种地主资本家海外关系国民党的遗老遗少等等，这种人被改造的过程一般都是很曲折的，因为他们已经获得的生活经验足够丰富，见识也很广，即使没有理论知识的加持，思维都是比较活跃的。我常说，下河清人个个是才子，基本没有愚钝的。这群人卧虎藏龙，比如我们要办一个什么活动，一发通知，就会涌现出来各种人才，有作曲的，编排音乐剧、舞蹈剧的，"下河清艺术学院各个院系"各显身手，拍完片子还要有配音，拿出来一放，就是春节联欢晚会。定居美国的齐红阿

认真接受贫下中农再教育　右一是妈妈徐敏

姨，居然制作了一个下河清的纪念徽章，说实话，我觉得比一般常见的徽章都要好看。这枚徽章用金属的色泽让时光有了永恒的感觉，像星辰一样，在浩瀚之中有了自己特殊的位置。

才女齐虹

　　徽章上设计的是戈壁上特有的一种植物——沙枣花。在干旱的区域，这种植物的生命力非常顽强，开出的花却格外芬芳，香气持久不散，像一种珍贵的品格，坚韧顽强。有一种理论说，人居住的自然环境会影响人的审美以及性格，在西北生活的我们或者也有自己独有的性情。这群刚到下河清农场的年轻人，还没有到焦虑自己未来的命运，就被这里的自然风光迷住了。自然的美，总比人力要来得更有说服力，更能征服人，假如没有到过西北的人，是不会懂那种摄人心魄的让人臣服的力量。只有一种接近神力的自然风景，才会让人有这种感觉。之后我也去过很多地方，行走过边境线，但是，我认为都比不上甘肃，这里的人文与自然风光都太复杂，也太丰富，历史在这里出现的层次与撞击，是文明史上独

下河清纪念章

一无二的。劳动改造这种意识形态上的变迁或许还没有发生，自然风光的奇幻足以震慑这群年轻人，他们在这里忘记了前途与命运，和自然彻底融在了一起。我妈讲起戈壁上的晚霞，是真正的火烧云，整个儿天空红彤彤，会觉得世界没有边界，失神地在染色的云朵里忘记了自己，我对她说，大约艺术上"忘我"的境界就是这样吧，只是在戈壁的大漠上发生了。才子们在农场里的生活是真正的农夫，放马、喂猪、种瓜、挑粪，因为陌生，出现了各种事故，很狼狈，但这群年轻学生更多的时候都在讲笑话，幽默是一种智慧，也是一种能力，是知识、见识、生活阅历的综合能力。这些幽默的故事伴随着我儿时的记忆，与父母熟识的叔叔阿姨用一幕又一幕欢笑的故事连缀而成。自嘲与反讽，是幽默的重要手段。在马圈里清理粪的人摆着舞蹈动作，在荒凉的戈壁滩上挂满了行李而走不动路，车辆开到终点，距离农场却还很远，为了帮战友带各种东西，左边挂三个包，右边再挂三个包，脖子上挂几个，东西都上身了，发现走不动了，遥远的场部闪着灯光，人变成一棵挂满果实的树，傲然地屹立在戈壁滩上。这种有趣的生活是以十分简陋的物质条件为基础的，我妈住在土炕上，没有电灯，读的书籍是毛选。她自从下乡之后，就爱上了种瓜种菜，因为这是她在下乡时被分配的工作。我出生之后，几乎所有的假日都是在郊野中度过的，这种习惯和她下乡的经历有不可分割的关系，我们对大自然有了一种割舍不断的眷恋。她为了让我感受到当年她种瓜收获时那种满足喜悦的心情，在我们家六楼的阳台上种上了辣椒和西红柿。每到雨季来临，寂静的深夜里能听见植物生长的声音，这种场景在我听来，是一种极端的浪漫主义。他们在荒凉的世界里不甘寂寞，寻找着年轻人独有的莽撞与刺激。与冒险相关的事情，一定是不正当的，偷瓜，就是一件。要知道戈壁上种出来的瓜果分外甘甜，出口到世界各地，因为这里有巨大的温差，淬出了高含量的糖分。年轻人们有准备有计划，在黑夜里出动，激动之情与策马驰骋不相上下。甘肃有最大的马场——山丹军马场，在下河清戈壁上，骑马骑骡子，也是最令人激动的事，男孩子天性中激越的情绪在马背上释放出来。戈壁上是很缺水的，我妈因为用碱水洗头发，头发结成了块。在这种环境里，任何一种生灵的存在，都是非常令人感动的，在"春风不度玉门关"的荒漠里，骑马飞驰的人，简直像是太阳神。或者书本的知识可以训练人，但自然对人潜移默化、无法言表的撼动可能会更加强烈。我常常与下河清的叔叔阿姨们聊天，总是无法了解属于他们的那种激动之情，我开玩笑对他们说："我知道你很激动，但你必须告诉我你为什么激动。"我想要获得这样的证据，只需要将自己放置在下河清的环境当中，一切就有了答案。有作家写，西北汉子是很沉默的，这和一种严苛的生存环境有关。我在去往敦煌的路上，看见海市蜃楼的那一刻，假如用语言来表达，真的是太苍白无力了，或者，这正是在西北边陲音乐舞蹈发达的原因，当人"嗟叹之不足，故咏歌之，咏歌之不足，不知手之舞之，足之蹈之也"。①永久流传的敦煌壁画，都是翩翩起舞的玄女，只有人置身在戈壁那样的环境里，才会明白敦煌舞蹈为什么是那个样子，它是超脱的，接近神性的，连舞动的飘带都是向上摆脱了重力的。这也是在下河清的人共同的感受，自然的苍凉与寂静，肃杀与无垠，比最高深的书籍都要更深刻，人，在这种时候，会忽视一些东西，比如财富的多寡、身份的高低、人生的得失等等。所以，我妈和她的战友们在下河清的一年多时间，保持住了一种相对赤诚的友情，一直延续到后来的几十年岁月中，他们在最艰苦的环境里共吃一碗饭，共睡一张床，似乎有了一种近乎兄弟姐妹的情感，毫无矫饰虚假，这种亲密之感的来源，被下河清的戈壁风光定格在他们永远年轻的时代。之后在工作、求学的漫长历程里，这种互助与鼓舞也始终贯穿在他们的生命里，在我看来，这种人与人之间的坦诚、

---

① 出自《毛诗序》诗者：志之所之也，在心为志，发言为诗，情动于中而形于言，言之不足，故嗟叹之，嗟叹之不足，故咏歌之，咏歌之不足，不知手之舞之，足之蹈之也。

互助、分享，才是下河清馈赠给他们最珍贵的礼物。

下河清人有自己独特的语言体系，表达方式，甚至行为准则。这些人的个人经历，全部都是大起大落，在一夜之间，所拥有的一切都会不存在，甚至于对人生的信念也要重置坐标。我常想，正如我祖父那样，他所有的奋斗得来的一切都要拱手相让的时候，或者内心也是很幻灭的吧。我妈常说，上一代人经过这些，在他们的后半生里，似乎什么都不在乎了，尤其在物质上，因为对他们来说，所有最好的都已经经历过了，房产院落、金银财宝、车马仆役，即使一切归零，变成穿粗布的农夫，也变成了一种独特的体验。对他们来说，反思的问题就是自己去往何处，获得知识的路径变了，没有了典籍，没有了历史，不清楚来处，茫然地被时代的巨浪裹挟着前行。下河清人求证自己与求证未来都是认真的，审视被推翻的阶级也是发自内心的，所以，他们的处事原则有明确的标准，对物质的要求不会很高，相反，对精神追求的强烈程度要高过了物质。其次，就是以勤劳为美德，在下河清农场里工作的时候，最辛苦的工作是需要自己请战的，这个传统似乎在我们国家始终存在，或者它在有些时候有沽名钓誉的嫌疑，但对于年少的他们来说，是一种价值观的灌输，偷奸耍滑的人是会被鄙视的。之后这些人进入了工厂，始终在工作中保持着严谨踏实的作风，与这种价值观的建立有直接的关系。时至今日，我总说，无论大小的事情，只要找到下河清的人，办事一定会有始有终，非常负责任地办妥，作为一种群体的人，这种优良的品质连带着一种良性的社会关系纽带，变成了一种正向的影响力。

因为没有学校，获取知识的途径变得不明确，或者需要自己去寻找，在那个年代，获得书本知识的途径变得很少，只剩下了毛选和资本论，这种几乎与社会学的学习方法相近的学习自发地在人群中流传，知识的传播是以讨论与辩论为形式。我对我妈说，你们在戈壁滩上都变成了柏拉图与苏格拉底。研究之后自然要有结论，成熟或者不成熟，成了舞台剧的台词、剧本、诗歌、道白等等，零零碎碎在许多年里写成了各种文集。知识出现"断代"的现象，容易变成一哄而上或者泥沙俱下。我妈总强调一点，下河清人的人思维不严谨，没有逻辑递进，松散而不清晰。但假如他们获得经验，一定是经过自己反复思考与求证的，这一点，要比无数强硬灌输进脑子的知识有价值得多。因为没有了历史经验，有关社会体制、社会阶级的讨论，在这群年轻人中间变成通往真理的阶梯，智慧是有预见性的，有人敏锐地看到了隐约的未来，"右派"是会被平反的，高考是会恢复的，对自身命运的审视是在一种极限状态下，会有各种可能，会在杳无人烟的地方终老，城市、大学这些或者永远与他们失之交臂，近乎焦灼的思索或者还没有变成完整的篇章，命运之神提前结束了它的变幻，这群在戈壁上流浪的学生被点化之后，又成了工人阶级。在当时中国的生产力水平来看，工人群体非常重要，经历了"大跃进"之后，说明大干快上的生产方式压根行不通，那么，这群有着良好的家庭教育背景的年轻人，成为工人阶级就再合适不过。这个过程仍然有"跃进"的成分，按照我外祖父的标准，成为一名真正的"职业工人"是要经过严格的知识训练和手工训练，到了他的子女这一代，显然，他们跳过了这个过程。怎么样才能变得"快"，在后来很长的一段时间里，工人干活是"师傅带徒弟"，时至今日，"师傅"一词还会代替职称成为称呼，师傅的手艺有高有低，教授过程全凭心情，培养出来的徒弟也就参差不齐，各有特色。书本知识的加持退为其次，动手能力跃居第一，应和了反对剥削阶级"四体不勤五谷不分"的理论。当时下河清的四百人进入工厂之后的学习，处在一种松散经验化的训练之中，与我外祖父当年在成都基地跟随德国人学习技术不可同日而语。此时我爸也进入了兰化做学徒工，后来他成为兰化最年轻的工程师，总调度师，不是知识的训练，而是习惯，他的记忆力非常清晰，对状如蛛网的化工管道如数家珍，这种习惯得益于我祖父的经历，与他对纺织品的经纬线的掌握如出一辙。因此，这群人在学习提升自我的过程中其实是没有"先师"的，先师孔子被置于对立面，一种发自内心的叩问，无知造成的对先知的毁灭往往是蒙昧的，但有一点价值，就是所有既成的公式与定理都有被质疑的可能，这是独立思考的先河。

这些十几岁的学生被"流放"到了戈壁滩上，远离了父母亲人，也没有导师，化成荒滩上的一棵骆驼刺，自生自灭。这个时期管理知识青年的某些领导露出了真身，这些领导干部性质上与知识青年一样，也是因为各种出身的问题下放，只不过年纪大一些。这些人来自各级党政机关，他们对于这群下乡的学生爱护有加，在一些原则的处理和判断上基本都能做到公正和客观。正如口号里宣传的，他们是生活在一个革命的大家庭里，这个大家庭的"家长"真的是很偏爱自己的孩子，几乎在每一张照片中，这群年轻人都带着欢乐与满足的笑容，总给我一种错觉，他们并没有遭遇厄运，而是被保护得很好。这些领导岗位上的"大家长"对学生们的要求有求必应，农场里自己养的猪羊，给"家长"打声招呼，就能吃到红烧肉。在之后的几十年岁月里，我们身边的故交，没有一个人因为贪污敛财而锒铛入狱的，和这些经历有关，在这些少年们最初接触到的行使权力的人，是一些文化素质非常过硬的人，因为政治原因，这些流放少年的管理者是层次与眼界都很高的人，这是一种历史造成的因祸得

戈壁上高大的骆驼

福。这些人的政策水平都很好,在当年国家混乱的时期,凭着自己内心的准则、善意,处理了各类权益的纷争。人在掌握权力可以操纵他人的命运的时候,靠的是他内心所相信的准则,不少人在政治风向里不断变换立场,但很多有良好教育背景的人都不会任意妄为,甚至是耐心的教育这些知青。刚到农场里劳动的时候,男孩子们在戈壁滩上撒野,轮换着骑马,一匹马没有休息被累死了。这在场部里是一件大事,领导们大会小会地开,点名批评,反复教训。说明这些被流放的年轻人仍然有人在管束着他们的行为,这些领导就是非常负责任的父母师长。

乐队

下河清的人同所有的"知识青年"没有任何不同,照片中他们这样的形象几乎可以作为一个时代的标志。我看着这些很熟悉的人记录的青年时代,一直到他们的中年、晚年。其中有一种很特别的感觉,可能在男性身上更加突出。我坚信一件事情,男子汉是磨砺出来的,绝对无法在温室里找到。假如在同一个时期,有两张照片,一张是在学校教室里的学生,一张是在戈壁滩的少年,你几乎会觉得他们完全是两个人,尽管外貌一模一样。有一种很本质的变化,发生在他们的神态里,只可意会,不可言传。像人的基因被打乱之后重新组合了,换作我的立场来看这些人,如果没有下河清这个"突变"基因,我就不认识他们了,这个标识是我去辨别一类人的标准。这个标准划定了一个区域，是我熟悉的一种男性，只能是在下河清的规定情境里，如果这个情境超越小我放大之后，就是戈壁滩，寸草不生，濒临绝境。再抽象化之后，是任何一种艰难困苦的自然状态，或者人文状态，男人，就应该出现在这里。简单归纳之后，出现在其他区域里的男性，不够标准化，不够标准的男性无法做出有标志性的男性规定动作，也就少了高度的象征意义。这种浓缩之后的意义塑造了一种人的天性中最光彩夺目的部分，以至于在我父母这一代人经常说，大自然，是最好的老师。

"文革"宣布结束的标志，是高考的恢复。事实证明，在经历过十年的文化混乱之后，人们对知识的渴望是超越一切的，这段历史在无数艺术家的笔下反映出来，知青们在土炕上，在路边的灯光下，传阅着一本本基础知识的课本，希望通过高考的龙门一跃，实现回城的目标。这个时期对于高考的身份审查依然是存在的，甚至可以说，政审持续了很长的时间，直到台湾探亲的时期，我们家的人也处在被监控的状态。很多人因为政审不合格，被高考拒之门外，但这并不是唯一的途径，很快，自学考试，不脱产继续上班的读书方式也来了，我爸妈都是自学考试的受益者，这对于他们多年来知识的匮乏有了一次正面的补偿。很多知青的命运并没有如下河清的人这般幸运，很多人一生在乡野中了却残生。或者因为侥幸的幸运，下河清的人对于命运的眷顾有着特别的感慨。我想，友情就是如此，它不能是毁灭性的，总带着幸运与美好的尾巴，下河清也是这样，它是不幸的开始，却有一个幸运的结局。所以，它有了一再被歌颂与回忆的价值，它没有被命运狰狞的魔掌踩躏，维持住了一副童话般的面貌。后来，我看到了一句话，"我们可以忍受苦难，却不歌颂苦难。"或者，人能够承受的命运的悲痛是有限度的，下河清的美好在于它维持在了一个人能够承受的限度，在之后的半个世纪里，它给予了一代人源源不断的精神养料。

吾生也有涯，而知也无涯

这两张照片就像历史的正反面，记录着我妈正面的工作，与背面的心情。进入客车厂去造解放牌的汽车，在当年是一件很光荣的事，工人阶级也是最被尊崇的群体，这种幸运并没有从心底里让我妈挺直腰杆。我对她说，徐工是历史的镜子，也是一把尺，量出了你们工人阶级的"水份"。在我们的心目中，没有经过系统知识训练的人无论拿到多少文凭、变成任何阶层，都是一种虚假的"表象"，自然，我妈这一生说自己从本质上来说，不能算是文化人。在他们心目中，能称得上知识分子的人，不仅是文化层

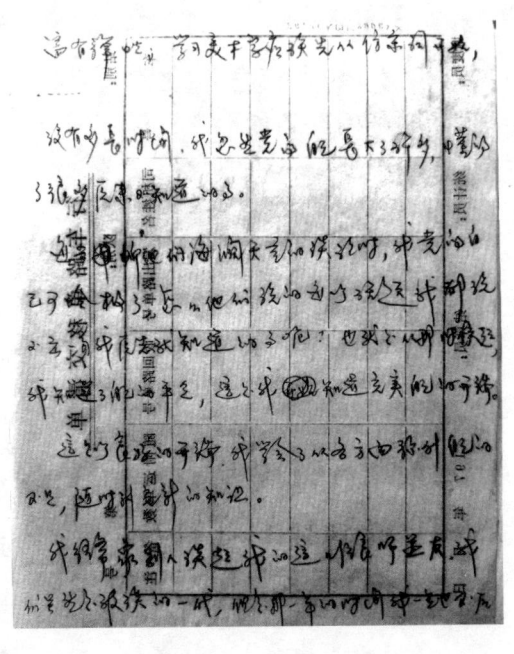

写在工作清单上的日记

次要高，更要有很高的综合素质，比如见识、谈吐、气度、襟抱之类，大约这半个世纪里，能在我们家里称得上技术工程师的人，只有我外祖父。如我妈一样十几岁就进入客车厂的学徒，我妈说这是"随大流"，其实什么也不懂。所以，成了"领导阶级"之后的人在行车单上开始了认真的学习，坐进了兰州大学的阶梯教室，学习大学语文。这种学习的源动力并非是外力，而是她觉得在苏格拉底般的辩论当中什么也不懂，我妈刚上初一，"文革"就开始了，在下河清插队的学生从初一到高三的都有。这就不得说到兰州一中的传统，前身是"省立第一中学"。这所学校要比我上的女子高中的名气大得多，招收的是全省的尖子生，非常重视理工科与外语。这所学校里学习风气极为先进，思想也很活跃，很多社会活动、思想辩论，都是超出学生们所处的年龄的，它有一整套对学生的选拔体系，从各个方面锻炼学生，所以，在一中上学的人都是些思想活跃、求知欲很强的人。在我外祖父的年代，从兰州一中的高中部毕业的学生会被各种机构提前选拔走，这些人无论从生活习惯到学习习惯，都称得上一流。我外祖父少年的时候身体不算好，脸色发青，兰州一中的校长看见后对他说："你这个身体不行，得锻炼啊！"于是，我外祖父开始长跑，一直坚持到他晚年。到我妈上学的时候，被选拔进实验班（因为她的数学考了99分），这些学生都是顶尖的理工科大学的预

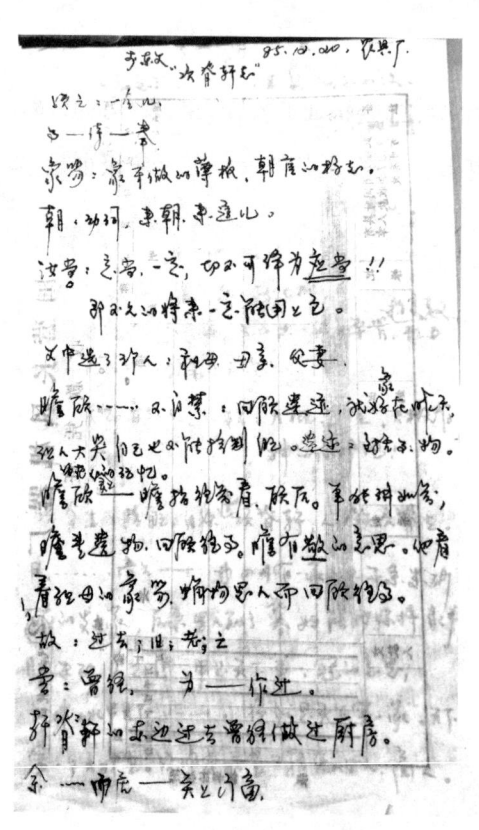

大学语文中的名篇《项脊轩志》

备学生，到了高中部的学生，知识水准是相当高的，这些人野心勃勃，心中的目标都是科技界的高峰。一场"文革"，让这些高材生的才华没地方发挥，变成了戈壁滩上的大辩论，一个初一的学生哪里听过那些高见，直接被震撼了，我妈进入知识盲区，加之自己家庭出身不好，连话都不会说了。

她的学习从认字开始，揣着新华字典进车间，认了字，还要练字，练习写各种艺术字体，艺术字体练得多了，线条连起来就变成了画，顺手就练起了素描。她的素描起点很高，上来就画人像，不像我只能搞点花卉色彩。于是，在各种开会学习的地方带着自己订的小本子，画素描，逮谁画谁，什么车间班长、讲话领导，都被我妈画在小本子上，这些妙趣横生的小本子是我童年的最爱，要比她的大学语文笔记更令我钟爱，尤其是开会时桌子底下的一双脚被我妈画出各种造型，真是我儿时的欢乐源泉。假如用我今天的艺术思路来看，那些被我妈描绘的形态各异的脚像是春潮或者山野的繁花，要比课堂里的知识更加生机盎然，令人神往。如此说来，我妈实在是算不得规矩的好学生，好玩与幽默在我们家，真的是比学习成绩重要的多。那时候有一本无产阶级的书籍，叫作《牛虻》，内容没学透，我妈练出了手艺，就照着画了一张封面，大家惊叹之余挂在墙上。

至此，我妈的绘画专业算是圆满结业了。大学语文也学过了，成功地定了职称——会计师。她自己说，他们这一代人，没有专业对口这回事，"学的、干的、喜欢的、擅长的，全部不一样。"

要说我妈算不上优等生，我爸上大学就更过分了，完全是态度不端正。他先是去兰化工人大学拿了文凭，因为是"文革"

妈妈的《牛虻》封面画

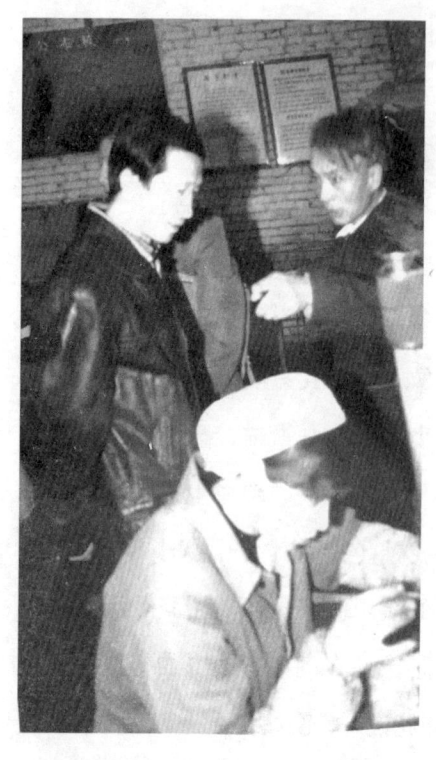

时期的特殊产物，到了"文革"结束之后，便不被承认学历。好吧，我爸去兰州大学考了经济管理专业，考上了，然后传来消息说，这个学历是可以承认的，我爸一听，立即躺倒，考上没有去。到了第二年，消息再次传来，这些受教育经历都不能作正规学历，于是，我爸二进军，又考了一次，又考上了，去报到，系主任一看见他说："你怎么又来了？"

"文革"带来的混乱延续了很长时间，主要是知识系统的混乱，人们不断在接受知识、学文化、学英文，抓到什么就学什么，学完之后，似乎又推翻一部分，又重新来过。直到今天，所有经历过"文革"的人都有不断去学习的习惯，甚至是去学绘画、音乐、舞蹈等等，人只有在知识的训练当中可以找到准确的自己，求知是认识自己的过程，其次再去认识世界。之后我因为读中文系，是不用大学语文教材的，之前我妈的笔记我在中学时代就已经非常熟悉了，这其中有对标准的变化。在我妈这一代人眼中，还有我祖父、外祖父的眼中，对于"好文章"的标准是不一样的，我时常在想，对于"文化"的定义或者每个人都有自己的评价标准，但这其中有一条是不变的，就是"真情实感、言之有物"。因为有了长辈的经验，我对为文的要求自然有自己的原则，拿笔做文章，一定要"有话说"，"为赋新词强说愁"不如不要写。

我妈常说，"xxx上了大学，还是一样没有大学生的气质。"在他们看来，

1989年，在天水二一三机床电器厂调研，左一是我爸

文化是一件特别具象的事，会在一个人的行为举止上体现出来，似乎知识是一种活性的干细胞，进入身体之后就会让人改头换面。学习是一件发自内心的源动力，非外力所为，这一点，在我们家人身上表现得很明显。拿我爸来说，不能要求他学什么，他看了完全没印象，但他一旦理解之后，就印在脑子里了，比教科书都要清楚。小王同志先是把兰化的管道印在了脑子里，被省政府发现后，调去管理全省的大中型企业，又把全省的企业情况印在了脑子里，变成了老王。

我妈坐过大学的阶梯教室之后，眼界不同了，思考也就深入了，思想的解放表现在了艺术欣赏能力上。她买了一尊裸体雕塑，在当时引起了不小的震动。

这尊石膏雕塑是绘画专业的延伸，从平面变成了立体，我妈受到外祖父的影响，从西洋画法入手，进展到了雕塑。我想假如给她一个窑，兴许她也能烧出一座自由女神像。学习的成果一点一滴全部融入了我们的生活，如同一个泉眼，不断涌出清冽的泉水，滋润着繁琐忙碌的生活。艺术不仅仅是书本上的字，它像云朵上灿烂的晚霞落入了我们身边。我妈找来彩色的油漆，在一面玻璃橱柜上大显身手，画出了彩色的花，这件家具跟随我们搬家多

裸女雕塑

次，依旧舍不得淘汰，直到时间太久，画的花斑驳脱落，才被存进地下室里。

到了我渐渐进入了紧张高压的应试教育，家中这种松散的学习气氛始终存在，我总觉得，它与考试分数并不调和，是另一种存在，相比之下，我们以分数论成败的学习太功利了。看似渊博的知识课堂，依旧会被上一代"落后"的学习成果给考住。我遇到的问题，首先是必须看懂我祖父留给我的繁体竖版的《左传》，需要从字来考证，《词典》《辞海》《辞源》《康熙字

典》，直到《说文解字》，《训诂学》也结业了。外祖父顺手在书页上题个字又难住了我，"念（廿）九年"，廿是古文的用法，为二十，念（廿）九即是二十九年，也就是民国二十九年，公元1940年，当时我外祖父二十二岁。

我在课堂上的学习总是不专心，一直在做比较文学，比较历史学，比较空间地理学等等。难题不断，以至于我连自己的名字也不清楚来处，直到看到这几句家训，才晓得我的名字并不是我妈顺嘴叫着方便，它实在是被寄予了很多希望，给予了一代又一代人行为的准则，所谓的家训家书被简明扼要地缩略成一种符号般的训诫，写进了名字里。

身后玻璃橱窗上的花是我妈亲手画上去的，1990年

我看过家训之后，有一种模糊的直觉，祖先对他的后辈真是很没有信心，像一位暴躁的老师呵斥着学生，不要问为什么，照做就是了！还有一种固执的轮回，二十四辈就按这个反复，像一幕经典的乐曲，该小节被不断反复。

随着我们渐渐长大，爷爷奶奶们也在慢慢老去。外祖父经历过一次轻微的脑出血之后便不再写东西，他最后一次提笔是送给孙辈的书，写了他最后的寄望。多年之后我想，按照我外祖父的学识阅历，他应该送给我们的书是《大学》《中庸》，再不然就是《古文观止》《牛津大词典》，结果是一本小说——《浮生六记》。严格来说，这是一本爱情小说，后来我进了中文系，才被告知这本小说是不登大雅之堂的，因为它写了很多闺房趣事，男女情爱，

吾生也有涯，而知也无涯

外祖父题字的扉页，范若是他的字，龄楷是名

祖父王世骥的藏书，签名的笔画是用毛笔的习惯，提笔一顿

专业老师甚至认为它过于"露骨"。但这本书在我们家里，并没有因为它的"不严肃"而影响它的重要地位。外祖父经常拿来与外祖母讨论，我外婆对作者沈复颇有微词，说他固执、死板，简直是"讨厌"，我外祖父就笑，很狡黠。如今想来，教会子孙如何恋爱与生活，是最要紧的一件事。我们这些受过现代教育的人，既愚钝又缺

王氏族谱

振大宗嗣　允可念之
乃有祚承　用之淑执
奉若克守　昕立斯宜

二十四辈

王允鹏抄于祖父王宗杭手迹

1967.3.

祖父是世字辈，我爸是允字辈，我是可字辈

> 赠给河嘉
>   深读熟读，仿效作者
> 置身于痛苦之上的人生态度。
> 次得灵感于《史记》而提高
> 父三里。
>   孙辈六人中国读能力
> 推你为首，望能勤奋习
> 止不复众差。
>
>   徐獻楷 1997.2.23.

外祖父因为轻微脑出血，写字不如从前流畅

乏情趣，相比之下，我们简直连恋爱也不会，就这样被上个世纪的"老朽们"嘲讽了。历史的进程，并不总是向前的，也许会迂回，会盘旋，也会倒退。我内心深处常常有一种对过往执着的迷恋，因为做过比较之后才会发觉自己既浅薄又粗陋，在外祖父这一代人的手里，挑选出来的书籍十分与众不同。后来我想，应该让外祖父给我列书单，大约比我中文系的书单要有水准的多。直到今天，我不认为我们有很多"值得"读的书，相反，可读的好书并不多。假如用我外祖父的标准来挑选，一本好书要有卓越的思想性，丰富的生活情趣，优美的文笔，真挚细腻的情感。这种来自他的艺术观，直到今天，能够达到的书也是寥寥无几的。

跨越一个世纪的"绣娘"

人生在世，无非衣食住行，生老病死这几件大事。"衣食"二字首当其冲，可见"衣"之要紧大于"食"，在中国人的传统里，衣不蔽体的"食"只能算作是禽兽一类，人要穿了衣服，有了礼仪的"食"，才是人的意义。奶奶这一辈的女人，对于自己分内的工作有特别清晰的界限，在家里操持家务，盯紧了衣食二字，保证了一家老小既温又饱。我自幼与爷爷奶奶生活在一起，我奶奶是典型的山东人，做的馒头饺子可以拿去卖，还有一项绝活，就是腌咸菜，什么萝卜干、大蒜、青笋、辣椒，都会在她的手里变成美味的咸菜。以前北方的冬天，新鲜菜蔬很少，要把秋天收获的菜蔬存起来做成腌菜，以备整个冬天的吃食。我祖父生了三个儿子，没有女孩，家里四个大汉的吃饭问题压在我奶奶身上，蒸馒头、擀面条、腌菜，即使在食物匮乏的时代，也不曾叫家人挨饿，按照旧时的标准，她真是很会操持家务，干活爽利。有了我之后，爷爷奶奶把拉扯男孩子的粗糙收起来，变得精致起来，奶奶蒸馒头的时候用剪刀把面团剪成刺猬、小老鼠之类，再用黑芝麻点上眼睛，一揭锅盖，一笼屉香喷喷热腾腾的小可爱，真是让我心花怒放。在寒冷的冬天还没有来到的日子，每一个有阳光的午后都是难得的好时光，我奶奶把我爷爷在菜场里挑选来的各类果菜都切成条，拿大簸篮盛着，放在太阳下晒，我搬了小板凳坐在中间，感觉像地主一样富足。秋末的阳光很暖和，时间却不长，阳光很热的时候，菜条被晒出一股淡淡的甜味，留给我很深的有关丰收的记忆。瓜菜晒过之后，就要开始腌了。我们家里有几个很大的瓷坛子，差不多有五六岁小孩一样高，后来我听过了故事《司马光砸缸》，总觉得自己会掉进咸菜缸里出不来。腌菜在我小时候的记忆里，是一件"玄学"，有很多禁忌，需要严格按规定操作，否则腌的菜会失败，变成一坛子"臭水"被倒掉。我奶奶的手艺非常纯熟，她腌菜从不失手，咸的酸的糖的，味道一以贯之，不会改变。我妈吃过之后也要学来自己腌一坛子，严格按照我奶奶的流程，结果是，失败了，臭了的菜扔得我们很心疼。自打这以后，我奶奶腌菜的手艺就失传了，因为传不下去，我奶奶是这样解释失败的原因，"大约你妈手气不好，腌不了菜。"我妈被"专家"定性过之后，这辈子再也没有腌过菜。腌菜变得很玄妙，不是什么人都能腌菜的，放进坛子里的菜像是释放着某种神秘的讯息，一般人无法识别。我爷爷在坛子周围转，闻一闻，点点头说，好了，这个时候拿温开水封起来，一个倒扣的碗漂浮在瓷坛的封口处，在寂静的夜里发出咕嘟的气泡声。这是一个考验耐心的时刻，大人一定会叮嘱手欠的小孩不能揭盖子，否则"走了气"，菜就坏了。禁忌，是一件有关品行的事情，不能耐住性子等待的人，什么也干不好。我在腌菜的历程中，磨炼了自己的性格。等待、梳理自己杂乱的念头，是早过于教育的修行。判断腌菜什么时候好了可以吃，也是一种经验，只有我奶奶可以第一个打开盖子尝菜，我爷爷也是不能碰的。我们耐心地等待奶奶宣布"菜好了"，像是等待一个努力了很久的成果，终于到了。这种心智上的磨炼让年幼的我明白了任何事都不是一蹴而就，需要耐心、仔细，甚至是运气，才能得到最后的成果。

食，与生命休戚相关，却由不得人放纵，耐着性子等。到了衣，需要的

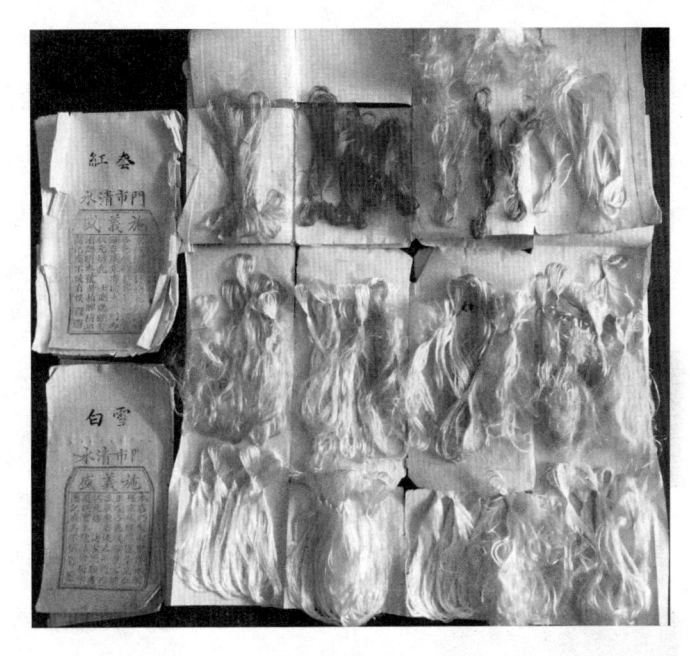

耐心就更多了。说起来，我妈没有我爸幸运，因为我外婆做饭的手艺实在不好，也不如我奶奶能干，但人家也有一项特长，就是绣工，这与她的出身有关，太有钱的大地主的女儿，自然要精通绣工，这是一种基础的审美

红套是指一套红色丝线，由浅到深

训练。即使世事变迁，家境不如从前，我外婆的审美水平依旧很高，这种训练从她未出阁时买来的丝线就能看出来。这些丝线经由她的手交给我妈，跟随我们多次搬家，仍旧完好如初，实在是令人很感叹的一件事。算起来，这些颜色美丽，光泽夺目的丝线已经走过了一个世纪，是历经沧桑不改容颜的"绝世美人"。

　　这些丝线是一种原料，并不能直接拿来绣花，线的粗细需要自己来捻。捻线，是一项很专业的活计。选好了颜色，定好了式样，按照需要把这些细如蛛涎的丝线捻成一根根线，绣出的花凹凸有致，色泽鲜活。在我外婆年少的时候，绣花，承担着两种功能，一种物质需求，一种精神抚慰，兼顾了物质基础与上层建筑。少女们自己绣的花是很要紧的一件东西，不能随便拿来送人，是要跟着自己嫁人的，因此，绣花，变成一项行为艺术，那些纤细得让人眼花的丝线雕琢的是渐渐成熟的少女的容颜，是她即将走进一个男人的生命的预备动作。闲暇时光的空白都被绣花来填补，安静之极，也美丽之极。

色彩艳丽的历经百年的丝线

卖丝线店铺的介绍、广告

一针一线的神思寄托的是少女们对未来最美丽的期许。在我们家里，恩爱夫妻的典范是外祖母与外祖父。我妈常说，我外婆在包办婚姻的时代能嫁给我外祖父，真是福大命大，外祖父对她一生包容呵护，真是让晚辈们艳羡不已。或者在她未出阁时绣花的丝线带着某种幸运的讯号，变成了寄托婚姻完美的象征。很多人对婚姻成功的标准是披金戴银、高朋满座地风光大嫁，在我们家里这些金银之物都算不上珍贵，只有承载了时间与神思的物品，才值得被珍视。我外婆从一个佣人伺候的大小姐，嫁给我外祖父，随着时代变迁，经历各种风波，生活水准一再降低，却也听不到她有任何怨言。相反，她心胸豁达，经常哈哈大笑，感觉是个粗线条的人，但去看她绣花的活计，又觉得她内心十分细腻。我外祖父有一枚印章，由外婆保管，很重要，关乎一家人的经济命脉，是用来领工资的。旧时的很多人，尤其是女性，是不识字的，丈夫的工资要妻子去领但妻子不会写字，印章就很方便。我外婆给这枚印章织了套子，十分美丽。

大约是受到了外婆的影响，我妈姐妹几个十分热衷服饰。在"文革"那样的年代，这种爱好是一种腐朽的小资情调，不能露出来，于是，一些颜色鲜艳的衣

我外婆织的印章套

服就套在灰蓝的大褂子里面，好表现出来工农阶级的立场。但她们对于美丽的追求从这些丝线开始，一直都没有间断。从我们自己内心的标准来看，衣着服饰是一个人热爱生活的表现，无论处在何种境地，这种从心底里发出的对美丽的追求，是我们抵御磨难与风浪的力量。我妈姐妹几个幼年时期的衣服鞋子都由我外婆亲手做，她缝纫的技能很快就遗传给了几个女儿，即使在政治风浪最强烈的时候，也要想尽一切办法让自己美丽一点。姐妹几个做了花色鲜艳的衣裳穿在里面，外面罩上灰黑的外套，面无表情得接受革命教育。我妈结婚时外婆送给她一块桌布，上面的花是外婆亲手绣的，这要比

外祖母绣的花，中间的音符是我妈绣的，彼时她正在练习小提琴

送给她金银更有意义，这块桌布非金钱可买，也不是一天即成，由母女两人一起完成，有一种谨慎又庄重的意味。

我妈总说她是个理科生的脑子，对彩色不敏感，画人物很得心应手，她不喜欢画花花草草。我和我妈刚好相反，不会画人，只能画些花花草草。我也有很多画册，看过之后，再去看我外婆绣的花，她对美丽花朵的挑选和我们是不一样的，好像出自一种完全不同的眼光。我研究了很久之后，觉得她的审美体系是一种完全的、纯正的古典主义，中国闺秀的古典审美，含蓄、沉静、留白。她的这种审美来源于她的出生环境，到了生活越是困苦的时候，这种情绪似乎表现得更加明显，以至于，我的感觉是中国女性对美的认知，带着一点悲情的忍耐，似乎没有奔放与热烈的时刻，和苦难与生俱来。到了我妈这一代，革命的浪潮席卷全国，审美体系也被彻底推翻，不能说革命之后就不美，只是不同了，追求美丽有了更多标准，健康、有活力，是一种很正向的引导。但不得不承认，古典主义有它不可撼动的地位，我外婆一出手，我和我妈真的就没有什么看头了。

在绣工这个领域，我奶奶也是不输他人的。虽然她文化程度不如我外婆高，私塾里的先生讲些什么她也是知道的。她说以前家里让女孩子看书，看些《列女传》什么的，"都是些什么啊！"在她的内心深处十分不以为然。假如我们为这位王家奶奶做一个小传，写出来不如我外婆的材料足。王家奶奶姓刘，嫁给王世骥先生是续弦。前一位夫人要比这个刘小姐家境好，容貌也更加漂亮，她病故的原因是因为生育。这位前任夫人有一个与刘小姐最明显的区别，就是恭顺。在山东礼教比较保守的地方，这位夫人一丝不苟地执行他人给她规定好的礼教。在她生育之后，当地有一种莫名其妙的规矩，说要吃七个鸡蛋，据说很吉利。结果这七个鸡蛋并没有为夫人带来吉祥，反而使她因为产后失调，丧命黄泉。我们之后分析过原因，在新式医院没有普及的时代，在家中由产婆接生的产妇感染的概率非常大，饮食失调更是雪上加霜。

我们之所以会对这七个鸡蛋致死人的原因印象深刻，是来源于我奶奶，就是这位续弦的刘小姐。她用自己反复加深的阐释，将山东地方礼教的迂腐和落后深深地刻进了我们的脑子里，连孔老先生也捎进来了。后来我们说笑话，假如后来她生了儿子后有人让她按照什么规矩吃七个鸡蛋之类的，我奶奶会直接把鸡蛋扔到他们脸上。

我奶奶性格中有一种比我外婆更强烈的反抗与颠覆的意识，这种自信不是来源于家庭出身，而是来源于个人能力。她嫁入王家之后，上有公婆妯娌，下有子女，她除了做繁重的家务之外，还顺手在地里种点瓜菜，结果种得太好，周遭邻居都知道了，要请她去打理地里的事，我奶奶一干活就容易上升成管理阶层。与此同时，她还擅长做各种针黹活计，这些工作量够大了，显然还没有完全占据她的精力，因为她还要干些出格的事情，比如与妯娌、公婆、姑嫂争吵，甚至干架。要知道，这位续弦的太太是在孔先生的地盘上，一个女人整天与家中长辈亲戚吵架，成什么体统，完全是负面形象，一点不占理。在她干架的时候，我爷爷远在兰州琢磨他的股份，哪里知道家里这些事，也没有电话能天天去规劝自己娶的这位搅家精老婆。在他毫无防备的时刻，他的太太领着三个儿子，包括前面去世夫人的儿子，也就是我大伯，从天而降地摆在他的面前，这才知道，我奶奶干架不仅不收敛，而且炒了别人的鱿鱼。在此之前，她连周村都没有走出去过，就这样卖了家里值钱的东西，按照我爷爷信上的地址，来到兰州，再也没有回过老家，大约是想气死那些与她吵架的人。关于我奶奶从周村来兰州这样冒险的举动，我们家里是很钦佩的，说她"很厉害"，反倒是她本人没有特别强调过。我常想，大概在她的思想里，我爷爷四处跑行商的工作她也做得了，说不定干成女企业家也不一定。我外婆受到闺房绣花的教育，她有点保守的思想，家里人多的时候，她会躲进里屋，而我奶奶刚好相反，她什么地方都敢去，什么抛头露面她不管，弄的街坊四邻都说她泼辣，再说得难听一点，就该是泼妇了。后来淄博老家来人看望她，这位缺少妇德的老太太似乎又回到了当年干架的状态，她问那些亲戚："你们孩子都在老家做点什么？我大儿子在省政府当官，小儿子在银行里管钱。"我们笑了很久，像她这样气人，别说亲戚了，就是孔夫子也会忍不住与她干架。

　　脾气大的人，一般能力也强，她有一种很足的心劲，这种勇敢时常鼓舞我们这些后人，难道我们还不如一个旧时代的妇女？我爸兄弟两个最推崇的性格品质就是坚韧不拔，与我奶奶有直接关系。我奶奶带大了我与堂弟维维，我们多少年都在她那里吃饭。对我妈来说，吃饭做饭是一件天大的麻烦事，对我奶奶来说，真是顺手就干完了。我们两个小孙子在家里闹腾，她能始终让家中保持一尘不染，我与弟弟维维在她身边，连碗都没有洗过。我妈常说，我奶奶中气很足，我和弟弟满院子跑，她找不到就一声喊，全楼的人都听见了。这种"脾气"与她的工作水平直接挂钩，她不仅做饭干家务手脚麻利，女工活计也做得很利索，美观上不如我外婆，但她是实用主义，出活快，耐用。我小时候的棉袄、棉鞋，都是出自她的手。因为我从小身体不好，大病小病不断，我奶奶自有一套她的育儿体系，保暖，背心贴身穿了护住肚子就少感冒。闲来娱乐也不如我外婆我妈都是些花朵音乐，只以身体好为要，所以，我奶奶只做荷包，里面装着自己晒干的艾草，在端午的时候挂在房间里，毒月里祛了邪，才能保证家人一年中不生病。后来我在很多店里也买荷包，只是

我奶奶做的荷包。南瓜、佛手、荷花，都有健康长寿之意

不知道我奶奶用的什么办法，她的荷包艾草的味道非常浓，很多年都有艾草香，我买的香包味道不对，不是天然的艾草香。

我妈自打参加工作以来，一直在做管理工作，事情千头万绪的时候怎么样发挥最大的效能，我妈对我说，这叫

上面两对耳环是我妈买的，下面一对是二奶奶从台湾带来的礼物

统筹法。这个理论在我们家最广泛的用途是在厨房里，比如在等烧开水的时候可以剥葱，煮面的时候切菜，每一个工序都没有空白等待的时间，这叫将时间发挥最大效能。我奶奶在没有理论加持的情况下干活依旧比我妈快一倍，不知道她的统筹法是在哪里练的，她不仅速度快，还搞得了我们搞不了的工作。有一年我妈学校里要搞庆祝活动，请全校师生吃点特别的饭。因为很多北方小孩很少吃糯米，学校里就说蒸一大锅糯米红枣糕给大家吃。想法很好，但这个糕得多大才够全校师生吃，这个问题超越了我妈的知识范畴，她完全没办法。结果我奶奶说话了，不就是一锅糕嘛，简单得很。我妈回去和食堂师傅讲了一遍，校长说，这锅大糕得有人指导，就由王家奶奶来指挥吧。于是，校长派了一辆小轿车，按专家标准把我奶奶请进了食堂。那一年，我奶奶已经60岁过了，她真是等来一个比家里厨房更大的舞台来展示才能。把食堂的师傅分成各个工种小组，按她的节奏蒸糕，指挥得当，蒸出了一锅漂亮的红枣糕。那个大蒸笼热气腾腾的得由四个壮小伙抬起来。这种分量，像是一个旧时代的女性沉重的命运，当她抬头的时刻赢得了所有人的叹服！她没

有受过什么女性主义的知识训练，单凭自己的一股能耐，透出一种女性觉醒的味道。我在报纸上写文章，因为年纪很小，惹来别人议论纷纷。我奶奶看了报纸，对我爸说，如今这一代孩子不是以前了，她要干什么你们就让她干。很多年之后我才发觉，我奶奶敏锐的嗅觉闻到了时代前进的味道，她一锤定音地将我未来的命运送到一个最解放最先进的地方。

我妈姐妹几个，伴随着多年的政治风波，一直谨慎低调，一不留神就会被扯出来家庭出身。直到20世纪80年代改革开放，我们一家才算是从出身阴影中摆脱，可以大胆穿衣了，我奶奶、外婆也从"绣娘"的身份中彻底脱离，我们的衣物都可以上街去买了。我妈在爱美的潮流又前进了一大步，开始买装饰品、首饰了。这些东西在"文革"之前已经彻底从中国人的生活中消失了，被称为"四旧"，像是瘟疫一样，扔的扔，藏的藏，存留的金货也都在生活困难的时候换成了果腹之物。我妈买的首饰又大又醒目，要远远地就能看见闪闪发光才好，似乎是多年来被压抑的天性释放，她戴上大耳环就参加舞会去了。这个时候，台湾回来的二奶奶也给我们捎来了礼物，与我妈的大耳环如出一辙，只是这些二奶奶从台湾带来的礼物带着一种旧时光的味道，既沧桑又华丽，既夺目又低调。

山色不随人事改

人说起富贵二字，一定会想到"财产"，财产不是一夜之间从天上掉下来，一定得经过漫长的时间积累下来，它不与现实相连，与过去有关。可能如今的人大都没有我们家这样的经历，恨不得与过去的财物洗脱得一干二净，也好踏踏实实不用担心哪一天去劳改。黄白之物，生不带来，死不带去，人为了与金子长相厮守，死了也带进棺材，万古长眠于地下。在"文革"中抄家的时候，很多人趁着夜色渐深，在黄河边上溜达，还得看没有人的时候，悄悄地把金银之物扔进河里。如今想来，世事变迁真是讽刺，有多少人为了钱财反目成仇，在那个年代，真的是"财去人平安"。在我们家也是如此，抄家的风声紧了，大家手里都攥着些东西舍不得，不光是金银，一切与封建阶级、资产阶级有关的东西都有可能成为罪证。毁尸灭迹，是当年重要的一项工作。我外婆成了惊弓之鸟，揣着她的陪嫁不知道往哪儿藏。有一天，楼里冲进来一伙人，我外婆的心提到了嗓子眼上，就等着红卫兵破门而入。结果人群一拐弯上了楼，去了我外祖父的老同事沈伯伯家里。我们家侥幸逃过了一劫，没有因为抄家又搜出来更多的"罪证"。沈伯伯家里是上海的大资本家，被打成了"右派"发配到了大西北，其实家中并没有值钱的东西，因为身份特殊招致红卫兵进了门。作为邻居的我们，噤若寒蝉，开始了一场浩大的自我"革命"，别人倒是没有抄我们的家，我们自己把自己"抄"干净了。在那种运动不断的年代，家里的那些东西实在让人胆战心惊。这些财物分类之后，有几大类，一类是黄金白银，二类是字画、扇面，三类是手工艺品，四类是二爷爷从美国带回来的东西，每一样都足以让全家永世不得翻身。

　　清理这些东西需要时间，但是抄家不等人，于是，我们开始在夜里干，给窗户蒙上布，不让灯光透出来被人发现。我外婆首先处理的东西是占地儿、显眼、容易被抓住罪证的：一对翡翠镯子、一个纯银的项链，挂饰是个工艺精湛的娃娃，还有她在娘家时姐妹们自己绣的荷包，工艺复杂、做工考究，可以挂在博物馆展览的那种。这些细节都是通过我妈我大姨的描述写出来，因为没有实物，我也没有见过。第一批清理出来的东西找个穷乡僻壤的亲戚赶快送掉，那个时候没法卖，也没有地方收这些东西，一卖就被抓，真是扔都没有地方扔。没有地方扔的接下来就是烧，能点着烧毁的是第二批。徐老太爷在国民政府中做官，自然结交些才子名流，什么字画扇面据说都是些人物的手迹。那时候也来不及一一细看，统统付之一炬。接下来，最麻烦的来了，就是我二爷爷从美国带来的东西。那个时候，远在台湾的他并不知道我们为了消灭他的纪念品连夜奋战，这些当年最受家人欢迎的礼物居然成了招致厄运的火药桶。我二爷爷是家里最时髦、衣着最考究的那一位，梳头刮脸是他的重要日常习惯，他从美国带回来几大盒刮胡子的刀片，被小孩子拿来当文具，削铅笔，USA 三个醒目的字母印在上面，散落在家里，到处都是。于是，一盒崭新的 USA 刀片被销毁在茅厕里。这还是小事，最麻烦的是他的军服，好多套，真的是让人一夜之间愁白了头。没有人敢拿，更没有地方藏，怎么办，我外婆和我妈急中生智：拆！结果我妈太天真，这些军服可不是如今电视剧里的道具服，是真真正正的军装，美式军装，用的是最结实的毛呢面料,双线走针,拆都拆不动。这个时候我爸还没出现,我总想应该叫我爷爷这位纺织品专家来拆,一定有很新奇的发现。这种军装用的线是一种特制的防腐蚀的线,我大姨想一扯就断,差点被割破了手。拆完之后的军服就看不出是什么东西了,我外婆还不放心,又找来染料染,军绿色的衣服染成了纯黑色。这些帅气得能让人窒息的军装终于在我们的手里改头换面,变成了另一种存在,悄然在家中潜伏了下来。那个时候国内的物资匮

1945年10月二爷爷徐龄垚赴美实习空军地勤通讯

乏,能获得一块上好的布料去做衣服是非常难得的。我妈在激烈的阶级斗争中依然存着爱美之心,打起了这些布料的主意,她做了一件纯黑的外套,挺括有型,简直太满意了!"台湾爷爷的军装",在我们家大约可以写成章回体小说,拍成电影都不行,电视剧能说三四十集,它是所有我们家的财产中存留方式最特殊的一个,延续的时间也很长。时间证明了这些军服的料子的确经得住考验,像是变换了模样的亲人,与我们冷暖相依。在我出生之后,我妈手里依然还有染过的布料,质量依然很好,于是,我妈给我做了一件小外套,剩下的布料做成了小背心。我真是很佩服我妈的审美,她在那个年代,居然用的是豹纹的装饰,从内心深处吻合了美国军装的精神含义。在小孩子的服饰里,我的衣服是绝无仅有的,因为那种料子很硬,怎么揉连褶儿都没

有，我成了一个最时髦的五岁小孩。直到1988年，二爷爷回来探亲，我就穿着我的豹纹小背心去迎接他。这件军服如同隐藏在时间背后的笑脸，准确地辨认着属于它的亲人。

历史的迭代投射在个人命运上，每一个人都是很渺小的，我们的亲朋故交几乎所有人都被卷入了时代的大浪里。一朝获罪，终身监禁，这样惊心动魄的灾难似乎随时都会降临，在这种氛围当中，那个时候的人不会考虑那些被扔掉的财物到底值多少钱，在每一个历史阶段，金钱的标准都不一样，价值连城的，或者会一文不值；弃如敝屣的，也会一朝纸贵。经历了各种标准的变幻莫测之后，我们内心之中有了自己的取舍，珍视或者舍弃，"有价"与"无价"有两种直接后果，有价能让我们果腹，比如我外婆的金镯子，要紧时候换成钱就可以买东西；无价能让我们的感情得到慰藉，比如二爷爷的军服，变成了我记忆中的一部分，这件衣服如同一种魔咒，把一段复杂又晦暗的历史刻进了我的脑子里。假如没有这件衣服，我不会在很小的年纪里就感觉到一种巨大的历史阴影，不会觉得自己出生在一个不一样的家庭环境里，这些历史背景直接影响到了我的受教育历程，思考，从书本脱离纵深进了历史深处。这个领域没有书本知识，也没有先哲，甚至没有对错，一切，都像一片未知的茫茫水域，等待我去了解

我妈做的豹纹装饰，牛角扣

它。但是，在我的内心深处，我并没有强烈去探求的意愿，它不是成功与享受，不是荣耀与满足，它带着一种诡异莫测、无法把握的命运感笼罩在我的头顶上。我很少穿黑色的衣服，不知道是不是对这种颜色的刻意回避，悲剧的是，无论我怎样回避，一种如同无底旋涡般的黑色都尾随在我的身后，今生都不能摆脱。

金银之物，一下子就会没有，也可以在任何危机的时候抵御饥寒，人们大多存着的金银都是要换成钱来解决问题的。其他的物品都没有这个功能，只好退而求其次成为一种纪念，必须是吃饱穿暖之后，

我身上的衣服是布料染过之后做的，已经无法知道它原来的颜色了

看见些旧物之后的绵长思绪，布料与衣物是另一种东西，应该说，它最不值钱，也没有什么保存的价值，时间一长，变成了齑粉。因为它不值钱，所以在我们家，布料织物保留下来的也最多，不像是纪念品束之高阁，供人观瞻。它切实地穿在我们身上，带着体温与风霜，在晦暗的历史中哑然前行。

二爷爷同我外祖父的感情非常深厚，直到晚年，他闲来聊天说的总是儿时与二爷爷之间的过往。他们兄弟二人相依为命，却因命运被迫分开，想来真是非常残忍。这就不得不解释我们整个大家族的亲缘关系，徐家一门人口

众多，亲友遍布全省，外祖父的父亲一生娶了三位太太，倒不是三妻四妾，是因为生育之后感染猝死（这也是我外祖父一生对青霉素情有独钟的重要原因），我外祖父的母亲就这样在他们很小的时候就离世了。大约那个时候二爷爷都不记事，母亲的早逝刺痛了外祖父，让他自幼有一种孤独无依之感。徐老太爷因为公务缠身不断被调任，根本无暇照顾幼子。我外祖父操心着幼弟的饥寒冷暖，都说是长姐如母，我的两位爷爷没有母亲，连长姐也没有，他们只有彼此。这种孤单的成长过程里外祖父肩负抚育教养幼弟的责任，二爷爷说话说得不对，立即会遭到哥哥的训斥。后来外祖父调任西昌电台，离家之后就剩二爷爷一个人，他对哥哥的依赖强烈地表达在一封封来信中，希望哥哥能够调回兰州。我外祖父四处找长官说明家里的情况终于如愿，回家之后便开始操办弟弟的婚事，准备房屋，事无巨细。与此同时，二爷爷以第一名的成绩考入空军通讯学校第四期正科乙班，立即随军队离家，兄弟二人聚少离多，但那种来自生命深处的眷恋始终没有从他们的生命中褪色。二爷爷结婚后随军全国各地飞，二奶奶就与我外婆生活在一起，她们两妯娌相处得也非常好，家中常常笑声不断。两岸消息中断之后，当时亲人失散的家庭非常多，或者都没有像我外祖父这样焦心的，这种突如其来的政治风波在当年产生的事实，是毫无消息的失联。我写到这里，总觉得很讽刺，徐老太爷把自己的儿子全部送进了国民政府系统的通讯行业，都在电台的通讯技术岗位上工作，即使如此，在政权更替的时候，我们也无能为力地与家人中断了消息。在混乱的局势里疲于应付各种审查、交代，期望能在一个偶然的机会，知道自己的亲人身在何处，这一等，就是四十年。我外祖父兄弟二人偶然离家，也偶然地没有再回来，前途，是那样黑暗与迷茫的未知，家中的一切都为他们留着，新婚时的一切都完好如初，当他们四十年后回来的时候，我们连当年的旧居也荡然无存，真是让人觉得世事无比沧桑。外祖父最后一次看见自幼陪伴左右的弟弟，是新婚之后的匆忙的回家，作为正式的军方人士，大家都是待命的状态。这个时候，长兄已经为他办完了人生中最重要的大事——结婚。娶了当时有文化、思想先进的高家小姐，二奶奶陪伴爷爷颠沛流离，一生相爱融洽，给了他最动荡的年代里温暖的依靠，这一切，都有长兄龄楷的细心筹划。只是，在两岸寻亲的时候，我们只是亲人离散家庭中最普通的一员，没有任何不同，兄弟二人内心深处最伤痛的部分只有家中最亲近的人才能体会，有时候我想，世事变迁有一种命定般的残酷，一定要使感情深厚的两个兄弟生离死别，自幼丧母的悲痛非但没有得到补偿，而是雪上加霜，痛失家园，一生流离飘零。

抄家之后，有关过去的旧物都在历史中成为了空白，这个时代的人把自己与过去彻底地斩断，记忆没有了可以依托的实物，变得缥缈起来。在我们拼了命销毁旧物的时候，有关外祖父的大字报已经贴满了邮电家属院，有一张巨大无比的大字报从楼顶一直挂下来，狰狞恐怖地写着徐龄楷的大名，风浪里的家人，连念佛舌头都会打结。我外祖母在之后的很多年里，说起她的丈夫，最满意的事就是"万幸没有被抓去劳改"。她在清贫的生活里一直很满足，与她擦身而过的灾难，几乎是命运之神的失误才放过了我外祖父，让我们更庆幸的是二爷爷逃离了大陆这场席卷一切的"风暴"。在残酷的政治风波里，很多人因为担心受到家庭成员的牵连，急切地与家里人切断一切关系，自愿站在"革命者"的一边。从某种意义上说，二爷爷在台湾这个事实也影响了我妈姐妹几个。在我们的亲友当中，去往台湾的不止二爷爷一个人，还有外祖父的堂兄徐龄蒲，因为他是开侦察机的，落实二爷爷是否活着的联系工作多由他中转，还有很多远房亲友，包括我外祖父的同事、同学、故交，去了海外的又不知道有多少。我们似乎不像有些家庭，还能有机会与自己的"过去"划清界限，从一个清白的出身开始自己的奋斗，我们被一种复杂的关系网密密地网住，没有挣脱的可能。后来，即使我妈、我大姨都因为家庭出身"流放"下乡，求学、升职都受到了影响，她们似乎也从没有想过与家庭脱离关系。相反，我们是一个宗族观念特别强的家庭，直到今天说起来似乎思想都不够解放，我们有强烈的家族情感，即使经历过这样的政治隔阂也不能打断这种亲情的维系。外祖父在世的时候，每年过年一家人的团聚都是头等大事，他要求每一个家庭成员都必须到场，我外祖母每年临近春节都要在银行里换些崭新的钱币作为孩子们的压岁钱。因为我外祖父在家中德高望重，在亲缘关系上算起来辈分也比较高，亲戚们很固执地要算清自己的辈分来称呼他，实在是对我外祖父从心底里恭敬。亲人们从四面八方赶来，围拢在我外祖父的身边，是真正的一家人，只是在这种时候，我外祖父心底里最挂念的亲弟弟这一生都无法与他共享一个又一个春节。我有时候在想，外祖父那么看重一家人的团聚，或者也是他自幼丧母的哀伤。不过我们这一家人都喜好热闹，个个能说会道、耍宝出洋相，一家人笑声凑起来能把邮电管理局的家属楼震倒，外祖父这些悲伤的往事也就渐渐被冲淡，直到我们获得台湾可以探亲的消息，真是家中最大的喜事。我们没有一个人想过，台湾的亲人给自己的命运带来了多少灾难，耽误了多少远大的前程。亲人之间真挚温暖的感情是我们最珍贵的宝藏，所有与我们有关的亲友，都用最大的热情迎接了他们的归来。

我们在动荡的年代里扔掉的东西，金银财

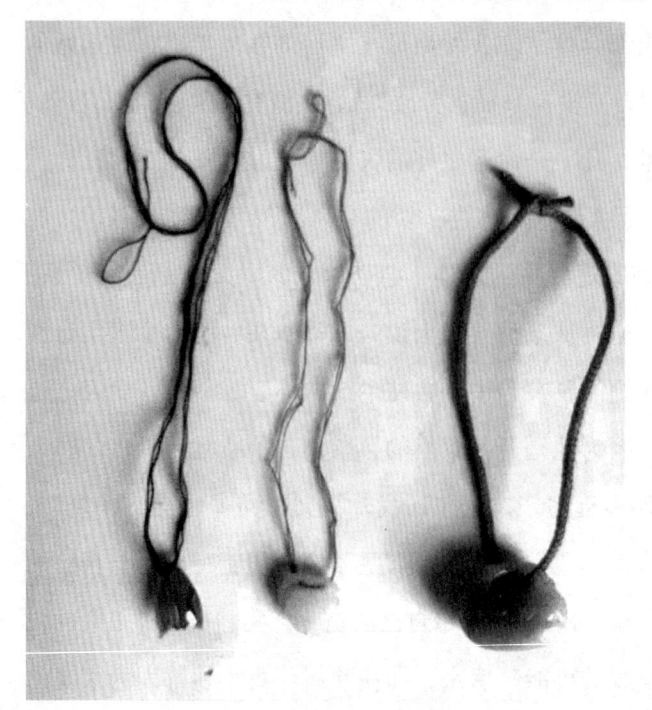

左起至右是玛瑙、白玉、古玉长命锁

宝都会有散尽复来的时候，但感情的寄托，是多少钱也买不到的，一家人总有些近似的价值观，在我外祖父这个"核心"的影响下，这种价值的取舍深植在每一个人的心中，我们平静地接受自己的过往，也不隐藏被鞭笞的历史，与苦与悲，与喜与哀，我们身在其中，也共生共亡。

我妈把我外婆的金镯子换成下乡的行装，留到我这里，就只剩下一个小小的玉锁，这是陈家大小姐存留不多的玉器，真是如沧海遗珠一般，从历史的缝隙中掉下来，寄予我长命健康的祝福。

这些小物件，早已经超越了它的价值，成了永恒之物。我妈经常说，她最头疼的就是收拾东西，倒不是因为东西多，而是这样值得我们带着它在踉跄的岁月里奔波的纪念物太多，无论失去哪一样，对我们来说都是心底里的刺痛。收藏保存它们，不时让过往来抚慰自己，就像是时间给我们的一剂良药，让那些疲惫的创伤都不再疼痛。或者，对我而言，更多的未来都在前方等待，只是在我的身后，这些牵绊的往事从不会远离，也不会舍我而去。

春山故园 | CHUNSHAN GUYUAN

古中国画卷中的"悲情王子"

　　从我记事开始,我很少出门与同龄的孩子玩,似乎没有什么特别让我感兴趣的事,我总是安静地在家,看书、画画。生活里最重要的事就是"听故事",我妈讲完我爸讲,听完之后再去祖父、外祖父那里求证一下,补充一下细节,还有周围的亲友,父母的同事、战友,每一个人随便一讲都是风云际会的大故事,我常常沉浸在故事里昏然睡去,在梦境里炮火连天、车马熙攘,比起电影大片不知道奇幻多少倍。我妈说我从还没有认字的时候就被扔进了最顶尖的学府,开篇就是历史学。不知道这属不属于拔苗助长,学校里的学习满足不了我的求知进度,我妈就发给我一套《红楼梦》,一边查新华字典,一遍念,大部分字不认识,只认识最简单的字。这个时候很多复杂的故事我已经听过了,只是还没有梳理记忆与分析的能力。历史就是如此,因为其中跨越了两代人,它不会等待我慢慢长大去理解,这一切丰富的历史,起伏的命运,都需要有人去记录与分辨,几乎是命定,我被赋予了某种使命。假如家中有什么旧物旧事一定要叫我到场观看,就连家里有一场传统规格的丧仪,我大舅也会把我派去现场,所以,我是被"押送"进中文系的。自然,被一个庞大的家族赋予某种使命并不是一件轻松的事情,我必须独自开始面对辨别历史的真伪,命运的虚实,才华的优劣等等。

我的爷爷辈是从封建社会走过来的,接受的教育是四书五经,到了我父母一代,这一切都成了反面,是一种落后腐朽的代表,与工农阶级在一起是他们接受的正面教育,再到了我高考的年代,正是全中国应试教育最登峰造极的时候,是真正的"千军万马过独木桥"。从我的家庭教育来说,我没有什么硬性指标,也没有人逼我要成为什么优秀人物。我的理想是像我大姨一样上个护士学校,外祖父生病的时候连挂号都不用,直接躺进我大姨的办公室里。结果我鬼使神差地上了女子高中,又鬼使神差地走进了西北民族大学,与全中国的少数民族同学坐进了同一间教室,我爸说这比出国见的世面还大。见过世面之后的我,首先是对各种不同历史体系、文化体系、思想意识体系进行了比较,自然,这一切都没有标准答案。这个过程有点像一种游戏,把立住的东西推倒,因为推倒了,所以要去知道它为什么被推倒了,我遇到的第一个历史课题就是把封建社会体系的文化推倒意味着什么。在我的家里,爷爷们是有权威和话语权的,他们经历过的大风大浪也最多。拿我外祖父来说,我觉得他在家里是我们精神上的一座丰碑。家族中亲友故交众多,我外祖父是"仁义礼智信"的完美代表,他几乎没有人格缺陷。在单位上一提"徐工",没有人不尊敬,政府、政协的领导遇到我外祖父,是要集体起立的。我妈兄弟姐妹几个,真是一生以自己的父亲为荣。

我外祖父建立的这种威信与尊崇,是用他一生的行为来确立的。说起来,比我外祖父官职更高,更有权势的大有人在,但我们能够清晰地感觉到人们对他的那种尊敬与信任是一种什么样的情绪,与攀附权贵的热闹是泾渭分明的。在混乱艰难的时代,他用自己微薄的工资养活自己的亲人,因为长兄龄永入狱改造,弟弟龄垚远走台湾,家中有老父幼弟,一大家人的重担,他自然而然地背负了起来。"我要养家"这是他经常说的话,他有一种天然的责任感，背起它，直到生命的尽头。几乎每一个人在危难的时候都会想到我外祖父，也切实地获得了他的帮助。说起来，他的收入并不低，但因为各种危难紧急的事情与散财童子一生为伴，诸如送医救人，他干过无数，旧社会救人他一定要送进洋人的医院，人家收费高要用青霉素的。收了银圆幸运地捡回一条命，也有救不活的，敛棺发丧他也得管到底，更有什么年幼的子侄们落魄，也得由他从街上逮回来细心教育。我妈为什么说我外婆福气大，因为外祖父比她心思细腻，孩子们的情绪问题他都能准确地捕捉到，反倒是我外婆粗枝大叶，没有他那么多期期艾艾的小情绪。当年我大姨上了高中成绩跟不上，我外祖父到学校里去调查，调查完之后带回家，每天给我大姨布置好作业才去上班，后来我大姨才考上卫校做了护士。他往往能看到很多别人发现不了的细节，我妈姐妹几个在这样一位感情丰富细腻的父亲身边长大，导致的严重后果就是对婚姻的标准降不下来，只要达不到她们父亲的层次，人生就绝望了，统统婚姻不幸福，很幻灭。

我二爷爷讲到他亲如母亲的这位哥哥，是要流泪的。我们这些后辈置身在一群民国大帅哥中间，看他们痛哭流涕，真的赛过看爱情片。我常说，范若（我外祖父的字，龄楷是名）老先生前半生抚育幼弟，后半生抚育幼子。他在二爷爷的生命里，兼具父母双亲的角色。外祖父教育弟弟："不许挤眉弄眼，站有站相，坐有坐相。"教育完了，还要帮他做手工作业，扎风筝。他是天生的能工巧匠，后来把全省的电话线都布置了一遍，大约是在幼弟的手工作业上开始练习的，扎好的风筝比店里卖的还好看。二爷爷得意地拿去交作业了，老师一见就问："这是你做的？肯定是你哥做的！"二爷爷总说，他的哥哥对自己是有养育之恩的，说得台湾的故交朋友都知道了，龄垚的哥哥龄楷在大陆是位工程师。当年他要回家探亲，拿起电话就哭，说探亲的班机人太多要排队，在台湾的朋友出来很多人为他排忧解难，让他赶上了第一批回乡探亲，回来与自己的哥哥团聚。这两兄弟一静一动，一文一武，逗趣起来真是精彩无比。二爷爷表情丰富、动作夸张，穿着大花衬衫，戴个大墨镜，一本正经地讲笑话，真是不知道他在国民空军里是怎么执行任务的。我外祖父一身寡淡的中山装，跟在他的宝贝弟弟后面，说："完全就是个美国鬼子！"这个他很珍视的"美国鬼子"从他们失去母亲之后，就是让他能开怀大笑的来源。我总想，这大约是两兄弟之间一种来自血缘的心有灵犀，二爷爷知道外祖父心里孤独伤怀，想了各种办法让他尽可能地轻松一笑，把自己变成了耍宝的"特型演员"。外祖父的文风是"婉约惆怅派"，应当与之对应的是"豪放派"，结果让狡黠的二爷爷变成了"幽默派"，我外祖父锁着眉头讲些沉痛的往事，一定会被自己的弟弟狡猾地打断，他的伤心事就变成了哈哈大笑。在他们还很小的时候，外祖父放了学，也不知道去做些什么，也没有人管，就在街上闲逛。我二爷爷在一间教会学校里上学，这间学校的校长是外祖父的姑叔，学校里用英文教学。我二爷爷就来了精神，他放了学也没事干，没有妈妈等他们回家吃饭，他就跟在一位天主教的神父后面，帮人家拿菜篮子，人家要买什么，二爷爷就跟在后面给人家翻译，整天和教会里的外国人练习英文，结果当时的国文老师知道了，跑来告诉我外祖父，"这个龄垚，国文没学会，英文说起来'当啷啷'地流利"。国文没学好的结果很明显，他的书面表达不如我外祖父措辞文雅得当，更恐怖的是写起字来像鬼画符，没有人认得。要知道，那几年书信来往是多么重要，这个世上最珍贵的情书大约也不需要配上那么多情绪和泪水，我们拿了信件是看不懂的，只有他们两兄弟知道鬼画符里说的是什么。我记得有一次，外祖父不在家，是我外婆取的信，拿了之后迫不及待就拆开了，结果信纸距离封口处太近，我外婆一撕口，连信纸也撕下来一块，一封信变成了一个窟窿。我们印象中的外祖父是很少发脾气的，他的性情非常温和有礼，结果他马上生气了，冲着我外婆就嚷起来了，我们在身边一声都不敢出，撕坏了他弟弟的信，真是一件很严重的大事。这件事之后，信箱里的信没有人敢动，这些寄托着他全部感情的信件一直保存在家中最保密的地方。他的书桌有一个上锁的抽屉，专门放要紧的文书资料，他弟弟的来信一大摞整齐地摆放在里面，没有人敢乱翻，直到他去世之后，这些信件完好无损地被我妈接管。

除了外祖父最亲密的弟弟之外，他一生中有很多亲朋故交，这些朋友同事个个都非等闲之辈，多年来维持着一种非常真挚和文雅的情谊。我在阅读这些文字资料的时候，有一种沁人心脾的感觉，在他们的思想体系里，男性之间很擅长去进行情感的表达，当然，不意味着他们在女性中表达得不好，这二者是不一样的。人与人之间，思想情感的交流是维持社会关系的重要方法，显然，在之后的年代里，我们丢失了这样一项技能，我们不会表达情感了，变得生硬与粗鲁。我外祖父在他看重的朋友里，最欣赏的是"上进好学"的青年，他甚至用了这样的词"我是很爱他们的"。我很遗憾的是，我想一睹民国才子是怎么样写情书的，可惜，我的奶奶们独享了这样的美事，半点没有向我们透露。在我生活的年代里，中国文化的进程中应该是最快的，我们已经不耻于表达情感，但是，勇于表达，不等于会表达，直白的陈述也不等于表达。我写了很多有关语言文学系的论文，从诗经开始，直到唐诗宋词到现代小说，其中最伟大的篇章，都是与爱情相关的，诗经最著名的第一篇，就是"窈窕淑女，君子好逑"，这是一首求爱的诗。我以为自己学会了字词语句，足够写出各种炽热的情书，然而不是，我只是学会了"其然"，并不知"其所以然"。外祖父他们受到的教育，是一套非常严格又深厚的文化训练，情感表达这样的小课程包含在容量很大的文化体系里。我们的学习是盲人摸象，只知道一点，在一个通道里反复操练，连拐弯都不会，我们的视野与爷爷们完全不同。我在他去世后很多年之后慢慢觉得，外祖父看人很准，了然于胸却不说。他赞赏一个人，是一种从心底里的理解与认同，对情感的表达真正可以做到游刃有余而又不动声色。假如说我外祖父很会用文字语言来表达，那二爷爷就技高一筹，他是声东击西，有调转方向的能耐。自他去美国培训之后，就成了空中飞人，在家的时间很少，两兄弟能够在一切说些体己话的机会也就更少，他在美国灌了几张唱片带回来，让思念他的哥哥闲时放出来听，听说唱得很是不错。一个人孤身在外，他那个幽怨的哥哥自然要担心他的衣食住行，为了表示他很好，他又去拍了些娱乐照片，和一群金发女郎笑得天翻地覆，就他一个帅哥，以表示他在美国美女中间有多么受欢迎。他哥哥一看，这个"美国鬼子"潇洒得很，放心了。要说外祖父的这位时髦弟弟，真的是"坑"我们不含糊，他和金发女郎的合影在"抄家"的前夜，被我们连同字画一起烧掉了，那些生死未卜的牵挂也如同末日一般沉入了黑暗，假如在"文革"那样的浪潮里抄出来这样的东西，估计他哥哥一家老小都要遭遇灭顶之灾了。那些大唱片被一撅两半，碎裂的唱片像战争的炮火一样，碎片在飞机的轰鸣声中纷纷落下。声与影，都从我们的手里消失了，一切思念都成了无形。他巧妙用心给家人的安慰被我们用尽心力保存至最后一分钟，终于躲不过被销毁的命运。

外祖父一生的君子之交非常多，在政治运动频繁的年代，这些同事故交也没有落井下石。在切身利益面前保持住的友谊绝对不是金银物质能维系的，是他们多年来发自内心的价值观的认同，品行的一致。在他接受各种审查的过程中，很多同事朋友都会为他说话，外祖父忠厚纯孝，温和善良，没有人会经由自己的手致他于死地。所以，助他脱离灾难的不是政治，而是人性。后来我外祖父被一致被推举为省政协委员，也不是政治因素，是因为他做了非常多的工作，全省的每一条电话线，每一个基站，都是我外祖父亲手接通的。无论环境怎样翻云覆雨，历史都是人在书写，人性，是会超越这些的。历史的每一次风云变幻，都是人在为抵抗自己与生俱来的劣性做着最大的努力，首先，积累的财富会化为乌有，很多人跟随着抓不牢的金银财宝也就化为了乌有，在财富的消泯面前保持基本人性的尊严与善良，其实并不容易。我外祖父做到了这一点，他比我们都更早一步接近了伟大。或者，在他们的经历中，不只是财富，还有积累的社会关系、学识观念、情感体验，这一切都遭到了颠覆。质疑与反观之后，这些民国的帅哥们不是想当年的公子哥了，他们有了另一种表情。我想我看他们的眼光是女性的视角，和他们彼此之间的视角是不一样的，结论是，我站在女性立场上的欣赏比不上他们彼此之间那种强烈的互相认同。这个男性世界的情感交流异常丰富，在他们遇到灾难、挫折、厄运的时候，知己故交一出现，往往一语中的，击中要害，兄弟手足之间是因为熟悉，朋友知己的中肯建议就要得益于细致入微的观察能力。这些很具备影响力的语言不是一般的亲友能说出来的，比如外祖父姑叔家的亲戚——柴老在他很年轻的时候，经常质疑龄楷先生的决定，后来我外祖父决定去考邮电局，柴老认为，"你端个橡皮碗，一生没有出息。"外祖父的这个橡皮碗真的是一生都摔不烂，连政权更替都扛住了；一生没有出息也是真的，没有出息当不上大官，也没有出息地没蹲进大牢。在他们的观念里，有一种很深沉的英雄主义，或者与某一个特殊的时代有关，对他们来说，有出息的事是伴随着风险的，但回避风险绝不是好男儿的选择。外祖父自从兰州一中毕业后走进一个男性的世界，为他准备了各种重担与责任，他担起所有人的人生，尽职尽责地完成赋予他的各种男性角色：丈夫、兄长、父亲、祖父，工程师、政协委员、道德模范、爱情标兵等等。这每一种角色都需要他的智慧、勇气，还有深藏在内心中满满当当的爱。我在他们的身上总结出来一种经验，爱，是一种能力，像工作能力一样，有高有低，有优有劣。他们是善于创造爱的一群人，在他们的一生中，所到之处，有一种像磁场一样的东西，人们会自然而然地被吸引。人只有自己的心灵异常丰富的时候，才会有给予的能力，虽然他们幼年坎坷，但丝毫不影响出类拔萃的气场，假如这些老先生们凑在一起，会有一种异常的氛围，好比静夜落雪，雨夜听松。对我们这些后辈来说，爷爷们的那种卓越的精神气氛，让人不敢逾矩，他们有一种引人向上的力量，就是你得变成一个更好的人，才有与他们对话的信心。

一个男性的视野与襟抱和阅历有直接关系。我的爷爷们并不想四处奔波，守着小小的家庭，种花赏月是最好不过了，但在他们非常年轻的时候，四海为家是一门必修课。我曾经与外祖父一起出门旅行，发现他对于"羁旅"非常熟悉，可比在我们小小的家里更能施展才华。收拾行囊，安排行程，抬起脚就走，比我们这些年轻人要利落的多，反而是我们显得拖拖拉拉，提着大包邋邋遢遢地走在我外祖父后面。他衣着整洁，行装干练，像一名训练有素的战士，我们像一些被俘虏的残兵败将。我们在对比中发现自己也许永远不能达到他们那样的高度，他们是时代的磨砺造就的，无法选择的磨砺。古典文学里说，"君子如玉"，如玉要成器，必须要打磨，时代的风浪是最完美的雕工，造就了一批气宇轩昂的"中国王子"。所谓王子，有两个层面的特征，出身高贵与肩负重任。假如王子忘记自己的这种重担，也就谈不上自己是王子，艺术作品中只会吟风弄月的男子，穷尽一生坐在金山上也丝毫与王子不沾边，这是一种历史观念的误解，更是艺术创作的"歧途"。被风雨之手打磨过的"王子"不会很好看，年轮是一种褶皱的样子，带着某些残损，责任在肩

外祖父在他60岁之后，出现了一种很超逸的表情，与年轻时候完全不同

外祖父与他的老同事开怀大笑，左起第三是我外祖父徐龄楷

的人很累，一生没有自己，负担着很多人的人生与命运。许多幸运之事，比如财富享乐、华服豪车，也与"王子"无缘。"王子"是很孤独的，美女环绕的时候逢场作戏也是风流倜傥的，但内心里依然孤独，因为"王子"的眼界太高，见识太广，能够与他的思维一致的女人寥寥无几。忍受孤独，也是"王子"的随身物品。当一切的风霜磨难与荣耀勋章都退却的时候，"王子"最本质的东西就露了出来，他与一切外在附加的条件全部没有了关系，即使落难成为乞丐，他依旧是王子，落难的"王子"。他的眼神与气质都会改变，无论穿成什么样，他都只能成为自己，不是别人。正如40年之后，军服的加持已经不能让二爷爷更帅，当他再次与自己分离多年的哥哥站在一起的时候，我们已经忘记了他年轻时候的帅，他们是独一无二，不可取代的，是风霜与磨难造就的。

假如一个男性，出现一种很特别的气场，他一定经历过某种很大的变故。在我出生之后，便是如此，过往的一切都已经经历过了，随时会大厦将倾的灾难已经远离，十年的动乱以高考的恢复为终结，人们再次拿起了书本，政治的对立也随着改革开放像封冻的冰河一样，渐渐消融了。这个时候的外祖父已经年过六旬，临近退休了，一些在风浪中不抵磨难的故交已经离世，剩下的亲友中能够平安健康，已经是最让人欣慰的事了。因为世事的全面解冻，他们的人生在晚年的时候出现了一种迟来的繁盛，却带着苍老的面容，一切我们能够联系到的故人都通过各种途径一再相聚，我就在这样不停的聚会与人来人往的热闹中开始了自己最初的记忆。与他有共同经历的老先生们，有一种非常特殊也很明显的气质，区别与其他人。我很难用语言来形容是一种什么样的感觉，当这些历经风霜磨难的男人聚在一起的时候，仿佛有一种什么物质进入人的身体，会让人迅速安静下来，会觉得说什么都是多余的。我妈常说，她们在十几年的日子里都不会说话，一说话就会犯错误，我也是这样的感觉，只不过我不是犯"政治错误"，而是表达错误。他们有一种很文雅、很内敛，但却很有质地的语言，与我们的表达方式是完全不同的，人与人对话是沉思性的，并不急于去说什么，或者用很少的字，却有很广的外延，不像我们的语言，似乎说了很多，却表达不出来多少思想与情感。他们都不再年轻，在近乎锋利的岁月利刃中，被雕刻出了另一种男性的魅力。以至于我用了很多年，才总结出来，中国文化中男性的形象，一定不是一个黄口小儿，是一位沧桑的智者。假如说中国的艺术高峰上有一位"王子"的形象，一定是有雪山一样清冷险峻的气质，没有任何华服的陪衬也会夺人耳目。

外祖父不是一个擅长交际的人，与特殊的年代有关，所有的社会关系都成了需要"交代"的重要罪证，很多人的交代材料也有可能会成为检举揭发他人的证据，人与人之间的关系出现了一种前所未有的微妙，如此一筛选，他的故交也就屈指可数了。如今很多人似乎每天都在社交，天天在酒桌上觥筹交错，却不见得彼此有多深的了解。外祖父交往的朋友，除了同事同学之外，也包括家里的兄弟与亲戚，这种发自内心的情感与知识的交流是他们多年来维系友情的办法。他的知己也包括自己的手足，外祖父与二爷爷的感情深厚，很大程度上是因为他们在观念与思想上很一致，也就是说，无论亲缘关系的远近，品行与为人是第一，一旦他们之间互相的认同建立，这种感情会非常牢固，思想上的交流会陪伴他们终生。人除了物质的满足之外，精神上的富足更重要，想要获得精神财富一样需要智慧，像赚钱一样，是一种能力。在他们还很年轻的时候，这样的知己是很重要的，往往要参与一生很多重大的决定，只有学识与见解很通透的人，才能给出中肯的建议。他的很多故交也是自己的亲友，非常苛刻的前提是彼此欣赏，很多人是不入"少爷们"的眼的。我们总笑外祖父，"你们这些少爷总瞧不上那些见识低下，气质糟糕的人，怪不得群众关系那么差！"少爷们的脾气臭是真的，能力强也是真的，一般人不是对手，独来独往也是注定的。他们一生践行的是"君子之交"，或许会很多年都不见面，但只要找到对方，有任何危难总会鼎力相助，看起来这些人的关系一点也不好，从不喝酒吃饭，勾肩搭背，称兄道弟。在20世纪60年代的时候，各种运动搞得人身心俱疲，经济秩序混乱，人人很穷。这个时候，我二姨因为精神疾病仍然需要服药，但医院里开出来的药副作用很大。我外祖父就自己研究，查了很多书学习，包括按摩神经中枢，好让她不用服药就能入眠。不知道他从什么地方知道了一种治精神分裂的西药，英文写了一大篇。那个时候，我妈姐妹兄弟全部成了下乡劳动的知青，连中国字都没有学，更不要说是英文了，谁都不认识，他写好寄给自己的老同事。这个人当时在北京，我们似乎也没有听说他与此人有什么过密的交情，很快回信来了，说这种药需要进口，目前国内还没有大规模使用，可以少量托人带。之后很多年里，这位我们不曾谋面的"同事"都惦记着外祖父用要药的事，不时来信问问近况。他的这种朋友还有很多，彼此之间讲起话来非常文雅，直接拿来写成文章都是标准散文。我们对语言有分类，书面语言与口头语言，在日常说话的时候，一种粗浅俗气的语言体系像一种劣质的食品，日积月累侵蚀着我们的思想与感情。口头语言的体积远远超过书面语言，等到我们想要写出来清雅有致的书面语言的时候，发现早就失去了这种能力。语言，是表达感情的先决条件。没有了这种工具，我们或者会回到原始社会，变成了没有思想感情的低等物种。

中国文化与其他的文明不尽相同，它的历史太长，长得让人很疲倦，总说历史的长河里充满各类绝色美人的咏叹调，却不知该怎么样形容中国的男人，没有一种完整的中国男性形象。希腊神话有神祇，有策马踏平欧洲大陆的英雄，相对于西方世界里男性的力量美感而言，中国的男人从来不是以强壮示人的，他们的坚强与勇敢藏在谦和文雅的背后，也不会在美人的窗下唱夜莺咏叹调，他们的爱超过了两性夫妻，是一种源自内心的真挚，对生命本身的热爱。

儒教的传统在外祖父这一代人身上有了明显的进化与改造，西方自然科学的进入，让当年的人群形成两种分化，"新派"与"旧派"，新派是所有封建陋习的对立面，对西方的文化有热切的求知欲，如果要他们践行新派的思想就是选择一个新派的女子，再也没有比一个男人选择的女人更能说明他的思想境界了。文明的迭代非常迅捷，一点也不会给落伍的人丝毫犹豫的机会，似乎一下子就被时代抛弃了，很多裹着小脚，大字不识的女人变成了时代的淘汰者，一大批有文化有见地的女子出现在了优秀男人的身边，这种结合的方式极大地促进了整个社会的大踏步前进。在战争状态下，促使新派人物行为方式范围不断扩大，这与他们的工作方式有关。假如徐家的这些公子哥就在家庭小范围里没有去往更大的天地，眼界与观念也不会更新得那么快，接受新兴的自然科学，是为了解决人在生存中的各种困境。外祖父很厌恶封建文化中的那一部分，是与人紧密相关的，诸如缠足、迷信、纳妾等等，人应当活得堂堂正正像人，而不是人不人，鬼不鬼，假如一种文化要把人变成鬼，那便是新派人士的对立面。外祖父这一代人即使在接受了各种西方的科学训练之后，为人处世的原则仍然是传统的儒家文化，在人际交往与情感交流上来说，科学的公式显然是不好用的，儒家文化涵盖的范围与层次可以适用各个层次的人生难题。如果说新派是新文化的大师，国文的厚实基础就是画布的底色。在一种很厚重的中国文化的基底上开始一场西方文化的创新。这种底色他们自己是不自知的，在我们来看，一种浓重的中国气质始终贯穿在他们的一生当中。我们家人在一起常说，家庭是社会组成的基本单元，假如一个社会的组成单元都像我们家这样复杂，一定会爆发战争。家庭中人际关系的错综复杂要远远大过于社会环境对人的考验，这其中需要很高超的生存智慧。对于我外祖父来说，生存是只要还活着，就要活得像人，有人的思想与感情，在任何困境之下，都不应该丢弃这种信念，那么，对于他遇到各种的人际难题与琐碎无尽的生活小事，就需要有一种智慧，不是忍耐，而是享受的智慧，化平凡为诗意的智慧。对于外祖父与二爷爷来说，这种智慧是融进他们骨血中最传统的中国文化，其中的正邪、进退、得失、荣辱，是在深奥悠久的中国历史中沉淀下来的，他们有一种在最困苦、人性最黑暗的时候，发现乐趣的能力，这种天性在全家的男性身上体现得特别明显，在磨难中机智幽默的能力，是男性魅力加分的重要一项。在我们家，假如不能逗大家笑的事情是没有人听的，很多男人终生都是"小品演员"。

　　外祖父成为家人的核心人物，并不是他自己说了算，也不是徐老太爷授权给他，是在最复杂的家庭人际关系中，他自有一套处理难题与纠纷的原则，并一以贯之，因此，他建立起来的信任与威信成就了他成为全家人聚拢的中心。每个人都各有性情好恶劣性等等，他在复杂的人性当中游走，很少听说他十分厌恶痛恨什么人。亲友中人多，难免就有犯事的，即使如此，外祖父自有他自己的一套评价体系，他的观点很宽泛，这种认知是基于他对人的细致入微的观察得来的。后来我发现凡是很武断就下结论的人，往往缺少智慧。在家里的旧宅院里曾经住了一位房客，和外祖父关系不错，但这个人身上毛病不少，外祖父是这样形容这个人的："此人文化程度很低，但人很聪明，学会了旧社会应付人的一套办法。你与他初接近时，会感到这个人很热情不讨厌。他因住我的房子的关系表现得更盛情，尤其是在我弟弟结婚的期间，出力很大。但在他请我与迪化[①]写信和说电话的过程中，我了解到他在迪化还

[①]迪化：乌鲁木齐市的旧称。

有爱人，同时他把爱人的钱骗来在兰州办货，但到兰州后再没有回迪化，并在兰州重新结婚。我从这件事里知道，他不是一个正直的人。"

因为家族中牵涉的人很多，外祖父经常需要介绍某一位人，这种环境把他训练成了一位擅长描述人的小说家，他不仅要描述一个人，还要给这个人定性，有了定性之后的小说就成了"批判现实主义题材"。这个定性的标准是完全的"徐龄楷式"标准，他的评价不是某一个时代，或某一种意识形态社会体制下的偏颇之辞，他有一种很宽泛的基底，对人性的认识，以至于他在给党组织写交代材料的时候，也是这种立场，他认识自己的问题是这样说的："五一年三反运动中自己因贪污问题曾受记过处分,对这个处分我自己愿意接受并感到宽大。三反运动对整个社会所起的作用和对我个人方面的教育我感到是很伟大的。旧社会里也枪毙过不少的贪污分子，但丝毫没有能改变社会的贪污风气。"他在自己遭受政治审查的时候，并没有喊口号去服从或者反抗，是经过自己反思之后得出的观点。这种看问题的视角依然也是中国最传统的礼教，规范人的行为，节制欲望，有道德标准。在每一种伟大的文明里，都会有一位"圣人"，圣人与俗人之间的区别在于圣人能够超越自己所遭受的磨难去成全他人，因此，无论东方还是西方文明都对人性的自私贪婪有深刻的认识，每一位智者都是世界

中年的外祖父

的先行者、受难者。只是我们中国的先哲不会像耶稣一样被血淋淋地钉在十字架上，中国的智者是非常"入世"的，把每一种磨难都写成诗篇，被子孙们用最优美的声音吟诵着。这也是中华文明与世界其他文明最大的不同，中国文化中最有魅力的王子是很悲情的，因为受难、因为舍弃，把一腔热烈的感情都化成了婉转优美的情感诗篇，在大江大河中默默流淌。

赏心乐事谁家院

龄楷胞兄：

　　近月乡亲多人前来兰州探亲，一行人等有范学义、赵凤鸣、彭年祖（住上东关）、陈云章等乡亲十多位大约三月份左右前往，故带次信于其中一位。接信后按寄信人地址寻访即可将您的信带来，如此较快。

　　弟与芳贞已向当地东南旅行社办理登记，预计启程日期如下：

5月31日台湾—香港（飞机），

6月1日香港停留办手续，

6月2日香港—广州（火车），

6月3日广州—兰州（飞机）。

　　在此弟有两个问题需兄告知：一、家中公寓内，弟与芳贞二人能否容住？二、家中有无电话，有电话时请告知号码。

　　以上预定日期如登记核准后，如有日期变动，事情则另出通知，如无函通知就视日前未变。

弟龄垚　手上
1988.3.4.

春山故园 | CHUNSHAN GUYUAN

1988年二爷爷第一次探亲

　　这是在二爷爷探亲见面之前我们收到的最后一封信。这个时期的信件密集地发，密集地收，全都是在商议探亲的行程问题。终于，这一切都在1988年的夏天成为现实。这一年两岸探亲是一件国际大事，很多国内外的媒体都在争相报道，我们听到又是飞机又是船，心情跟随着信中的内容起起落落，终于，第一次探亲的报道犹如潮水一样在各种媒体上蔓延，阔别了四十年的亲人们在相见的那一刻抱头痛哭，我们这个历经磨难的家族，也是其中之一。

　　在彼此见面之前，我们已经寄过很多照片，大家心理上是有准备的，但在真正见到人的那一瞬间，什么叫作"五味杂陈"。不在现场目睹这一切是无法体会的，似乎这些人是从

左起依次为二爷爷徐龄垚、仁厚姨妈、姑奶奶、外祖父徐龄楷，作者本人，1989年

赏心乐事谁家院

另一个世界里出来探望自己，对于两岸的亲人来说，都是如此，因为很多亲人都已经亡故了，还能站在一起团聚的人，实在是不能用喜悦或者兴奋来形容的。大约人在最悲痛的时候是哭不出来的，我们经历过两岸团聚的人不会用痛哭来表达这种感情，是一种很彻骨的悲凉，很悠长的哀伤，一切都是无从说起的感慨，什么叫"却道天凉好个秋"，就是在旧日宅院门口迈着大长腿的两位公子，历经九死一生，都成了暮年之人。照片上我外婆盯着二爷爷，似乎在他脸上搜索着什么，四十年前的匆匆一别，假如不是有多年照片来往，他们是认不出对方的。其实就算是亲人多年不见面的大有人在，反目成仇的也不在少数，似乎我们的心里总有些与他人不同，这种亲人离散的凄凉之感，在两个兄弟心中格外让人伤怀。世事就是如此，总有另一种方式来补偿，我的两位爷爷自己也不会想到有这样一天，他们两个人是真真正正的"主角"，时代的政治风浪是炫目的舞台，我们这些晚辈全部都是他们的陪衬，我们的人数有多大，给予他们的补偿就有多大，一切孤独凄凉、被人遗忘、默默承受，全部都被我们的众星捧月取代了。这一切得来的十分不易，用尽了他们一生的辛劳，还有着侥幸的成分。我外祖父没有像长兄龄永一样入狱劳改，也没有如很多人在政治磨难中心力交瘁一病不起，还能潇洒地走到车站上迎接他一生中最牵挂的弟弟。这个时刻，他们心中的感情是非常沉重的，只是，这个时候我们这些晚辈已经有力量来接住这种分量的勋章，让他们坎坷的一生有了别样的报偿。探亲

在火车站接到他们，周围全是同行的乡亲

接站，只是我们庆典的开场，我们这个人数庞大的家族开始了一场盛大的庆祝，来犒赏我们心目中两位"明星少爷"。这种悲喜交加的场景是在两岸同步进行的，在岛上的人们热情不比我们这边低，谁家有回大陆的人，回岛之后总要讲个几天几夜，连政府官员、媒体记者都络绎不绝。那个时候大陆住酒店不方便，也没有那么多，当然是要住在家里，有四十年要说的话哪里还舍得住在酒店里，整夜不睡觉恐怕还说不完呢！

从火车站接回他们之后的几天里，我们才重温了当年他们断联之后的遭遇，信件里没有办法说清楚的一切，都在团聚的时候才一一细谈。这个时候有关两岸探亲的一系列政策在全国开始，我们有了"探亲假"，大家不用去上班，专心享受着这种庆典。对于我妈这一代的晚辈来说，有了一种重新审视历史的机会。在此之前，他们饱受"文革"的洗礼，对父亲这一辈所遭受的一切其实并没有深刻的体会，对于二爷爷来说，他们整天听说"共产国家"是多么贫穷落后，现在也有了真切理解我们的机会。这个时候，历史又一次展示了它多层次多棱角的视野，我们站在两种体制之间，都在审视对方，只是无论大环境有多少不同，都比不上我们血缘至亲的亲近，就算他们是从地狱来的恶魔，也挡不住我们浩浩荡荡的关怀与爱。反过来说，就算我们这边是一个穷酸的乞丐，也挡不住岛上的亲人要回家。亲情，在很多时候既盲目又没有理智，除了偏宠自己的亲人，它是没有任何道理的。政治体制、历史隔阂，就像两种截然不同的色彩，开始了它激烈又大胆的"撞色"，时代机缘，是一次伟大的艺术创作。

第一个碰撞，是语言表达上的问题。我妈兄弟姐妹可能一生之中再也不会遇到这么尴尬的话题，有人说："就是那个老蒋……"大家都沉默之后，发现不对头，赶紧改口，变成"蒋中正先生……"说起十年"文革"，我妈一顺嘴就说："你们是走了不知道，我们为了交代你们的事可是被整惨了……"说得我二爷爷一时语塞，只好顾左右而言他。大家都接不下去话，不知道怎么说，他瞪着眼和我们胡扯了一会儿，我二奶奶很机智，及时打断了，说："乱讲！他太高兴了，一高兴就乱讲！"大家哈哈大笑，自此就多了一种语言体系——"台湾语系"，"乱讲！"不只是我们乱讲，二爷爷看了电视就说："这些共军……"外祖父暗地里一笑，他马上改正，"那个毛先生领导的……"因为这样的口误太多，我们像进入了一种特别的空间，说话时不时卡壳，卡完之后的表情假如拍成片子，不用剪辑就是各种小品，全家人的幽默天赋被调动起来，每天笑得人脸疼。我们把这种语言表达上的差异变成了一种特别的语言系统，黑色幽默，这是只属于我们家人的一种沟通方式，一讲话就感觉特别亲切。我们愿意接纳属于家人的一切，一切妖怪神佛都统统请进团聚的大家庭里。大概最有想象力的艺术家也做不出这样戏剧化的大戏，就这样在我们家上演了，大家每天在语言障碍里大眼瞪小眼，然后哈哈大笑。二爷爷坐在家里不出门，天天盯着电视看，我们就问他，岛上的电视不比我们的热闹好看？二爷爷不以为然，说："有什么好看？天天就是那几个人，搞过来搞过去。"我们这里最大的特点就是人多，每天人不重样，一天一换。

第二种碰撞很抽象，是时空变幻。他从四十年前穿越时空来到我们面前，无视着这里的一切沧海桑田。我们宠惯着这两位"老少爷"，有求必应，全程陪同，就差上月球了。他们丧母的孤独由我们这一大群晚辈来弥补，只可惜我们无法把兰州城还原成四十年前的模样，二少爷的第一个愿望就很难实现，"高老三的酱肉"找不到了。不过没有关系，我们还有无数美味的小吃，只要二少爷想到名字的，"点，上菜！"二爷爷回到了他十几岁时候的神情，告诉我们："我要先吃一个细凉面，再吃一个韭叶①的卤面。"吃过兰州牛肉面的人都知道，那叫牛大碗，凉面卤面是一大盘，分量给得非常足，西北人的实在体现在饭碗的大小上。二少爷只管点，他每样尝一点，剩下由我们来吃掉。

---

①二细、韭叶是指面条的宽窄，最细的叫毛细，最宽的叫大宽，各种型号供食客选择。

春山故园 | CHUNSHAN GUYUAN

看我们一家人坐在凉面摊上，埋头吃各种大碗，指不定我们家的明星爷爷又想出什么。在兰州这种小吃摊非常著名，更是城市的一大景观，后来，去台湾旅游的重要景点是去吃垦丁①的夜市，真是对兰州小吃的呼应。只是我们的小吃摊历史更加悠久，特色也很鲜明，在兰州生活过的人一定很熟悉那种卖小吃的回族人，一般年纪大的都是坐着收款的，卖东西的一定是年轻人，回族小伙戴白帽，一眼就能看出来，脸上有内向羞涩的笑容。我们姐妹几个总喜欢和回族的帅小伙逗趣，他们听了很腼腆地一笑，默默地在碗里加料，心情好就多给一勺。小吃摊的桌子擦得极干净，那种木质长条的凳子很轻便，卖完了一个小车就推走，擦拭的次数多了，木质凳子滑溜溜的。二爷爷声如洪钟，不时地夹着英文说话，一条街上的人就看着他，那是一种很柔和的乡愁，像沉默的母亲溺爱着自己的孩子。他看见卖西瓜的，不知道脑子里想起什么，站在大街就吆喝起来："门板大的西瓜，不甜不要钱喽！"卖西瓜的一听，本来睡在瓜摊上，一下子跳起来，惊奇地看着这个"洋鬼子"，这是久远的年代里卖西瓜的商贩才懂的一种吆喝，不知道这个时髦的老先生怎么知道这么地道的吆喝词。我们逛够了，到了晚上还要吃些甜食，这也是回族人的拿手绝活。粽子和热甑糕，这两种食物都是糯米做的，说起来，它的卖相比味道要好得多。回族人卖粽子只有在兰州是那样一种摆法，粽子不是有棱角的，而是扁平的，绿油油的叶子散发着清香，他们像摆金字塔一样，用一个很大的银盘，一层一层往上摆，最上面假如是一个尖，说明这个摊子刚开始卖，卖多少取多少，形状随着卖出去的多少决定，真是一种很坦白的生意。要吃几个说一声，戴白帽的伙计热情地回应，剥开粽叶，放在白瓷碟上，还要淋上几滴香甜的蜂蜜，那种蜜是兰州特有的枣花蜜。吃粽子的工具不是筷子也不是勺，而是回族人自己制的一种木质小叉子，洗得很干净，尾部上有

---

①垦丁：位于台湾南部屏东县内。

一个突出来的头,这种工具在我小时候还有,后来所有的兰州小吃有卫生要求全部统一餐具,这种小叉子也没了踪迹。以前吃小吃是我们日常休闲的重要内容,回族伙计那种慢悠悠、拉长了腔调的声音实在让人回味无穷,有精神疗愈的作用。看他们剥粽叶调蜂蜜,会觉得时间都慢了下来。白米粽浸透着芦苇叶的清香,我只有在回族小吃摊上吃到的粽子是那种白的透亮的米,形状是一个小小的三角形,又精致又讲究。在粽子摊上一般会有好几样吃食,但都是甜食,或者是甑糕,或者是灰豆,冬天还有一大锅热腾腾的梨汤。兰州的梨汤可不像是我们现在喝的那种奶茶,那是有专用的配料的,里面有一种很冲的味道,是梨汤里花椒的味道,这种放了花椒煮出来的梨汤专治秋冬天咽痛感冒。甑糕相对于粽子来说,一热一凉,供人选择,甑糕的味道比粽子要厚重,细究起来,这种饮食真是非常科学。甑糕是用红枣加糯米做的,粽子是纯糯米,只要那种芦苇的清香就足够好吃了。甑糕一蒸是一个大盘,用湿布盖起来,只切成薄薄一片,不切厚的,不

从五泉山公园出来的一整条街都是各种小吃,园内各样匾额题字还是四十多年前模样,丝毫未变

庆新姨妈在屏东，垦丁夜市就在这里

够吃可以多要几份。横断面可以清晰看到一层糯米一层红枣。这种小吃脾胃虚弱的人不能多吃，糯米与红枣都过于滋腻，不好消化。帮助脾胃消化的小吃也有很多，比如甜醅与醪糟，这两种小吃的主料都是发酵过的粮食，甜醅是发酵过的燕麦，醪糟是发酵过的糯米，喝起来酸甜开胃，十分可口。四十几年之后的乡愁就像这些甜甜的酒酿，带着微醺的味道。

我们在尽力帮助二爷爷找寻他记忆中的一切，只是能够存留下来让他觉得熟悉的东西太少了，就连他最亲近的哥哥也是苍老的面容，这种失落我们是隐约能够感觉到的，这里是完完全全属于他的故乡，但是，这个故乡已经没有了他熟悉的一切。房屋宅院旧物照片信件，所有的一切全都不复存在，我甚至觉得我们是历史的背叛者，拿不出一样证据，像冒牌货一样心虚。这个寻找旧人旧事的过程，给了我很深的印象，对于我妈这一代人来说更是如此。因为我们的"背叛"而丢失了历史，面对寻亲的家人，我们什么也不知道。所谓故乡与家人，一定需要有共同的记忆，才能有成为家人的共性，来一起回忆过往。假如我们没有历史，也不会拥有未来，因为我们不知道自己从哪里来，也就无所谓去处。这种对于历史记忆的茫然，像是一种贫穷，精神上的贫穷，我们变成了哑巴或者是盲人，寒酸无比地站在历史的夹缝之间。相对于我们的穷酸，外祖父和自己的弟弟是有很多话说的，他们有排外而隐秘的交流，一种记忆历史的语言和一种无历史记忆的语言开始共存，这种时代造成的隔阂，在20世纪80年代的中国形成了鲜明的分水岭，因为对历史一无所知造成的语言空白，直到今天仍然存在。

我想，当年探亲的事件让很多人都有深刻的印象，不仅仅因为是自己的家人离散多年，更是一种反思性的事件。因为经历了"文革"，外祖父对于年轻人的知识系统是不做评价的，但是二爷爷回来了，所有发生在这四十年之间的事情都需要重新回忆一次，无论是哪一种文化，哪一种体制，哪一种渊源，都需要有一种沟通的途径。开口说话，是文化意识的初始，我们全部回到了一种原点状态，重新出发。我有了一次全面审视传统中国文化的机会，弥补了学校教育的缺失。我们家的两位公子是很自信的，在一个世纪里，无论他们处在任何一种境地，这种自信始终存在。显然，经过"文革"教育的一代人是没有这种自信的，即使口号喊得声音再大，也无法掩饰一种底子里的空虚。每一个人的回归，都在寻找一种东西，家与故乡。这一点，被二爷爷浓缩成了一种符号，事实上，对每一个人都是如此。被他们的记忆打磨过的故乡是一幅缓缓展开的美丽画卷，对于下一代人来说，一种失忆般的心灵，在他们记忆上重新开始，我对中国文化最初的感知，不是来自教育，而是来自这一场庆典。二爷爷是很善于表达的，他惊呼的表情就像感叹号，给了我强烈加深的重点，相比外祖父的含蓄，他的感叹号令我的印象更加深刻。他惊叹于故乡的一切变化，并不仅仅局限在他四十年前的记忆，在一种停滞的记忆里重新认识这个令他既陌生又熟悉的"故乡"。他手舞足蹈地讲着儿时的趣事，我们说，幸好你指挥飞机的时候没有看见我们，不然一激动，一定会从天上掉下来。走在大街上，他时常被外祖父叫住，"回来，那不是！"他记忆中的地点几乎都不存在了，只能是大致的范围，都是些与我们无关的建筑。

这是一场"忧伤"的庆祝，我们所有一切的热闹非凡都要回到记忆的原点，这里是一片荒芜的废墟，消除了所有可以让我们去纪念的旧物。二爷爷归来的故里，是一场"浩劫"之后的故土，像一把邪火烧毁了家园，连残骸也找不到了。只有在他记挂的哥哥微妙的表情里才有属于他的记忆。这种回忆与寻找是一种很突然的痛楚，很突兀地就来临了，时光在飞快地回溯，无论他们的记忆还能残留多少，都只能回到一种现实，就是他们兄弟两个，是我们所有人的"故里"，一切历史，都只能从他们这里开始，这是他们的命运，也是我们后辈的一种幸运。这个时候我妈已经读完了自学考试新闻专业的课程，我常开玩笑说："你的毕业论文就是这一场活动的记录采访。"我妈扛着相机记录下每一个精彩瞬间，被二爷爷敏锐地发现了，之后，他专门写了一封信，至此，他才完成了重塑丢失了四十年的时光，完成了一场不怎么舒服的记忆之旅，认识了在时光延续里的晚辈，也才真正成了我们这些人的"故乡"。

贤侄徐敏：

维栋舅爷带来的你及雁飞信已收到。雁飞我已另寄她服务签一信。我知道你很忙，在你们姊弟妹六位中，你是最突出的人才，就同你台湾大妹庆新有点像，活泼交际型的新女性。我真是太高兴有你这样一位杰出的侄女。要不是有你，哪有我们初到兰州及离开兰州那种情绪激动杰出的刹那镜头，使我在家闲暇时，翻阅照片时，爱不释手。

提起你爸爸的节俭习惯，在我们年轻时就是这样，到现在年纪大了，似乎还该放松一点。曾记得1946年那年，我从美国学成回家，一切生活花销都甚浪费阔绰，出手大方，往往买东西不找零钱，并且下馆子小费连连。你爸爸甚感不习惯，还当时以兄长身份教训我几句，我还不以为然呢。现在想起来真好笑。这就是说出国未学到什么，只学到美国人的坏习惯，打肿脸充胖子。这次到兰州同你爸一起买东西，发现他同商人讲价钱没有以前那样斤斤计较，要是以前一个铜板（我们小时市面上尚流通铜板，一块银元可换四百个）也要讨价还价上老半天，并且要坚持到底，致使商人心服口服，屈服为止。现在想起来好像就在眼前。真是岁月不饶人，一晃就是四五十年，已是白发苍苍之身。

代侯侄婿允鹏及侄孙可嘉

愚叔　徐龄垚书

婶婶附笔问候

1988.10.26

龄垚，芳贞：你们好！

8月5日收到你的第三封信后，于8日即复一信，估计尚未收到。今天徐敏拿来了你们二人，在中川机场出候机室后，她为你们拍的一套连续的照片共六张，形成了一套连续的小影集，很有意思，有令人百看不倦之感，故专写此信为你寄来。

第一张是刚出候机室的工棚附近，这一张虽然没有你和芳贞，但把谭世贤夫妇照得非常清楚，是你们快要出场的信号。第二张你们二人已出现，只是芳贞出现得太少，但还是清晰可见。第三张你们和照相机的镜头靠近了，二人的表情充分摄入镜头。第四张龄垚已下完台阶，芳贞的背影尚在台阶上。第五张二人已走近消防车，第六张你和芳贞已上了机头侧扶梯的第二三踏步。这要用放大镜看，右面一个白色衬衣上一个蓝色的小点，就是你的背色，芳贞紧靠在左面绿色的衣服边一个黑点，就是她的那一个小红包。这一套照片照得也很清楚。特此寄上作为留念。转此顺问近好！

二侄代问好不另

徐龄楷　手书

1988.8.16

附照片六张

因为我妈出色地完成了采访记录任务，外祖父专门写信解析了照片的内容，这也是在他们有生之年最珍贵的一种记忆了。外祖父有一本小影集放在床头上回味着团聚的时光，同时在岛上的二爷爷也在反复玩味这些瞬间，这组分离的照片让人太难受，以至于一年之后，他们再次启程探亲。与这组送别的照片有直接关系，大约所有人都被这种分离的痛楚刺激了，当时的我们已经无法承受这种再次重现的"永别"，人生不会再有第二个四十年，四十年前我们没有准备的分离，现在，要面对有准备的分离，这组"最后"的照片催化了第二次探亲。在这短短的两三年里，一种经过浓缩之后的亲情发酵成了最甜美的佳酿，我们家中人来人往，络绎不绝。我对于那几年的记忆，似乎总在走亲访友，大摆筵席，真的是凑足了世间的美事，"良辰，美景，赏心，乐事"。我妈说我外婆是不爱"管闲事"的一种人，偏偏围绕着她的人很多，我外婆连人都记不清，更不要说管闲事了。二爷爷他们回来了，他精力旺盛，聪明绝顶，是最适合"管闲事"的一种人。

1988年探亲之后在机场送行

我们说他在"庙"里关了四十年，这下放出来，可以尽情地管闲事了。当年探亲回来的时候，二爷爷的精力不比年轻人差，对于他见到的人也是过目不忘，很快记住谁和谁是一家人，再加上我们这些孙子辈，他连人的脾气性情都记得很清。二少爷是很喜欢当明星的，我外祖父憨笑着，大家终于不围着他了，让那个"美国鬼子"去忙吧。于是，二爷爷成了庞大家族里的核心人物，邀请他吃饭叙旧的人排成了长队，我外祖父像是他的附属品，得意又自在地跟在后面。人之所以固执地寻找故乡，必须有让他记挂的人与事，假如没有寄托这种记忆的旧物，就必须要有人。这次探亲对于故乡的再一次描摹尽情展示了二爷爷的创造力，对于他所重视的爱的能力，他很善于变成一个欢乐的核心，无论身处的境况如何。其实当时的我们，只有一种现实就是"物是人非"，这是一种很悲凉的心境，假如用悲凉的角度来叙述，我们是被故乡抛弃的一种人，不知道究竟哪里才是自己真正的家，既没有来处，也没有归途。但二爷爷的确有一种超越他人的能力，他内心有一种本能的对一切的热爱，他认为一切都是他期望中的样子，他说自己的感觉是"比以往任何时候都感觉活得有意思，被亲情包围着的感觉简直太棒了！"他与自己的哥哥心有灵犀，很有默契，只要几个简单的字就知道对方要说的是什么，越发显出我们的贫乏。因此，这一场盛大的筵席是属于他们的，一个世纪之前如此，一个世纪之后，他们仍然是时代的主角，经过时间的打磨之后，他们终于成了一种高峰，可以被我们来仰望了。至此，徐家的两位公子在中国历史上最风云际会的年代里代表了两种体制，两种立场，两种历史造就的人生，他们成了中国历史的符号，也是我们心目中最悲情的"公子哥儿"。

1988 年探亲之后成为了一种开端，我们的生活在飞速的变化，断

大公子与二公子在说悄悄话

裂的历史似乎在暗中修复。人们在历史中找寻着什么，却又各不相同，每一个人都在历史长河中搜索着自己的情感基因，因为探亲的事件引发了一系列的文化反思，人有了一面镜子，认识自己，也认识世界。对于二爷爷来说，他在照片中猜想的故乡就在眼前，等待他去认识，他曾经熟悉的人与事都变得陌生，我们是另一个陌生的世界站在他面前，故乡在四十年的光阴里浆洗成了苍凉的模样。自从探亲事件之后，我有了一种概念，最美的东西是"旧物故人"，最恐怖的东西是"新"，崭新得像一把匕首，把过去与未来切割开来，毫无感情的利刃，泛着惨白的光，连废墟的哀伤都没有，是一种丝毫没有感情的钢筋，可以摧毁任何一具血肉之躯。无论二位公子经历过些什么样的磨难，终于这一切成就了他们最完美的样子，因为他们的精神高峰，在这个时候全家也备受关注，旧日里是两位公子走在街上引人侧目，这个时期是我们全家人浩浩荡荡地走在街上引得人人来问候，"这就是上东关街上徐家的二公子，还活着呢，从台湾回来了。"我外祖父从官方通报的名气大，变成了民间传说里的名气大，有了这个"洋鬼子"弟弟，

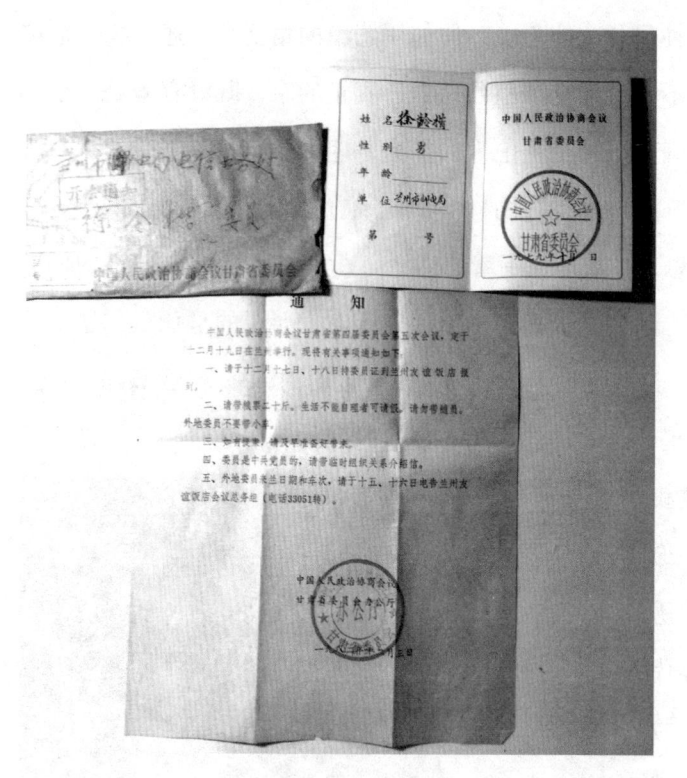

政协大会在"文革"中断十年之后重新召开，外祖父从1958年参加政协会议直到退休

名气更加了不得，比起当年参加政协会动静大多了。让人要感慨"良辰美景奈何天，赏心乐事谁家院？"

我们家因为探亲造成很大的轰动，还招致了盗贼进门。直

会议名单

科学技术界　（三十七名）

于树椿　卫润屋　王庆林　王宝善　王诺夫　方　璧
叶圣淳　兰春霖　龙显烈　齐长庆（满）
安怀之（回）　　刘文海　刘钟璜
孙智泰　杨澄中　宋桑祁　吴文遴　李文彬　李鸣冈
李钦贵　汪家祯　严文俊　余志英　张汉豪　陈明云
杨德源　周立高　周幼吾（女）　　赵殿奎　高伟烈
袁述之　徐龄楷　曹恩爵　董　杰　董铭钧　雒鸣獄
魏济武

到今天，外祖父的书桌抽屉有明显的残损，被一把菜刀撬得不平整。这个盗贼至今我们也不知道是什么人，这桩盗窃案在我们家里是一件悬案，被分析了很多年。首先，他一定是知道我们家里来了台湾的亲人，他甚至熟悉我们家的环境，先在厨房里找了一把菜刀，然后去撬书桌的抽屉。这个地方是外祖父多年来放最要紧的东西的，我们最重要的通信都放在这一个地方，几十年来都没有变过，这个重要上锁的地方从来都不是放钱和金银之物的。我外婆还有一个柜子，是她的陪嫁，这个柜子才是放金首饰的地方，但这个柜子没有被撬。我们发现家里进了贼之后开始清查家里少了什么东西，其他都完好，只有放信件的抽屉里少了些邮票，至于少了多少外祖父也记不清，只是有一点他可以肯定，抽屉里的资料肯定被翻过，他整理过的东西是很整齐的。因此，这个贼似乎不是来找钱的，我外婆陪嫁的柜子在另一个房间，上面挂了一把旧时的锁，这个地方没有被动过。我妈切菜的时候发现少了一把刀就问我外婆，问题是我外婆是个心很大的人，她经常找不到东西，菜刀又不是一把，于是不了了之。后来，这把失踪不见的菜刀在卧室的床缝里找到了，有明显的撬痕，我们拿菜刀和抽屉上的裂缝一对，恰好合适，于是，家中进贼的案件才有了铁证。外祖父经过多年政治风浪，观察力是很强的，他不认为这把菜刀是撬完抽屉之后随手扔在了床缝里。他严谨地推理了案情，并还

原了案发当天的事实，这个贼是摸清了我们家人的行踪才进的门。那天是周末，我们全家要出去，走到院子里的时候，我外婆觉得鞋子不舒服，衣服也穿得太热，要上楼去换衣服，我就陪她又上楼一趟。在此之前，我们在院子里乘凉，等人齐了一起出发，这个贼进门之后没有想到我们又折回来一趟，撬完抽屉之后菜刀就拿在手里，听见有人进来仓惶之中就藏在了床缝里，那个位置刚好能钻进去一个人，非常隐蔽。我和外婆在衣柜里拿了衣服，磨蹭了一会儿就出门了。这个贼或者已经完成了任务，也或者准备去撬另一把锁，只是被突然闯入的人惊吓之后没有再动手，匆匆逃离了。外祖父还原的现场很吓人，这个贼如果疯狂一点，假如我们发现了藏在床底下的他喊叫起来，他在惊慌失措的时候很可能行凶，要知道，此时他手里是握着一把菜刀的。就这样，我与一场"命案"擦肩而过。

很多人的一生是很平静的，或者会遭遇一些贫穷困苦，但不会遇到无妄之灾，当然也没有意外之喜。但在我们家不是，总会有一些始料未及的风浪突然降临，弄得我们措手不及，命运，像一艘风浪里的船，实在无法预料下一秒会发生什么。在我的生活里，总会有一些突然的灾难降临，熟悉的人在"意外"之中消失了，或者因为命运多舛，我们对于团聚与欢乐格外敏感，假如我们能够握在手中的幸运，都会把它放至最大，我们丝毫不掩饰一种自信与得意，只有我们家能够让两岸探亲达到一种既悲又喜的顶点，连"贼娃子"也要来打听这条街上这么出风头的到底是谁家。

一顶美丽帽子的渊源

我小时候的衣物漂亮的不多,比较好看的都是我妈手工做的,因为只有我们自己设计做出来的东西才与市面上卖的不一样,在商店里买来的衣物既难看又俗气。想要买到一件合心意的东西并不容易,大概也是因为我们的要求与他人不同,但我有一样礼物非常美丽,它从出现的那一刻就出类拔萃得美,美丽了很多年都不过时,准确地说,它与时代的潮流无关,在另一种时空里。直到近些年,人们才开始大规模地运用蕾丝这种面料,我的蕾丝白纱帽在几十年前就在骄阳下美丽万分了。在我五六岁的时候,大街上几乎见不到这种式样的帽子,这种带有明显

蕾丝白纱帽子生产于1986年

的"资产阶级"审美倾向的服饰是会被定义成某种罪证的,只是当时的我只是一个小孩,大人似乎把自己无法实现的美丽愿望投注在一个小孩身上。美丽这件事,带着罪恶与危险等待人去追求。这顶帽子陪伴我很多年,在幼年所有重要的场合都有这顶美丽帽子的身影,它是一艘精巧的帆船,载着我在美的旅程上缓缓启程。

这顶帽子不是自己设计制作出来,是买来的,但绝无仅有,只此一件。它的来源非常特殊,是柴爷爷夫妇送给我的生日礼物。它的出处与它近乎出格的美丽非常一致,是由特殊的人送出的特殊的礼物。我们家人出身不好,大家都知道这一点,出身不好的人不能多说话,因为立场不对头。这种出身不好不是轻微的不好,除了我祖父、外祖父阶级立场不对头之外,还有一些直系亲属直接可以被定义为"历史反革命"与"现行反革命",柴爷爷就是这样一位,在特殊年代里让人唯恐避之不及的亲戚。柴爷爷的命运就像翻云覆雨的天气一样,被反复定性、反复审查、反复劳改,我在小时候听他的故事觉得几乎可以与荷马史诗相媲美。

姑且先不说史诗里这位男主角的形象,先说他的经历。柴爷爷与我外祖父自幼相识,关系十分要好,他们是手足,更是知己。这位知己从黄埔军校毕业后去了武汉,这个时候我外祖父正在武汉国际电台受训,能在异乡遇到儿时的同伴真是很欣慰的一件事,所谓四大人生幸事之一,就是他乡遇故知。我在外祖父的手迹中看到多次记述,这一段时光在他的一生当中影响力非常大,尽管他们相聚的时间很短暂,却起了决定性的作用。一方面此时正是抗日战争爆发时期,战争对于这些年轻人来说,他们无法安静地在一个固定的地方工作,被四处调任是所有人工作的常态,军人身份的柴爷爷更是如此。在全国蔓延的战事是他们命运转折的关键时期,两人在武汉的公园茶楼探讨着时局,更有对自己未来的规划,相比我外祖父的淡然,这个时期的柴老是雄心勃勃的,龄楷爷爷既没有抱负,也没有什么改变世界的大志,对他来说,回家和自己的弟弟说些笑话，去茶园里消闲更让他心向往之。但与他最知心的兄弟说些心里话，真是很舒心的一件事，我外祖父虽然自己没有雄心大志，却喜欢看着他自小一起长大的兄弟有大志，自己乐呵地听着他的趣闻，似乎他哪一天衣锦还乡，好让自己谋个钱多的差事，再带上自己拖油瓶的亲弟弟。柴老的雄心很快得到了印证，他几乎从走出黄埔军校的那一刻就脱颖而出。他的命运与我外祖父形成了天壤之别，柴老在南京工作不长时间之后，去了北京任宪兵营长，而我外祖父被发往了西昌，这个时候西昌国际电台在一个交通不便的山沟，需要坐滑竿进山，想出来更不容易，假如抬滑竿的人不愿意做生意他就只好困在大山里出不来。当时我外祖父是不愿意去的，找了上司谈了几次话，"均未允"，没有办法，才"怀着极坏的心情"去了西昌，被困在山里的外祖父想要再与手足们促膝谈心可不是一件容易的事，只好书信往来。在他被流放的这一段时间，柴爷爷却青云直上，得到了蒋先生的重用。

　　写到这里，我自己家的琐碎闲事就必须要与历史书扯上关系。我们家人几乎没有学文科的，大家都是理科生，只有我先坐在语文课堂上变成了哑巴，再坐在历史课堂上变成哑巴。那是一种很奇怪的感受，就像穿梭在两种不同的时空里，课堂上老师讲的话会飘得很远，几乎可有可无，自己家里的"荷马史诗"就上演了，在我的脑海里越来越清晰。幸好我没有生在"文革"的年代，在我们家里不会直呼蒋公的名讳，这是很不礼貌的事情，但在教育课堂上他是敌对方，我使用的"尊称"也足以构成一种罪名。总之在历史课堂上的画像与我们家族史书里的人不是一回事，起码在我的心里不是一回事，老师讲着蒋公中正的各种罪行，我的思绪就跑出课堂很远。有关中正先生的趣事都是柴老讲的，那个时候的柴爷爷非常年轻，他担任营长之后负责首长们的出行安全，中正先生的汽车开到地方，他这个宪兵营长就去开汽车门，手放在汽车门的顶上，他不到位，蒋先生是不能下车的。他的这个动作很有仪式感，因此在我们家就管他叫"开车门子的"。他开了车门请中正先生下车，很威武地站在那里，就被蒋先生调侃了，"你很高啊！"说着拿手在他的头顶上比了一下，柴爷爷摆着一副英俊少年的脸，初生牛犊不怕虎，立正站好，就和中正先生比了比身高。他讲起这些事，眉飞色舞的，他不仅比高，还比美，他对我们说，中正先生是很帅的，"通天鼻子"，是说眉骨与高鼻梁连在一起，但柴爷爷似乎对自己的长相十分不满意。他们这些兵站岗的时候还要讲些中正先生的闲话，说先生最喜欢举止优雅的漂亮小姐，没人管的了，谁能管？上帝能管，蒋先生是基督教徒，只好向上帝去忏悔了。他们说得多了，传到宋女士那里就不好了，怎么办呢？中正先生掏点茶水钱，请营长喝喝茶，不要"乱讲"。柴老讲的这些事很有趣，但只能关起门来我们自己听，或者外面的世界在搞风云际会的政治事件，我们家人炒菜喝茶，消遣蒋先生。

柴爷爷喝了中正先生的茶，不久之后就开始往台湾撤退了，首长们对这些手下也是很够意思的。柴老没有离开大陆并非走不掉，抉择失误问题出在了太太身上。这位太太实在不是一般人，家里是天津的大资本家，开纺织厂的，她是最小的孩子，妈妈从小疼爱的不行，一听说小女儿要离开自己去个什么海岛，妈妈哭了好几天。这个时候的柴老很冷静地意识到政权更替可能会失去前途。太太家里人就出来讲话了，我们家里这么大的家产，就算你不做官，多少事业可干，还怕你没有前途。柴老一想也对，就决定不去台湾了。这个时候已经全国到处都是炮火连天，蒋先生有一个专用飞机小分队，运送要紧货物和人，其中一个开飞机的就是柴老的弟弟——柴维栋。那种战时用的飞机很小，调动起来很方便，随时起飞，随时降落，这个飞机的形态没有确切资料，是我们猜测的。为什么呢？因为飞机到兰州接柴老飞了三次。维栋舅爷开飞机，我二爷爷是空军地勤，外祖父在国际电台，天上地下的通讯系统都有我们家的亲戚，柴老犹豫再三，就这样错过了自己弟弟的飞机，留在了大陆。维栋舅爷开了飞机在兰州的上空盘旋，空飞机来来回回。我们知道后都心疼机油钱了，好歹也上去一两人啊，大家一致认为我外祖父应该上去。徐工皱着眉头哇啦啦地开始了："那么一大家子人，我上了飞机，他们怎么办？不是说走就能走掉的。"我们这里没有大宅院大纺织厂，尚且走不掉，更不要说人家大资本家的小女儿了。柴老看着自己弟弟的飞机来了又去，决心很大地放弃了自己的前途，不得不说，这位太太的魅力很大，让他把当年对我外祖父说的各种雄心大志转眼抛置脑后，不知道这是不是一种英雄难过美人关。被太太耽误的柴老一解放就被抓去了牢里，"没有走掉"也就成了他们一生之中巨大的隐痛。其实在我们的亲友当中，像柴老这样没有走掉的是大多数，能够一走了之的是个别人，这种情况真是应验了一句话，"幸福之人不远行"，往往是亲人寥落，没有牵挂的人远行之后没有再回来，这种背离故乡的选择不是因为时代与政治因素，即使没有时代的变幻，"出走"也是很多人的选择。只是在"自愿"出走的人里面，没有我们家的人。这个大家族虽说也有各种矛盾问题，但它具备一种强大的吸引力，让离开它的人觉得人生一下子单薄苍白了，少了家族里这些人的命运起伏，人生似乎缺少了一种意义。维栋舅爷回家来探亲了几次，总是很遗憾地说："我哥要是过去，还能当个大官，不像我们这样没出息。"在他们看来，柴老是最可能有"出息"的一个。这也是家族里所有人的一致判断，不知道当年中正先生看到他的时候，是否也像我们一样，觉得他比较有"出息"。

　　对于我们来说，出走的选择没有绝对的好坏或者对错。把个人命运紧密地与政治斗争绑定在一起更是不合理的，在我们的观念里，生活是第一位，名利与地位都可以退居第二，这与一代人接受的教育有关系。我想我们家的人或者永远不会成为那一种不顾一切的"革命者"，我们的个人感受太多，时刻都会冒出来各种爱恨情仇，被这些东西绊住而上不了飞机。让柴老这些没有出走的人没有想到的是，他们会变得没有选择，比如选择做官从政或者经商过小日子，他们或者是政治的风云人物，或者是阶下囚。只有生死两条路，这种抉择是任何人无法预测的，自然，没有人愿意成为阶下囚，柴老历经了两次劳改最终在国民党委员会里有了职位,在省内的一些故人中间仍然很有威望,连同作为亲属的我们,也同社会人士对他的称呼一样,尊称为"柴老"。

在我有记忆的时候,柴老与我外祖父差不多,是个很幽默风趣又和蔼的爷爷。他的个头很高,很魁梧,不像我外祖父那样瘦高,加之他的声音很浑厚,你就无法不去注意他,他是天生很聚光的一种人。我们住的都是小公寓,不像他们年轻时候在大宅院里,那种旧式的宅院很大,一个"门道子"就要走好久,里面能放下一驾马车,后来大家的房子都很小,用我二爷爷的话说,"胖点的门都进不去"。柴老就属于这种人,他一进门立刻觉得房间里非常局促,他一抬手一迈腿感觉房子都不牢靠。我妈常说:"柴老不能站着,赶快坐下省地方。"如果说徐家的两位爷爷很潇洒帅气,那么柴爷爷是另一种气质,他身上有一种很特别的气场,他的眼神像一种扫射过去的强光,一切事物瞬间尽收眼底。这种超越常人的气质让他有一种超然的卓越感,经过了牢狱之灾的他,这种卓越里藏着落魄,变成了沧桑的神秘。我二爷爷身上是美国文化的豁达与乐观,有他在的时候,气氛是很欢乐的,但柴爷爷不同,他的气场与他人不一样,有厚重感,像被一种什么东西牵引着往前走。

气质特殊的

左起第三是舅爷爷柴老——柴维森。左起第二是舅奶奶,白纱帽子是她挑选的

人无论在任何时代、任何处境，都会十分引人注目，像一块锋利又闪光的钻石，被扔在尘土里就更加明显。在我们庞大的家族里，徐家的两位爷爷再加上柴老，是我们家里星空中最闪耀的三颗星辰。我们在认识他们的问题上完全是"以貌取人"，因为我们用不着透过英俊的外表去发现他们深刻的内心，他们的外表就是一种深刻，一种用英俊的男子气概来诠释的深刻，甚至于我总认为，假如内心的丰富魅力不能表现在脸上，岂不是也太暴殄天物了。对于我外祖父来说，他与我二爷爷丝毫不掩饰彼此之间的那种欣赏，男人之间互相的赞赏是一种价值观的归类，有一种"互文"的效果，就好像他们是一种更智慧的人，而我们像是愚昧的盲人。

　　柴爷爷夫妇落难的时候住在一间很窄小的平房里，我爸妈去探望他们，太太说："我的青春就葬送在这间小破屋里了。"柴爷爷一听立即翻脸，"那怪谁啊？怪谁啊？"这种时代的隐痛，命运的大起大落，又何尝是他们个别人？所谓"覆巢之下，安有完卵"即是这个道理，太太一朝落难，资本家小姐的身份让她不得不面对各种审查与批斗，那些积累在她生活里的记忆像是一场冰河世纪，瞬间封冻起来，永世不得超生。她拉直了大卷发，烧毁了艳丽的绸缎，和我外婆一样，穿成朴素的工农干部模样，梳成那种妇联主任的发型。即使在改革开放后，人们的衣着越来越鲜艳，这些身上带着某些刺青的人还是很低调，直到我的这顶帽子的出现，我们才不得不记起她的身份，"到底是纺织厂资本家的女儿，好眼光！"隐藏在她血液里的记忆似乎慢慢抬头，突然让我们惊讶的美丽，她对织物那种天生的敏锐是掩盖不住的，一种被娇宠的小女儿的美丽姿态全然在帽子上尽情展示。这些曾经生活优渥的大小姐们每人都有自己的性情，我的这位舅奶奶跟着柴老经历了那么多的政治风波，她笑起来总是很娇憨的样子，说话也是直来直去，她不会掩饰自己，她的悲喜、幸与不幸，她都藏不住，一见到我们就说出来了，就连柴老一生的痛点她都不会回避。有人会觉得这是一种缺心眼，但如果你面对她的时候，便不会这样想,她有一种骨子里的纯真,就像她挑选的帽子,她认为小女儿的美丽,就该是这个样子。当年二奶奶探亲回来带了些台湾的花衣服,那种大花的式样大陆人都不穿的,我外婆看了之后拿去送给她,"这个花色让纺织厂的人穿。"结果舅奶奶丝毫不给台湾亲戚面子,不过脑子直接就说,"台湾人的衣服穿着像地主婆。"说得我们全家哈哈大笑。舅奶奶有点像史湘云的性格,我们都看出来不说,只有她想也不想直接说出来。好在我的奶奶们都不是愚昧的家庭妇女,大家又多了一样话题,评价台湾的服饰很多年。显然,她这位资本家的小女儿是不喜欢地主婆的,她用一顶她认为不俗气又美丽的帽子展示她卓尔不群的审美观。我二奶奶也非等闲之辈,她这个地主婆顺着舅奶奶的说法一条道走到黑,给我们带来了台湾的金戒指,这些戒指实在是把地主婆的审美诠释得淋漓尽致,上面的图案全是钱串子、大福字,金晃晃地戴在手上,简直不要太有钱!假如拿给舅奶奶看,又不知道要传出什么样经典的笑话了。我外婆也是很敢讲话的,我都不知道她们这样对什么事物都一针见血地评价的性格,在"革命年代"里是怎么过来的。按说旧式的女人应该顺着男人,讨好男人才对,但我的这几位奶奶丝毫不给帅爷爷们面子,一言不合,立即甩脸子,噎得爷爷们一愣一愣的。我外婆就丝毫不给徐工面子,想说什么直接说,外祖父拿她一点办法没有,她连蒋先生也要拿来消遣,男人们谈论两岸的时局,我外婆直接来一句:"那个'蒋干头'!就怪他!""干头"是兰州话,是说中正先生的光头造型。她很会讲历史,浓缩版几句话说完,我想要是叫她去教历史课,教授们都要"下岗"了。要问她兰州城的传统历史,她说:"这个地方以前没人,后来住在这儿的都是些充发军[①]。"再说起这里的少数民族,我外婆很有见地说:"回族人可聪明着呢,汉人们知道什么!"

[①]充发军是当地人的叫法,是说因罪获刑被充军的人。

舅奶奶是天津人，说一口天津话，在兰州时间长了，各地方言都能说几句，连我们邻居沈伯伯是上海人，她也聊得来，还喜欢学人家说话，学完我外婆的兰州话就学上海话，学得惟妙惟肖，翻一个白眼，捏着腔调说："关侬啥事体啊？"沈伯伯的这句上海话简直是万金油，尤其在他们被审查的年代里，连裤腰带的颜色都要写进交代材料里，这句万用语全方位地体现了他们的心情。这句话被舅奶奶学过之后，我们全家人都在活学活用，不想理某些人的时候，就来上一句。舅奶奶拿一顶美丽绝伦的帽子扣在了我的头上，我妈穿着她最美丽的绣花大毛衣，有腔有调地走出门，意思是，我们就是这么美丽，关侬啥事体啊？

花儿与少年

1989年我们全家启程陪同二爷爷夫妇去了青海。这一趟旅程非走不可，不得不去面对。探亲之行最大的受益者大约是我，假如没有这次机缘，很多尘封的往事会永远湮灭，无从知晓。这是历史亲历者本身的问题，人们都不愿意再去揭历史的伤疤，不要去触碰，大概是最慈悲的一件事了。我们之所以会去仔细地翻一遍历史，连细小的角落都不会放过，这是二爷爷的本事，他用他自己的感受力把几十年的历史又重述了一遍，即使是悲痛的，也有了最珍贵的价值。他反复强调的人与事，我们都重温了一次，只有青海之行，我们犹豫再三，是在他的一再追问之下我们才启程出发，也是唯一的一次，我们看望了徐龄永的女儿——仁厚姨妈。龄永与外祖父是同父异母的兄弟，当年是我们全家官职最高、俸禄最丰厚的人，他与二爷爷、柴老这些人相比，大约算不得新派人物，但为人还是很厚道可靠的。他十几岁就参军，跟随的是国民党著名的孙连仲将军，因为他学的也是无线电技术，随军电台就非常重要，一直跟在孙将军身边，走遍了大半个中国，后来孙将军负责了甘青宁的军务，徐龄永即被调任青海八二军任电台主任，并担任了八二军无线电人员训导主任。青海八二军的军长即是马步芳马继援父子。

在兰州生活多年的我们,很多历史记忆都与少数民族有关,尤其是回族,几乎是兰州最庞大的少数民族人群,倒是我们汉族,显得像"少数人"。马步芳、马鸿逵被称"青海二马",势力盘踞一方,赫赫威名在外,给的军饷高于全国水准,高得不是一般。有一年,国民党马步芳部的资金周转困难,一年没有给徐龄永发工资,徐龄永就快要罢工了,马步芳知道了,一句话,现在手头紧,钱没有了,给你一院房子吧,就算抵了军饷。就这样,一年没有拿到军饷的徐龄永得了一院房子,后来被他的夫人卖了两百万,拿去交给我外祖父,说让外祖父帮忙"放账",技术人员徐工差一点又背上放高利贷的罪名。马步芳部最突出的特色就是"有钱"二字,后来撤退台湾的时候飞机来不及运送,马步芳部就用自己的土办法,马和骡子一起上,驮着金货过黄河。当年很多人就围在河边上看,我外婆也在其中。货物浸了水,压住了马匹浮不上来,眼睁睁地看着被卷入水底里沉没了。我们开玩笑总说,黄河里沉下去的都是马步芳部的好东西,他们敛财的本事很大,也很会做生意,有钱的程度曾经让中正先生与美龄女士都"十分震惊"。马步芳部有了钱之后也知道学文化的重要性,不惜花重金请各种优秀人才到府上去。马步芳对自己儿子的教育很上心,请了很多优秀的老师教导自己的孩子,徐龄永就是其中之一。有了师长之谊,也更加便于马步芳管理自己的队伍,手下的人做事也就更加用心,所以我外婆说,回族人是很聪明的,他们知道问题的要害在哪里,很快就能对症下药。说到马步芳,可能最让全国人民印象深刻的是好色、娶小老婆。马步芳部军官这种娶小老婆的风气助长了国民党的军界腐败,吃喝嫖赌蔚然成风。在兰州本地人都知道,回族女孩是非常美丽的,回族女孩的头发眉毛都是黑色,但瞳仁是淡色的,肤色是一种象牙色的白,身形高挑,神情淡漠,美丽又迷人。

在徐龄永担任马步芳部电台主任的时候,青海的经济相对是很发达的,那个时期南方沿海地区只是一些小渔村，主要的经济区域都在北方，兰州因为是军事重镇，青海几乎是马步芳部的金库。他们不仅聚敛黄金，还有各种宝石，因为西北的地质因素，有很多稀有的矿石。

外祖父兄弟几人，接受的都是新式教育，只有徐龄永除外，他有自己的行事规范，并且十分自信。不得不说马步芳自有一套笼络人的办法。长兄龄永进了马步芳部，深受影响，连外表都不一样了，徐龄永不是回族，但当他回家的时候，大家完全觉得来的是一个少数民族，不知道他会不会随时坐下来念经。长兄龄永从外表到思想被完全同化成了回族。所以，当龄永受审的时候，他不认为自己有过错，他认罪的"态度不好"，直接导致了入狱十五年，被定性为"历史反革命"。电台主任审查情报是他的本职工作，截获了地下党的情报也是他重要的罪证之一。龄永入狱带来的直接后果是一家人从云端跌入了地下，这个时期龄永的经济条件是最好的，正好是二爷爷说家里困苦的时候，手指头快成了牙刷。新中国成立之后受审不仅意味经济拮据，更重要的是累及了子女。那个时期，凡是家中有被关押的犯人的家庭是一种很特殊的群体，家庭成员工作、升学可以说处处受限。我妈、我大姨下乡的时候一写交代材料，被关押的亲属一大堆，还有各种海外关系，是一种没有宣判的"剥夺政治权利终身"。龄永有三个子女，大女儿就是我去青海看望的仁厚姨妈，他们

年轻时的徐龄永

的母亲在困难的生活里得了一场病——斑疹伤寒，被夺去了性命，留下三个还很年幼的孩子，几乎可以用非常凄惨来形容。龄永入狱后的十年之中，妻子亡故后是我外祖父敛棺发丧，孩子们太小，不知道自己的妈妈病得重，等到他们跑来通知我外祖父的时候已经太晚了，病人被送进了洋人开的医院仍旧回天无力，自此之后，他们的危难全都变成了我外祖父的事。1962年，在狱中的徐龄永保外就医，才从牢狱中走了出来。这在当年是一件大事，办这件大事的是吉生舅舅，那时他才十三岁，就办成了这么大一件事。吉生舅舅和看守犯人的从早到晚地聊天，最终把自己的父亲从牢里"聊"了出来。他借了一个手推车来接父亲，以他十三岁少年的力气，在历史的夹缝里推着一家人的命运前进。

青海有一首著名的民歌叫做《花儿与少年》，是典型的花儿，轻快悠扬，文辞优美。生活在青海、临夏的人对花儿非常熟悉，花儿是他们生活中的一部分，对歌就像是他们生活的咏叹调，可以将生活里的一切悲喜都唱成花儿，花儿在比兴手法上的运用几乎可以与《诗经》相媲美。花儿是最浪漫的情书，对于爱慕的姑娘，可以穷尽世间的一切美好事情来比喻。王洛宾在创作《花儿与少年》的时候曾经说，民歌的曲调都是当地回族人唱给他听，自己只是记录而已。"山高高不过凤凰山，凤凰山站在白云端，花儿为王的红牡丹，红牡丹它开在春天；川美美不过大草原，大草原铺上绿绒装。人间英俊的是少年，少年是人间的春天。少年，是人间的春天。"我听到这首花儿的时候，会想起当年吉生舅舅用小推车推他父亲的场景。我有一种隐约的感觉，他从推着自己的父亲从牢狱中走出来的那一刻开始，命运之神始终没有打败过他。吉生舅舅是我们家里情商非常高的人，这也是我外祖父对他的评价。他很聪明，有一种我们家的人不具备的聪明。

仁厚姨妈说起自己家里的事，认为再没有比他们更悲惨的家庭了。因为父亲入狱，母亲病亡的时候他们都还很小，买了一袋面粉要做馒头，面粉撒得满屋子都是，连人也成了白的。有一次，吉生舅舅忽然失踪不见了，仁厚姨妈去找他，自己又累又饿，一脚踩空掉进了一个没盖好井盖的窨井里，腿被割了一个大口子，血流如注，跌跌撞撞地走到了我们家，吓了我外婆一大跳，赶快帮她止血治伤。找吉生舅舅的事就由我外祖父代劳，外祖父骑了自行车找了大半夜。类似这样的事情还有很多，因为我们是距离他们最近的亲人，加之我外祖父心地善良，他们最困苦危难的时候也总会第一时间想到我们。因此对于吉生舅舅来说，我们家也是他的家，我外祖父外婆就像他的父母一样。多年来大年初一的早上，来家里拜年的第一个人一定是吉生舅舅。孩子们都知道，大年初一天一亮就会有敲门声，"吉生大舅来了！"他几十年里保持着这个习惯，像新年的爆竹声，带来新岁一年的希望。

很难想象在一种极端困苦窘迫的生活里成长起来的人会有一种什么样的性格，或许会悲观古怪不好相处，但吉生舅舅不是，他是家里最幽默的一个人。我妈说他，不说可笑的事不会讲话。小孩子都很喜欢他，因为他不嫌烦，话多，对谁都能唠叨一阵。吉生舅舅有一种很特别的气质，你只要听着他说几句话，就能笑出来。我小时候看故事书，说逗人笑的人是上帝专门派来的。我看着吉生舅舅说笑话总在想过去的事，似乎是一种反讽，上帝派了一个命运很悲苦的人来逗我们笑。我们问他，这种幽默感是不是他救出自己父亲的制胜法宝？他当年营救父亲的时候很有城府，一点也不慌张，和看守们说，"你们看这个人（指他父亲龄永）

徐仁厚　徐龄永的长女

已经这样了,他还能干什么,又得了病,万一死在了牢里还是你们的麻烦。不如我带出去,先治病,省了你们的活儿。"他说的于情于理都正确,模样又悲惨,看守动了恻隐之心,他就开始行动了,先和看守们混熟了进进出出了几次,给父亲送东西。假如不是像我们这种"反革命"太多的家庭,是不熟悉送牢饭的生活的,为了保证在狱中的人能够健康地熬到出狱的一天,是需要技巧的。苦难的命运会催生出各种智慧,在20世纪六七

徐吉生 徐龄永之子

十年代的中国大陆物资很匮乏,想要搞到一些营养品绝非易事。我们能够得到的高营养价值的食物是炒面,是用油和糖炒制的面粉,也有青稞粉,经过炒制的面粉易于保存,用小包袱装好,塞在换洗的衣服里,一般不会被看守发现,睡觉的时候藏在枕头下面,抓一把塞进嘴里,很多人都是靠这种炒面熬过了最艰难的日子。吉生大舅送牢饭的时候他母亲已经去世了,这些生活的琐事只能由三个子女来完成,因为营养不良加之狱中的困苦,父亲龄永身体很快就垮下来,吉生舅舅采取的行动很及时,假如再继续待在牢里,龄永能活几天还真是不好说。当时假如父亲被定性成"历史反革命",子女就会一直受牵连。吉生舅舅很有点大气概,他是家里唯一的男孩子,父亲的罪名他一个人扛了下来,他被拒于各类招工升学,连扫大街的活儿也不让他这个

"反革命"的儿子干，被整个社会排除在外了。人的天性里有一种群体安全，假如成为"个别分子"是很危险的一件事，于是，吉生舅舅与仁厚姨妈开始了漫长的上诉的历程，他们认定父亲被判决的事实有误，希望有推翻判决的一天。当时所有人都不抱什么希望，只有吉生舅舅有默默的决心，他有一种与各个阶层不同人打交道的能耐，大概从他十三岁推出父亲的那一天就开始了这种磨炼。假如要让不可能的事发生，需要不一般的心智，要稳得住心性，耐得住烦琐。显然，吉生舅舅具备这些素质，他没有在困苦的生活里一蹶不振，相反，他的生活比我们要丰富多彩，四处交友吃饭喝酒。假如去他住的地方还没走到门口，一说是徐吉生的亲戚，马上会有人出来告诉你他家是哪一个窗口，连他在家干什么都很清楚。

在仁厚姨妈的不断奔走下，终于在1983年拿到了判决书，推翻了对徐龄永的审判，只是他们的父亲龄永无法看到这张判决书，当时还有一张释放证，证明了徐龄永不再是被关押的犯人的身份。他们将这些证明都烧在了父亲龄永的坟上。这张判决书的决定对于父亲龄永已经没有任何意义了，它的意义在于子女，意味着子女受牵连的因素永远不复存在，他们从一种既定不幸的命运中彻底解脱了。子女因为父母的原因遭受磨难的不在少数，有些人为了自己的前途，彻底与自己的家庭划清界限，写血书表决心的都有。我们家里的情况够糟糕了，但没有任何一个人与自己的家庭脱离关系，似乎都没有这样想过。吉生舅舅不仅没有写血书摆脱他的父亲，而且他很愿意讲过去的故事。直到今天，我写这些事都无法轻松起来，可这些过往都会被吉生舅舅讲成笑话，假如听他讲，会完全忘记他是其中受难的那个人。改革开放之后，吉生舅舅也不用再看人脸色去谋一份有正经身份的职业，他做起了生意，很快赚了钱就请我们吃大餐了。我总觉得他受了回族人的影响，天生会做生意。他做生意没几天又招来了警察，上演了历险记。外祖父听见吉生舅舅的事就会笑，先不管他犯的事大还是小，我们大家围着他，听他讲比我讲的精彩太多。他面对警察与自己十三岁面对狱警办交涉如出一辙,瞪着眼睛拐弯子,看能不能把别人的思路带跑偏,然后自己就有了机会。他越是在危急的时候就越有耐心,笑话也讲得节奏越慢。这完全是一种高超的策略,他是被命运逼成的谈判专家。

我们拿到这张判决书,意味一个时代的终结,无论当年的徐龄永风光也好,反动也好,都成为了历史。在西北的小圈子里偶尔会听到马继援的消息,他想要再回到西宁、兰州重温故土似乎也是永远不可能了,人与故乡是一种很微妙的关系,有时候会血脉相依,

保外就医之后的徐龄永,与自己的小孙女在一起

有时候会相背而行。在我们那里,有一种说法,有些人的生辰八字与故土不合,要远离家乡才好,留下来反而要招致灾祸。我们问吉生舅舅,你们属不属于八字不合的?他说,那我们跟上回族人跑到阿拉伯?那我只好在沙特支个卖羊肉泡馍的摊子。后来一想,不行,他最爱吃我外婆做的扣肉,去了沙特可就吃不着了,还是算了。

除了仁厚姨妈一直生活在青海之外,其他的亲友都在兰州,我外祖父是一个核心,所有人逢年过节都要来这儿报到。徐工有一个自己制订的规矩,

徐家的祖坟，吉生舅舅带着台湾回来的二爷爷祭奠龄永

仅在家庭内部执行，所有人不许抽烟，什么烟都不许沾。这个缘由是因吉生舅舅而起。在西北的很多地方，吸烟是一种不良嗜好，我们所说的烟不仅是市面上的卷烟，也包括大烟，也就是罂粟。新中国成立前在西北很多地方都种植罂粟。一首诗词牌名叫做《虞美人》，像一位姿态优美，临花照水的美人。旧时罂粟壳是一种调料，也是平民百姓常用的一种药，疗效都很明显，内服外用都可以，它确有奇效，比如把罂粟壳放在炉灰里煅烧然后碾成粉末，冲在梨汤里专治老人喘嗽急热。在西北的荒漠里，罂粟的价值堪比黄金。贩大烟大概是所有生意人都会眼红的利益之战。因为有法律明令禁止，大烟的贸易就夹杂在各种货物中来往，从法律层面上来说叫做夹带私货，是严重的违法行为，但仍然有很多人铤而走险，因为罂粟的利润实在太高，尤其是在西北高寒地

塔尔寺小院开满鲜花

区无污染的罂粟,在国外被称作燃烧的钻石,可见有多么珍贵。在当地生活的人都明白,假如有一个人一夜之间突然暴富,一定与罂粟生意有扯不断的关系。我外祖父没有证据,自然不能说吉生大舅舅也在

二爷爷徐龄垚在台湾屏东的家中

贩大烟,假如他赚了钱还好,万一染上烟瘾人就废了。

我们一路向西去往青海,在高原的公路上很常见穿红色袍子的喇嘛,对人非常友好,在民族地区,宗教与文化是紧密相连的,在寺院里的喇嘛一般都是文化相当高的人,用我们家人的话来说,我们是有臭气的,而他们,像是高原蓝得透明的天空,干净得接近神性。

青海给人的感觉完全不同于中原或者沿海城市,它是另外一个体系,也无法简单地说让人喜欢与不喜欢,它像那种海拔极高的碧蓝天空,狠狠刻在你的脑海里。青海的历史有足够强大的说服力让驻留在这里的人有一万种怀念它的理由。它与去往台湾的故人遥相呼应,被我们用二爷爷的一张照片注解了。

二爷爷是个洋派人物,给我们寄来一张"地主军阀"的照片,还问我们"像不像",我们总结之后得出这样几条原则:先说地主,得表现出来有钱,一定是穿绸缎袄子,粗布衣服是龄楷这种干活的技术人员穿的,名牌手表是要戴的,必要的时候还得戴个大金戒指,最好远远就能看见戒指上有一个大福字。坐在太师椅上架势要威武,似乎家里有几房太太,管理得井井有条。关键要素来了,身后一定是挂幅画,不是千里江山就是猛虎下山,雪野中的

鹿就比较高雅了，是一种高级的军阀气质。屏东哪里来的雪野？终年连冰都看不见。这种场景只能在祁连山下才有，呼啸而过的风雪里藏着驰骋疆场的豪情。说到这里，就要提及我们在家时常谈起的中正先生，他对人的命运艺术化的处理要远远高于他的政治才能，把一批军阀带去小岛上？亏他怎么想得出来。你们喜欢策马驰骋是吧？在岛上驰骋吧，南北八百公里，一脚油门就到头了。二爷爷的照片不仅说明这是个"地主军阀"，还是个"西北的军阀"。有一个小细节，只有我们能够看得出来，桌上摆了一瓶花，只插花就算了，还要配上孔雀羽毛，这是在西北的家庭才有的习惯，摆上一大瓶孔雀羽毛是非常华丽又吉祥的象征。

孔雀羽毛有一种极端美丽带来的诡异感，在汉文化的中庸哲学里，过犹不及，凡是太过度的一事物便会走向另一个极端。

列车上的活佛与敏亚姐姐

我虽然生活在西北，却少有机会坐西北的列车穿过高原，这个地方实在不是个游山玩水的好去处。假如借用一种宗教逻辑的话，这个地方适合磕长头，一路赎罪去往朝圣之地。当人摆脱物质文明在一种严苛的自然当中，会心生柔情与悲悯，怜惜高原上的一花一草，掠过天空的苍鹰与奔跑的羚羊提醒着生存是多么令人欢喜又敬畏的事情。出了兰州的市中心，很快就会进入人烟稀少的地区，它与青海不太一样，青海有一种很浓厚的游牧文化，它与大自然的关系更加亲密，兰州更像是一个各民族的集贸市场。青海很宁静，只有看到那种高原的草甸，那些缓缓行进的羊群，才会体会到永恒是怎么一回事，仿佛那才是世界原本的模样，它永远都是那个样子，从来不曾改变，迎接也送别这里一切的生灵。

在我所有坐过的列车上，只有去往青海的那一次最为特殊，大约集齐了这世界上所有稀奇古怪的人。二爷爷算一个，坐在我们对面座位上的是一位活佛，穿着宽大的袍子，戴眼镜穿藏袍，讲话非常文雅，是一位学者。他还带着自己的妻子。他体型魁梧相貌端庄，真的是有佛相，性格有很强的包容性，乐呵呵得让人愿意亲近，拿着一个巨大无比的火腿对我说："你看这个大火腿，味道可好了，不比那个俄罗斯造的差，要不要来一轱辘？""轱辘"一词是西北特有的说法，要切很厚的一截，就叫一"轱辘"，他的那个大火腿切下来的一"轱辘"比我的手掌还要长些。我一边吃一边听他说闲话，一聊发现二爷爷是从台湾来的，他并没有觉得特别，似乎二爷爷与草场上放羊的没有任何区别，告诉二爷爷哪里的酸奶最好吃，"最美的是上面那一层奶皮子，香！"二爷爷也向他介绍我们带的好吃的，说："这个里面的东西是一种很特别的香料，叫苦豆粉，还有红曲与姜黄，做出的饼有五颜六色的层次，千层饼。"这些调料在兰州的集贸市场上非常多，应用也很广泛，兰州当地的人对这些调料非常熟悉，运用得得心应手，尤其是制作肉食，牛羊肉的膻味很大，全要靠这些调料去除气味，也更易于保存。凡是肉食用这些香料熬制的汤处理过，很不容易坏，与兰州相邻的青海却不擅长用调料，他们擅长做奶制品。因此，这些有特殊气味的调料也成就了美味的菜式，传统的兰州菜做工讲究，过程烦琐，一般人都学不会。在一列开往高原的列车上一位台湾的老先生和一位活佛谈论美食真是一件很魔幻的事。聊了一会儿，更魔幻的来了，列车上坐着几位来旅游的香港游客，听见二爷爷从台湾来，就过来聊天。一位很年轻的姐姐看样子也是有文化的大学生，她普通话说的不利落，说的是粤语。到了我们西北她的粤语简直比外语还要难用，但她的英文非常流利，找到二爷爷简直太好了，再也不用比手画脚地说普通话。他们交流了几句之后，马上全程用英文交流，从他们的行程路线到吃喝拉撒，所有的问题因为语言不通都成问题，二爷爷的翻译工作做得非常好，我们给他们规划好行程，路线，解决了他们的大问题，二爷爷连带兰州的各种美食也一并翻译了。等到我们下车的时候，香港来的姐姐还在向我求证发音，"苦豆饼，手抓羊肉？"可惜那个时候的我连 yes or no 还不会说，只能点头，告诉她没问题，用这个发音绝对能吃到最正宗的手抓羊肉。这列火车真是上帝的杰作，到了活佛大展身手的时候,他慢条斯理地讲起塔尔寺,还有巴基斯坦、伊朗的佛事活动,说得香港姐姐两眼放光,后面坐着一位还在记笔记,说到一半,活佛的妻子也露出了真容,她能听懂一部分英文,二爷爷很惊奇地问她,结果她说自己英文不行,她会的是俄文。还好列车上没有坐着俄罗斯人,否则语言体系要乱套了。

这趟列车卧虎藏龙地载着俊杰一路开进了西宁,最原始与最先进,最智慧与最蒙昧,就这样夹杂在一起短暂地形成了知识高峰。在青海这样的地方不能小看任何一位路人,你不知道他会是谁。活佛高僧,或者是朝圣的智者?知识与阅历也不一定只有一个标准,在我们的大学里最有学问的人也许在朝圣者眼中是最愚昧而无知的,这位香港姐姐启示着年幼的我有一种更宽泛的标准,在改革开放的初期,全国都在追逐经济浪潮的时候,这位香港的姐姐却在记录青藏高原上的活佛语录。命运的刹那交汇像是一种神性的启示,她给了我一种智慧的原则,一种真正的学者的思考方法,被她点化之后,我获得知识的路径又多了一条,从台湾、青海延伸到了更远的地方。

我在列车上被点燃了求知的炙热之火,一时间却找不到出路,显然,二爷爷不是学者的脑子,跟着他,开心就是了。我们的第一站是青海湖,见过青海湖之后我对任何湖泊都不再感兴趣了。它真是一种青色的湖,碧蓝的颜色,都说最美的湖泊是天神落下的一滴眼泪,那么青海湖一定是蓝色眼睛的美人掉下的泪,几乎没有任何一种蓝色能与青海湖的蓝色相媲美。在青海湖的边上是海拔四千多米的日月山,据说是文成公主的镜子掉在地上摔碎了,就有日月各一半。我倒觉得这个极高的山很适合叫日月山,它距离太阳月亮是那样的近,高原上的天空蓝得没有一丝云彩,和碧蓝的湖水连在一起,让人连时间都会忘记。在青海与河西走廊旅游有类似的感受,虽然它们的风光有天壤之别,但都有一种摄人心魄的力量,就是极端状态。好比戈壁上的魔鬼城,它会给人的视觉与情感强烈的冲击,它的存在是一种超越人的生存状态的存在，人在这样的自然环境里感受到的是"绝境"，而不是生存的良好感受。青海的日月山也给了我们强烈的"印记"，二爷爷和二奶奶从台湾横跨中国大陆直奔最高处，海拔拉升了五千米，对心脏血压都是很大的考验，二奶奶的血压飙升，不得不躺平休息，我总想二爷爷一回到台湾心脏病发或许与这次高原之行有直接关系。它不仅因为魔幻的自然风光吸引着我，还有我们的亲人，我们解不开的情结与历史。这种奇幻与荒凉的自然景观是会让人沉默的，显然，这种沉默不属于龄垚先生，我们一行人时常在不经意的时候突然大笑，真是会"喷饭"，因为你不知道下一秒钟龄垚老先生会发表什么奇妙的观点，他的思维体系与我们完全不同，思想极端活跃，十分擅长做各种比较分析，他分析完之后笑坏我们，自己却不笑，仍然在很认真地研究问题，我们就笑得更厉害了。外祖父对自己的亲弟弟是非常了解的，他乐呵呵地跟在后面做注释，我说他们两个人就好比日月山，一个是太阳一个月亮遥遥相对，互相辉映。

我们要参观塔尔寺，这可是一个很神圣的地方，它是西北地区藏传佛教的活动中心之一，在东南亚地区也享有盛名，其中有一样绝活就是酥油花，很难想象用一种油脂塑造出来各种花卉、佛像，栩栩如生，色泽艳丽。这种酥油花是塔尔寺的一样重要景观，游客必看的景点，如果说很多石窟里的塑像都是石头做的，那么塔尔寺的佛像就是酥油做的，这种油还在佛前点着长明灯，假使不点燃的酥油还好，一点燃的酥油那种浓郁的酥油味给人印象强烈。汉族人非常不习惯那种酥油的味道。我们在参观酥油花的时候每个人的表情都不太好，不是对神佛不敬，实在是因为对酥油的味道受不了。二爷爷看见我捏着鼻子一路走，想了一个办法，他说，用纸巾把鼻子塞起来，这样比较好。我一看他这样就在佛祖的殿堂里笑出了声，像鼻子上插两根大葱，还在一本正经地研究经文。他不觉得自己有什么不得体，这样插着"大葱"仰着头拉着我一路走。我外祖父不研究经文，就坐在院子里吹风赏花，二爷爷的好奇心可比他哥哥要大多了，他对任何事情都很感兴趣，追在僧人的后面虚心请教，我只想一件事，他是否可以把插在鼻子里的纸卷拿掉呢……结果我的结论还是太早了，鼻子上塞纸真是很实用的办法。我们在公路上大半天找不到厕所，好容易看见一个大家立即冲上去，二爷爷第一个去过厕所之后冲出来对我们说："这 ammonia 可熏死我了！" ammonia 是指厕所散发的氨气，不能呼吸，很刺激。大家哈哈大笑，只是他还没有分析出来酥油是一种什么物质，被 ammonia 与酥油熏过之后的美国爷爷太难受了，躺在大草原上不走了。我们选择了一大片开花的地方准备野餐，这是外祖父最喜欢的休闲生活。他出门要带餐具，那个时候没有一次性餐具，他会买一些很小巧精致的筷子小勺之类的，出门随身带着。龄楷爷爷实在是个心思很细腻的人，他给我们带了各种好吃的，每个人爱吃的小菜都备着，我们还带了自己做的酱肉和酱猪肝，这些可以出门带的肉食靠的都是各种香料的加持，即使在高温环境里捂着也不会变质吃坏了肚子，那么远的路途带着的美味这样在日月山的草原上发挥了作用。结果，我们浪漫的野餐被无情的现实狠狠地打击了，我妈把酱肉、猪肝一拿出来，不知道从哪里飞出来无穷多的蚊蝇向我们扑来，还好不叮人，但假如不挥手赶，吃食上马上会落满蚊蝇。于是，我们吃饭的动作变成了一只手吃东西，另一只手必须不停地赶苍蝇。二爷爷一边吃一边说："不能坐着吃，要站起来一边挥手打苍蝇一边吃。"这种情景一时间又变得很可笑，我们在开花的草场上，像一些被巫术诅咒的什么人，原地转圈，不停拍打自己。二爷爷赶着苍蝇也不忘记了对美食的发明创造，教我们这样吃，"这个面包夹猪肝非常好吃，再抹上果酱。"我们带着杏子酱还有苹果酱，这些果酱都是我妈给我当早餐的，却从来没有抹在酱肉上吃过，很甜与很咸的味道混在一起，真的是很特别。我品尝着他的创造，听他讲，"以前我们在美国的部队上都是这样吃的。"后来我们家的餐桌上多了一样菜系，叫做"美国部队菜"。烤面包片夹酱肉，抹上果酱、花生酱、巧克力酱等等，还

143

可以在炸鱼炸肉上抹。后来美式快餐遍布全国，连外祖父都知道，"这个吃法我们太熟悉了。"

游览过了日月山的风光，就该去仁厚姨妈家里吃最正宗的羊肉了。我们私下里常说起仁厚姨妈家里的事，其实心里有顾忌，也怕他们会有情绪，因为在这多少年的风波里他们的变故最大，如今我们衣锦还乡去人家那里风光，总觉得不厚道。但是仁厚姨妈一家真的是人如其名，心地仁厚。对于我们的到来别提有多高兴，一路陪我们游览大草原生怕我们玩得不够尽兴，对于自己的父亲的命运与龄垚龄楷两位兄弟的对比，他们一家人没有丝毫不良情绪，反而认为我们是他们最亲近的亲人。我总想，这其中有我外祖父的功劳，当年他们一家人落难之时，曾经给过他们最真诚的帮助。我们不仅受到了仁厚姨妈的盛宴款待，还有丰富的精神产品。姨父为每人准备了一幅国画，可以挂在家里当装饰画，非常大，从房顶一直挂下来，十几幅挂在他的客厅里让大家选择喜欢的，我说有一种在大观园里联诗的味道，拟好了题目去选。我不仅在仁厚姨妈家里感受了大观园的诗词氛围，连出类拔萃的姐妹也出现了，就是我最喜欢的敏亚姐姐。

我自打见到了敏亚姐姐之后，就把极富魅力的美国爷爷忘了，连他说的笑话也顾不得了。敏亚姐姐是亲友当中最文雅最具备书卷气的一位，她对国

后排站着的是敏亚姐姐与我

画的色彩非常敏锐，我们在姨父的画室里玩，她随手调点颜色，有说不出的淡雅隽秀。讲话也是细声慢语，文雅之极。人们都说到了西北，看到的都是些粗犷之

左起至右　姨父杜大授　姨妈徐仁厚　敏亚姐姐　我妈徐敏　作者本人　1989年

人，假如看见了敏亚姐姐一定会颠覆人们的认知。她出生在西宁，一直在这个高原城市里生活，却丝毫没有粗犷之气，相反，她的文雅秀丽比很多江南女子更胜一筹。人在年幼的时候，身旁的姐妹非常重要，她们的影响力有时会超越父母与学校教育，一些最初的审美倾向都会深受自己姐妹的影响，有可能是终其一生的。我与敏亚姐姐一见如故，在此之前，我们压根不认识彼此，连对方是谁都没有听说过，突然发现似乎是另一个自己站在眼前，血缘关系一定不是一种虚幻的个人感受，它是有某些精神基础的，以我当年十岁的年纪，想来也说不出什么高深的见解，但与敏亚姐姐谈论起很多话题，就像在一起生活了很多年的姐妹一样，展示着自己认为最好的东西。她带我看姨父的画，还有存在柜子里大卷的画纸，那个时候，我才清楚地见识了各种宣纸的分类，生宣与熟宣。姨父说现场给我们画一幅，敏亚姐姐就去铺纸，很熟练地拿颜料。我当时记得很清晰，姨父不知道为什么吼了一句，语气稍微冲了点，敏亚姐姐觉得一大群亲戚看着，有点难为情，一下子就红了脸。她的皮肤很白，像春日里桃花瓣一样的粉白色，她一脸红非常明显，连耳朵都变红了，低了头不说话。我在一旁很着急，不知道用什么办法才能叫她好

受些，一着急，我的脸也很烫。自打从青海回家之后，我就多了一样毛病，一着急头脸发烫，敏亚姐姐把她脸红的毛病也传给了我。我不仅是留恋在仁厚姨妈家里的团聚，在之后的很多年里，最遗憾的事就是无法与敏亚姐姐一起生活在同一个地方，我惦念着她出色的才华，假如与她一起长大，不知道我能多学多少知识呢！

某一处地方会有深刻的记忆在人的脑海里，一定会与某些要紧的人相关，假如没有了出色的人，即使再有美景与丰厚的历史也会觉得寡淡无味。往事再次提及值得人一再玩味的意趣也在于这其中的人，或悲或喜，或巧或拙，定格在时光里变成了风景。青海之行给我的意外很大，也是因为仁厚姨妈一家人，很难想象在高原城市里，又经受了如此多的变故，他们家依旧可以走出如敏亚姐姐一般秀丽的女子。也许磨难正是如此，有了雕刻也有了不一般的美好，外祖父二爷爷这一辈人怀念着属于他们的悲喜往事，我与敏亚姐姐说着悄悄话，历史在这里正是一幅缓缓展开的画卷，连接着我们的过去与未来。

王世骥历险记

说起我的王家爷爷，也就是我祖父，一时找不出合适的词汇来形容，他是一个真真正正的商人，却总觉得他与商业这一行沾不上边。如今我们所说的生意人是一个十分特殊的群体，脑筋灵活，八面玲珑，虚实难辨，财大气粗。这种属于商人的群体画像延续着属于商业属性的特殊印记。士农工商，为商一行排在最后，多与此不良习气有关，比如唯

左一是我祖父王世骥　初到保定做学徒

利是图,无商不奸等等,反之来看,假如不奸猾之人是做不了生意的,很难想象一个忠厚老实,仔细小心之人是一个商场上的风云人物,起码在如今的社会是行不通的。

  商业行为在中国,并不是社会形成之初的常态,是阶段状态,也就是一时的,并没有延续性,中国最传统的社会结构是农业社会,以农耕为主,当产品丰富需要交换的时候,集贸就出现了。祖父的家就是如此,在淄博周村有地,务农是很重要的生活方式,因为地多,没有人来种,就变成了其他产业,一部分盖成房屋来出租,另一部分闲置的叫做刀马地,是用来锻炼身体的,打太极拳的地方,也就是操场。这些土地与耕地有明显的区别,耕地是一项固定的资产,但刀马地不是。因为耕地是需要人来操持的,也就是维护,用来种食物的地是要定期来施肥翻土除草,才能叫做耕地。假如耕地废弃长满了荒草,经过一季的消耗,土质便没有了营养,便会放弃不用,也就不能称其为能耕种的土地。在我祖父小时候,念的是私塾,老师教授的学生不多,教一阵就会少几个,过些日子又来几个,并不固定,走了的学生就是回家侍弄耕地去了,保持住了土地的肥沃再来念书,这是一种及其健康的生活方式,不会埋头念书累坏了脑筋眼睛,去地里疏散筋骨种些瓜菜,实在是轻松又写意的生活。

  祖父在我小时候摇着蒲扇最爱讲的就是在家务农的日子,就不见他说起念书的事情,想来他认为种地是很享受的一件事。他讲老屋子门前有一棵很大的石榴树,也没有怎么施肥,就结出很大的果子。淄博的夏天是很热的,热个很多天就会来一场大暴雨,那种雨天不能出门在外面走,一定要找地方躲雨,因为雨势凶猛,密不透风,是会闷死人的。下过了大雨太阳再一晒,门前的大石榴就会熟透了裂开口子,像人咧嘴一笑,露出了红艳艳的石榴籽。这种场景时常是伴着我入睡的,睡梦里的我也会被大石榴馋出了口水。这种不经心就结出的果实说明了一个问题,就是土质的肥沃,这是祖父积累的第一种社会经验。并不是有地就叫有财产，还要看是什么地，假如一块地"不好伺候"，也就是经过打理依旧不怎么长东西，说明这片土质是不好的，在价值上也就大打折扣。祖父在打理家里的耕地时年纪很小，便初露锋芒，被家族里一位六爷看中了。这位六爷我应该叫太爷爷了，是个人物，他的社会关系网很大，认识的人也很多。山东淄博自古以来有几大产业，一个是丝绸，一个是瓷器，很多生活在此的人都以此为生，积累了很多古老又传统的经验。因为牵涉到贸易，就有了一套固定维系贸易的关系网，这些关系网涉及各个领域，有些是货源，有些是出货收货，还有些是专门推荐人的，这位六爷爷就是一位人力资源管理专家，手里攥着各种人才，输送到各个需要的地方。按照当年我爷爷的思路，打理好地，在淄博做些小生意便好，结果在一群子侄当中，他实在过于出类拔萃，就被这位六爷爷盯上了，在周村下沟街恒源麻丝庄做了学徒，在柜台上一站，仪表体面，说话斯文，记账极仔细。显然，在周村的小绸缎铺子还不能施展他的才能，这位六爷爷不仅揣摩着贸易的大战略，也观察着我爷爷在柜台上的一举一动。

我因为与祖父生活在一起，对于他的生活习惯非常熟悉，实在是看不出他哪一点特别出类拔萃，尤其在做买卖方面。相反，他是个行动慢条斯理的人，别人一分钟能解决的事情，到了我爷爷那里，就变成了五分钟。也就是说，去柜台上买东西的人假如遇到的是我爷爷，购物速度会慢下来，买一样兴许就变成了买好几样。但是并不是说这个人奸猾，相反，他极为忠厚老实，几乎可以作为一个字号的诚信代言人。他说话没有水分，交代要办的事，也是细心又尽责的完成。至此，六爷爷在一群亲友当中发现了一个做买卖的优质人才，就是我爷爷——王世骥。

我想假如淄博要选一个代表商业文化的人，我爷爷一定可以入选。连他的容貌也是温和诚实，让人丝毫没有被欺诈之感。我爷爷出生于1922年，这种商业文化的规则是在他二十岁之前的状态，也就是一百年前人们对商业贸易的认知与如今完全不同。无论做买卖的人想要赚多少钱，获得多少利润，诚信是第一位的，假如在商业领域谁家做买卖有奸猾不老实的名声，也就意味着自己堵死了前途。那个时候，买卖做得好坏与否，就是看字号，一个字号能够维持多长时间，就看经营它的人的能耐了。假如是一个历史悠久的字号，也就意味着有了自己固定的客户群，再延伸开来说，一个字号能够涵盖的范围非常广，涉及整个贸易链条，也包括了牵涉其中所有的人。因此，一个成功的字号完全可以说是一面旗帜，在这面旗帜下聚拢起来很多人，践行着一套完整的商业价值体系。六爷爷等不及祖父在柜台上慢慢历练，他在周村仅仅一年时间，就被六爷爷保荐了。在那个时候的商业行为里，"保人"是很重要的一个角色，有点像当时官员的"举荐制"，能够推荐人才的人一般在人群中享有威望与信任度，六爷爷推荐我祖父时只说了一句话，"这是我侄儿"，这就保全了祖父的信誉，进入了他人生的另一个阶段，有点像考入大学，眼界与知识面都不一样了。1942年—1948年，是祖父的辉煌时期，他不仅学到了最丰富的纺织行业知识，也历经了各种危难险情。

六爷爷推荐祖父去的这个地方是河北省保定市西大街福仁里，这个字号叫做"聚生东绸缎庄"，掌管这个绸缎庄的人叫"史掌柜"，据说是个不得了的人物，他在丝绸行业里威望很高，有了这块金字招牌，从聚生东里走出来的人就像名牌大学毕业一样，是很厉害的。这个时候再回头看六爷爷对我祖父的选拔也就不奇怪了，他推荐的人连接着自己与史掌柜的关系，能够保举一个得力的人才，也让六爷爷在史掌柜的商业网络里占得了一席之地。我爷爷从自己打理的地里走出来，再也没有闲暇去看窗户外面咧了嘴的大石榴了。周村家里青石板里长着青绿的苔藓，我爷爷穿一双厚底的棉布鞋，走向了另一种人生。我待在祖父身边的时候，他总说笑话，笑我自小身体差，出不了远门，"东至东稍门，西至西稍门"，我们住的市中心东西最繁华的两端，公交车也就五六站地儿，后来我们才明白，在一个安稳的地方不动，才是我爷爷最向往的生活，或者，生活总是在他处就是这个意思，没有出远门的人向往着外面的世界，在外奔波的人总希望回归故里安稳终老。祖父自从在史掌柜这里脱颖而出之后就走入了一种惊险不断的生活，出色的人也就意味着总会被委以重任，祖父非常给六爷爷长脸，被推荐给史掌柜之后，一直被派往最重要的岗位，他也的确完成了所有史掌柜交代的任务，用实际行动完美诠释了一个商业人才应该具备的良好素质。

  在保定的这段时光决定了祖父之后所有的人生脉络，陪伴我幼年最精彩的文学启蒙基本上也都是发生在保定与淄博之间的各种奇幻志怪故事，他经历的很多事件是想象力最丰富的小说家也想不出来的。后来我曾算了一笔账，按照祖父说的经他手过的金条款项可以推测这位史掌柜的商业规模，他之所以在保定的几年内对纺织行业的知识增长迅速，和他的见识有直接关系，在一堂堂实践课里迅速成长。那个时期，纺织行业里最严重的问题就是虚报支数，用高支数的定金来订货，到发货的时候送来的却是低支数的。这里面的门道很深，只有最专业的人士才能分辨虚报支数有多少水分，有时候是同一种布料，几乎看不出差别，但密度变了，支数低的面料是不经用的，买过几次之后的客户自然会知道好坏，假如按照好货卖出去，很快就会知道被骗了。商品品质鉴定是维持一个品质稳定的字号最主要的环节，祖父在这个专业领域里一口气不喘地被训练成了专业鉴定人员，成了史掌柜的得力干将。

  祖父在他的职业生涯里，是按部就班渐次晋升。尽管在我们看来他的学习进步非常顺利也没有滞后，但仍然是要一步步来，是不能跳级的，学徒就是学徒，不能直接上柜，尽管在周村的时候他已经在柜台上做店员了，但到了保定的史掌柜那里，仍然要从做学徒开始。我们在这个过程里丝毫找不到祖父对于职位高低的情绪，他认为就是这样，只有从学徒一点点做起，他的心里才有底气，到了他独当一面应付生意的时候，他的判断与决策都非常坚决，胜券在握。我们还没有听够他在研究织品的专业领域处理了哪些难题，更大的挑战来了，他被派出去做了一次外交，化解了一次重大危机，不仅维护住了聚生东的招牌，也使得自己成功脱险。我们讨论起这段往事的时候，说这个大掌柜不但眼光好，会挑选人才，而且也真是不会浪费一点人才的作用，遇到危机立即顶上去。

  这件危险事件与当时的时局有关，日本人占领了山东，在通往各地的贸易往来中都有日本人的商船，这个行情六爷爷摸得很清楚，在来往山东这一条通道上，史掌柜有自己可靠的人。带金条的时候"不走水路"，是说不坐船，有点像黑道上的话，跑买卖的人都知道，那个时期山东到保定的水路是很不安全的，时常有匪盗出没，上了船谋财害命的都有，在混乱的时局里自然会积累出来一套行之有效的安全策略。祖父与六爷爷带来的可靠消息是，日本人的船会安全一些，但是资费贵，他们的船上有配枪的巡警，匪盗一般上不了船。于是，史掌柜在通往山东的水路上有一条可靠的通道。因为六爷爷在淄博的商业系统有很多自己的人，很多保定的货可以销往山东各地，同理，淄博的货物也可以通过六爷爷带到保定、北京一带。这个可靠的中间人就是我爷爷，二十岁出头的王世骥先生穿着揣满金条的背心，脑子清晰地记着要交办的货物，一个人在白洋淀的水路上奔波，这其间他遇到的日本人与自己家里日本房客差不多，只是我爷爷离家太早，没有学会日本语，那个年代很多山东人日语都说得很好，我爷爷偶尔能听懂几句日本话。凭着周村老屋里的记忆，和一路上的日本人都相处得不错，他的这点经验发挥了大作用。那个时候华北、山东的势力大致分为三股，一个是当时的国民政府，一个是日本宪兵队，还有一部分是匪盗与汉奸之类的。第三类人最麻烦，这伙盗贼游走在各种势力之间，谁也管不着，打一枪换一个地方，专以讹钱骗财为生，毫无原则，哪一方能得利就投靠哪一方，这样的人最方便讹诈的行当就是商铺，他们混吃蒙穿，连抢带骗人人避之不及。像史掌柜这样名头大的商号自然也是匪盗之人的垂涎之地。有一天，一伙汉奸盗贼就找上门来了，带着日本人的宪兵队，说商号里藏匿着"共党"分子，专害日本宪兵。这一招摆明就是无中生有，栽赃陷害，要使坏挟制史掌柜。日本宪兵队在店内巡视了一圈，说，"让店里管事的到我们那里去，面谈。"说完带着几个汉奸盗匪扬长而去。史掌柜当天就被气倒了，躺在床上起不来，店里几个年轻的伙计一议论，这才知道这伙人并不是第一次上门，因为几次都没有得手，这才想出个栽赃陷害的招数。他们在门店里看上一块上好的绸缎，白拿不想给钱，史掌出面与他们周旋，说近些日子店里生意不好，这批新近的绸缎价格很高，怎么说也不能白送的。说到最后，一伙人觉得肯定是拿不走了，撂下绸缎恶狠狠地走了，再次来的时候就带了宪兵队。史掌柜气得没有办法，大伙聚在一起想办法出主意，这个时候就算打发人送一块绸缎给这伙盗贼也不行了，因为他们咬定了商号里有"共党"分子，和日本宪兵是死对头。铺子也做不了生意了，关起门来商议对策。日本人那里一定是要去的，假如不去，岂不是坐实了藏匿"共党"分子的证据。大家都在等着史掌柜的决定，经过了一夜的考虑，史掌柜认为自己进了宪兵队，还能不能出来就不好说了，假如一言不合谈不拢，宪兵队把人投入牢里关个几天，想来也不会有性命之忧，只是当时的史掌柜年事已高，哪里还经得起大牢里的折磨；史掌柜又在大商号里掌事多年，只有别人围着他请教的时候，哪里还有他向别人低头的说法，何况还是些匪盗之人，岂不是要气死大掌柜?！

聚生东里发生的这件事不是钱财过不去，是心里一口气过不去。史掌柜自己躺着气了几天，脑子可是没有歇着，和伙计们交代，要和宪兵队说清楚来由，不能被一伙匪盗拿捏住由不得自己，我自己是去不得的，但咱们聚生东要派个人去，脾气要好，会说话能办事的。大家巡视了一圈之后，目光一致停留在我祖父王世骥的身上。不要说在史掌柜的字号里，连淄博都算上，也找不出像我祖父这样形象的人。按照现在的看法，他属于那种可以做"特型"演员的人，身形挺拔，相貌温和儒雅，他的身上没有丝毫的"戾气"。史

153

掌柜久经沙场，极会看人，他需要在紧急危机的时候出来一个能够化解冲突的人，这个职业现在叫做"危机公关"。我祖父面对的是"国际公关"，史掌柜虽然实力雄厚，却也不熟悉日本人是怎么回事，店里伙计也多，只是没有像我们家一样和日本房客住在一起，闲来就唱日本歌，于是，这个紧急又危险的任务就落在我祖父身上。

我爷爷是个很内向的人，我因为自小跟在他身边长大，深受其影响。他不是一个跟随着伟大国家快步前进的那类人，做什么都很慢，我跟着他也就变成了那样，生活节奏是绣花的速度，说话又慢又细致，几乎想不出我爷爷会和什么人起争执，即便是争执换成我爷爷那种语气，绝对不可能吵起来。我不知道他年轻时候是什么样子，我小时候整天跟在他后面学他走路，一路小碎步，踩一双棉布鞋，也不套在脚后跟上穿，踩成拖鞋，他说"这样舒服"，都说山东出粗犷的大汉，但我爷爷说起山东话细声慢语，实在是很好听。他这种人一看就容易归类到胆小怕事的一类人里，像我一样，胆小出了名，时常被家里人拿来笑话。但过于胆小谨慎换成男人，似乎就成了一种很明显的缺点，因为男人要顶天立地，扛起重担才好。他的为人行事，绝对不是凡事冲锋在前，落在最后的几个人里，一定会有他，我们常说他经过"文革"也没有改造好，起码要学会喊口号，比如在史掌柜找他的时候，一拍胸脯，一表决心，是不是很英雄？这是我们这一代人对于男性英雄主义的概念，按照这个标准，我爷爷丝毫不沾边，可以说他是被史掌柜推进宪兵队的，应该被吓得面如土色才对。但王世骥先生走进日本人的宪兵队是这样进去的，他换了一件平整的丝绸衬衫，脚上穿的是上海买来的奶白色皮鞋，手上戴的英纳格手表，非常礼貌地向站岗的卫兵说明了来意，卫兵上下打量了他几眼，通报之后就把他带进了长官的办公室。这位日本长官不会说中国话，身边带着翻译，这次谈话的高超技巧被我们反复描绘过，其中有一点是我们想不到的，我爷爷说话极慢是为了给翻译留出时间，说话字斟句酌，是为了在翻译的过程里不要出现歧义。这两点,是他能否成功脱险的重要环节。从他走进日本人的办公室的那个瞬间起,他自始至终都是气定神闲、不卑不亢的,也许在那个时候的中国人里,这样的人并不多,日本人连带着那个翻译都有点被他的外表唬住了,不晓得史掌柜从哪里请来这样一位外交人才。就在他们打量我祖父的时候,他慢悠悠地把中间栽赃陷害的事情完完全全地交代清楚了,其实日本宪兵何尝不知道这些汉奸盗贼的行径,摆明了就是要史掌柜的东西没有给他们,坐在面前的这位年轻人头脑清楚,言语有序,一定不会与匪盗为伍。这个过程充满危机,假如与我祖父谈话的人在短短几分钟里做出某种判断,王世骧先生就会瞬间变成阶下囚,还能不能有我们这些后代就不一定了。人,是带着属于自己的气场的,这是一种很微妙的东西,其中藏着人的阅历、品行、谈吐与见识,越是社会经验丰富的人越是会发现属于一个人的气场所包含的内容。以貌取人是一种丰富的经验判断,只有最智慧的人才能得心应手地运用这种裁夺工具。显然,日本长官与他的翻译对我祖父另眼相看,发觉他听得懂一些日语,亲近感油然而生,他们有点跑题,被我祖父自身的气场带向了另一种思路,他们在欣赏祖父的表现,一种完美的外交行为是有欣赏价值的。在这个过程里,气势汹汹要抓人的情绪被暂时隐藏起来,等到短暂的交流之后,一种特殊的亲近感在他们之间微妙地建立起来,再讲下去,就要去周村的老宅子里找日本房客攀亲戚呢。再说到商铺里藏人的事,我祖父并没有在这个问题上避重就轻,非常清楚地回答了他们,我们是正经本分的生意人,与那些闹革命打打杀杀的人不打交道,甚至可以说,我们躲他们还来不及,怎么还会把这样的人藏在聚生东的字号之下,岂不是自砸招牌?日本人听到这里,所有的情绪都指向了一个方向——他们是友,而不是敌。即使有什么隐藏在背后的目的也被良好的沟通微妙地化解了,他看着我祖父,微微点点头,很礼貌地说了几句话。就这样,我爷爷依旧气定神闲地从宪兵队走了出来,风和日丽,一片祥和。

成功完成任务的王世骥没有在聚生东里被当成英雄——立功受奖佩戴大红花,就好像他出门办了一趟货,回来了。之后他的晋升之路更快了,只是没有人对他的这项功劳反复吹嘘,大家很平静,恢复正常之后的聚生东有了一些别样的欢乐,在这一群从商的男人之间,有一种很醇厚但很含蓄的情谊表达方式。大家对史掌柜很尊敬,相处之道也是有礼有节,在这件事之后,大家开始打趣史掌柜了。北方的冬天是很冷的,要穿一种特制的棉鞋,叫做"毡翁",鞋帮用毡制作,很厚,鞋底用毡包裹木头制成,大约有四厘米厚,在冰天雪地里走路寒气也进不来,唯一的缺点是笨重,走路不轻便。穿了毡翁走起路来咚咚作响,一听就知道是大掌柜来了,小学徒使坏,夜里把史掌柜的毡翁藏起来一只,等他早上睡醒了发现少了一只,他也不着急,趿拉着鞋房前屋后地找,伙计们凑在一起偷笑。找了半晌午,终于找到了。由此看来,这个史掌柜不是一个急躁之人,从性情的基底上来说,他温和睿智十分有智慧。我祖父没有接受过西式教育,他接触的日本人可能要受点影响,我总觉得,如今我们对日本人严谨仔细的印象,似乎是从中国人这里学去的,起码在周村我们家里的房客在绸缎庄里的学习,别提有多认真。王世骥先生很有水准,日本人跟在他后面要比他更严格仔细才好,不知道这算不算一种国际竞争。就我祖父的知识观念体系来说,他践行的是一套完整的封建时代的文化,山东是孔子的发源地,儒家礼仪这一套理论是他接受的基本教育,这套标准只要深入人的内心,无论他从事的是哪一种行业,都会谦恭而有礼。我祖父年轻的时代,从商的人需要与各色人等打交道,是非常注意仪表的,衣着邋遢的人一出门就会遇到障碍,不是遇到匪盗,就是被宪兵队抓去,祖父仪表堂堂办成了很多事,也让他的生意进行得很顺利,经历过危难的王世骥先生与史掌柜的关系更近了一些,他的工作也更重要了。这位史掌柜在新中国成立后被定性成大资本家,受了不少磨难,在我看来,他不仅是一位资本家,可以说是一位战略领导,他的眼光与视野非常宽阔,判断力极准。在聚生东里担任要职的祖父日常上班揣着一本地图，是中英文版的，与我们现在用的地图不是一回事，包括蒙古、哈萨克斯坦这些地区，有详细的公路、铁路线的解说。他的具体工作是盯着京汉铁路，在北京到石家庄这一段上各个集镇推销绸缎，他来往的这几个集镇上有非常重要的大商户，好比如今的大批发商，他们在这些集镇上收货，再发往各地。这个区域的收货价格相对比较低，当然也有高的，这就需要我爷爷亲自跑一趟了，就是现在北京的大栅栏，有很多绸缎的老字号，瑞蚨祥就是其中之一。那个时候前门王府井一带不如现在繁华，有点像集贸市场，很多商人都要在此交易货物，相应的很多行业都发展起来了，餐饮戏楼酒店各种行业都很发达，在此做生意的都是带着"巨款"的，自然对安全的要求也就高，维持秩序的黑道白道都有。那个时候还可以雇个私人保安，在前门有各种身怀绝技的高手摆摊卖艺，这些揣着金条的大老板就坐在茶楼上看耍枪弄棒翻筋斗，说不准哪条路上不太平，就雇上一位随身保护。当年在北京、保定这种"武场"非常多，有很多身强力壮的大汉卖艺为生，其实卖艺看杂耍只是一个噱头，对于这些人来说，通往另一种人生就是被来往的大商贾看中，一朝飞上枝头。在前门做买卖的老板们一般都会在此歇个几天，澡堂子出来再去茶园子。我爷爷那时二十几岁，正是事业春风得意的时候，这些消闲娱乐的项目一样都不会落下，听京戏就是这时候培养出来的习惯。他被"革命群众"改造之后丝绸衬衫也不穿了，变成了一个踩着布鞋摇着蒲扇的老头，茉莉花茶还是要喝一点的，旧瓷杯洗得极干净，不能有一个手印，沏好香喷喷的茶，听着京戏自己还跟着唱一段，他能唱整本的戏文，连字词都记得非常清，比我读大学背关汉卿学得好多了。这个时期我爷爷已经有了很大的野心，他跟着大掌柜见识了各种复杂的贸易难题，也积累了自己的经验，在客栈里闲着没事就研究地图，贸易连带着城镇的发展，这大概是经济管理学院里最复杂的课题了，被史掌柜发现商机，他的买卖几乎没有失手的时候，与他用人的判断一样准确。外交、掌财、管理，这些环节我爷爷都被训练之后，他的另一个战场是天津，在北京他是卖，到了天津是负责买，也就是进货。这个时候，他对经纬线的专业知识都派上了用场，几乎没有人能在聚生东里做什么手脚，这位衣着考究的后生也让天津纺织界的老板们印象深刻。因为我舅奶奶就是天津人，是做纺织业起家的大资本家，在他们那一代人的观念里，能够真正称得上有钱，够得上大老板的人一定是做传统的纺织业，有自己的工厂、销售、字号，这种积累出来的财力是非常具备影响力的，就像一棵年代久远的大树，它的根扎得很深，能够涵盖的社会层面很多，很多有威望的人走入政界也正是这个因素。所以，我们今天对有钱人有一种很深的误读，甚至可以说妄加揣测。我经常说我爷爷，假如你变成下一个史掌柜，或者会比他更有钱，你一定是个极其抠门的资本家，像葛朗台一样。另一种对资本家的揣测就是有钱还有闲，似乎整天坐着什么也不干，资本家之所以会变成葛朗台是因为这个过程非常艰难，很多人一辈子只能当个伙计，在一种非常严格的选拔过程里很多人迅速就会达到自己的"上限"，是伙计还是大掌柜很快就会分化出来，做成一桩大买卖一点也不比打一场仗轻松，从穿上金条背心开始一直到交款交货，这个过程弦绷得很紧，谁也说不准会发生什么意外，因此，在做买卖的人之间特别留意的就是"世道太不太平"，太平的世道意味着发生意外的概率小。我爷爷在危机的时候非常平静也不多说话，直到事情完成他要好好放松一下，才能推测之前他经历些什么。当年的北京前门与天津娱乐业非常发达正是这个原因。每一种行业都有特殊性，大概算是一种职业病，后来我妈下河清的战友全部分到了交通系统，他们无论有没有成为司机都传染了交通行业的"职业病"——喝大酒，不喝到酩酊大醉绝不罢休，这是开长途车司机的习惯，不用酒精麻醉脑神经无法放松。我爷爷在做买卖的过程里学会各种娱乐放松的办法，因此我才知道他的精神压力很大，这一点，他从来没有提起过一个字，相反，家里人都认为他不是个很勇敢能承受巨大压力的人，他从不去解释，只是沏茶种花唱小曲。在某一个瞬间,他坐在家里翘着二郎腿斟酌戏词,我会忽然感觉到他身上的气场,从他很平凡的底子里透出来,那种大商贾的锐利与精明。

我爷爷经历过保定这一段精彩出色的历练,自己对未来有了清晰的规划,显然,他的人生绝不可能只做个活计,他是当大掌柜的材料。这一点,所有人也都看出来了,最清楚的人大约就是史掌柜了,史掌柜整天盯着京汉铁路,在这条线路上赚了一把,很意外地终止了他的聚生东。这一点,大家没有想到,希望能够在聚生东的字号下发展壮大,就在所有人觉得聚生东会扩张版图的时候,史掌柜宣布股东分红后解散,这其中有周村的六爷爷。我爷爷在聚生东并不是股东,只是个伙计。

关于史掌柜的这个决定我们深究过,和时局有关,在新中国成立前不到半年的时间,史掌柜已经发觉了时局的变化,这个时候,收网暂时观望是有经验的大商贾具备的眼光。这种时代的变化,规模做得越大也会越发敏感,我爷爷既没有股份也不掌管聚生东,自然就不敏感。对这个即将到来的大变化不敏感的不仅仅是我爷爷这样的生意人,像徐家这种旧官僚家庭依旧不敏感。舅爷爷在中正先生身边工作的人能够想到不过就是权力更替,与自己也没有太大关系。大约直接感受最强烈的人是我二爷爷,时局变化对他的直接冲击是到了台湾回不了家。我爷爷不仅不敏感觉得与自己关系不大,依旧沉浸在对自己做大买卖的美好愿景之中。他也的确实现了,聚生东解散之后,我爷爷与六爷爷又回到了淄博,与之前一起做买卖的人组织起来,这一次我爷爷是主角,由他掌事召开股东大会,在周村的银子市街开了店,叫做"东生祥"绸布庄。这个店铺虽然不如聚生东的规模大,但是有稳定可靠的利润,这是我爷爷在保定积累的经验,他对一整套字号的运行系统都了如指掌。在银子市街的绸缎铺他已经不是当年的王世骥了,从当年的懵懂少年变成了一个有城府的经过严格训练的商人。感慨之余他是踌躇满志的,连家里人也看出来了，他自小在外闯荡，那身考究的行头一看就不是普通人，家里人陆续有来要钱的，找门路的，渐渐地露出了苗头。我爷爷对这一点看的是很透的，他总说，这世上总有一些人，看了别人有钱就要眼红，想着不费一点事就咬一块肥肉。这个时候我爷爷手里到底捏着多少钱谁也不知道，他对任何人只字不提，大约清楚他的底细的人是六爷爷，一起做买卖能估算个八九分。守口如瓶，这项能耐不知道算不算商业训练的一项内容，他在很多事情都是不说话，有时候我觉得他有一种与外表截然相反的城府，把自己隐藏得非常深。在保定这一段时间，他不仅积累了自己的阅历与经验，自然也有钱财，只是他从来没有对外人说过，这是商人的最传统的本色——不炫耀。与如今的我们恰好相反，如今有钱的人生怕别人不知道自己有钱，只有通过炫耀钱财才能找到属于有钱人的存在价值。那个时候这些传统的中国商人做事为人都是极规矩的，只要有一点不好的名声传出去，马上就会影响到自己的买卖，办货的人揣着钱自然不会找些名声不好做事不规矩的人。我爷爷在周村老家里是没有自己的宅子的，住的祖上留下的老房子，后来在外奔波也没有固定的住所，到了我父亲这一代，常常说他没有置办房产，搞得他们像难民。我爷爷对于安家落户是藏着很深的心思的，不知道是不是受了史掌柜的影响，看问题想得比较长远。上大学之后我与祖父说笑，他对世事的预料都是准确的，除了一项，就是政治因素，关于这一点，不仅在我爷爷的思想深处，很多叱咤风云的商人都有这种思想。有点瞧不上那些只会夸夸其谈的政客，在他们看来，没有扎实雄厚的经济基础，所有的政治都是不堪一击的空中楼阁。这一点在深层的社会发展逻辑里是正确的，但在某一个阶段可能会失灵，比如公私合营，这个社会运行机制超出了史掌柜教会我爷爷的道理，他们的经验就不灵了。在周村老家，或者是在保定，我爷爷都没有置办房产，在那个年代，有钱人把一大部分财产都会用来置办房产和地，假如还有金条银圆就在自己家里的宅院里找个隐蔽的地方埋起来。这个思路到了我爷爷这里似乎还有点落后了。中国最早的商业传统是起源于山东,有一句谚语是这样说的:"山西康百万,山东袁子兰,两个财神爷,抵不上旧军雏川。"这个雏川说的即是大栅栏瑞蚨祥的创始人孟雏川,也是山东人,他开创了一个很辉煌的民族品牌,也是近代中国商业运行最杰出的典范。时至今日,在中国最繁华的商业街上一定会有一间瑞蚨祥的门店,它几乎可以代表中国,连复杂深奥的中国文化也能在瑞蚨祥的名字里找到渊源。蚨,是一种形如蝉的水生虫子,据说用青蚨的血涂钱,钱会回到原处。孟雏川最早在济南经营的是山东土布,有人称为"大捻布",这种布不怎么好看,但耐用结实,因此它的销量非常大,孟雏川从大捻布起家,做成了中国最大最成功的连锁经营模式。这种山东土布在我祖父经商的时候,山东仍有很多商号在做,自己有工厂,除了土布之外,还有我爷爷销往北京、保定一带的叫"土绸"的织品。这个时期苏杭江浙一带的纺织业发展得很快,有很多与之相对的"洋绸",洋绸最早是真正的洋货,中国的商人们把很快学习了先进技术的工厂盖起来之后,洋绸就可以自己生产了,但从技术层面上还是叫洋货,山东土绸在花样面料上不如洋货的更新快,颜色也不如洋货多。但这些中国传统商人硬是把土布做出了最大的国内市场,原因也是一目了然,因为经营土绸的都是像史掌柜、王世骧这样的人,一根经纬线都别想逃过他们的眼睛。当然,土布土绸的质量是非常过硬的,要说这种布做了衣服穿不烂,那就最受大家欢迎,尤其是干活出力气的人。旧时的绸缎我外婆留给我妈的很多,真正的"真丝"是非常不结实的,那种布料穿在身上真是太阳晒一晒就会破了。在我还小的时候,淄博老家的亲戚来兰州看望我们,带来一块山东特产的"土绸",白色的隐形花纹,很厚实,是真丝。拿去与苏杭市面上卖的丝绸一比,山东土绸真是太实在了!能做到既美观又实用,布料的纹理非常密实。家里人拿到绸缎笑起来,假如经纬线不对头,"我家的专家"马上就发现了,质量不好的布料还是不要拿出去送人了。因此看来,山东对织品的品质要求始终不低,直到今天瑞蚨祥的织品都是市场之外的个案，它沿袭的传统依旧有山东纺织业最早的影子，连带店里的伙计说话行事都会让我有似曾相识的感觉。这种传统伴随着资金往来催生出了金融行业，在周村最繁华的商业街，称为"银子市街"，这其中遍布金融行业，就是"票号"。人们都知道山西票号全国有名，殊不知，清楚底细的人都知道山西票号存的都是山东的钱，与纺织业的高额利润有很大的关系。在这种大背景之下，山东出来做买卖的人其实不会局限于置房产置地，这种思想在当时有点被耻笑，像个没有见过世面的封建地主。有眼光有文化的商人把注意力都投入到了资本运行当中，在一个成熟运作的字号当中，一定要有自己的股本金，才能成为股东，也就有了决定权。这种决定权包括销售渠道和发展方向，显然，我祖父从一开始进入聚生东学习的正是这些内容，他的目标就是自己的产业。在银子市街上召开的股东大会是我祖父在自己事业上前进了一大步，只是这个时候已经是新中国成立之后，一些经济领域的变化慢慢袭来，很多大商贾的账本都会在一场公私合营的浪潮中化为乌有。这个时候我祖父一心在自己的事业上钻研，完全忽略了时局的风浪就在屋子外面等待着他。他在徐州跑销售，回去淄博给股东们分红。这个时期在周村的家门口有几样不利的因素，与其说他对前途看得很透彻，不如说这个不声不响的买卖人对人性看得很透，还没有等他解析出家庭内部的矛盾与隐患，外界又来了一次危机，这个危机促使了我祖父再次离家，北上去往了兰州。

　　这次危难不如在宪兵队那一次来得直接，却让人不寒而栗，觉得背后隐藏着一双眼睛正在窥视着我们。这件事发生在1949年至1950年之间，正好是新中国成立初期镇压反革命的时候。我祖父没有政治敏锐性，对外界的变化丝毫不感兴趣，连窥伺他的人是谁都不知道，多年之后我们多方打听分析才知道是怎么回事。这件事虽然危机不大后遗症却不小，说起我爷爷晚年之后的生活，粗布白衫一点也不讲究，与他年轻时候讲究仪表完全不同，简直就像是两个人。他衣着考究地出门外交的故事是一页历史，被翻过去之后就不存在了，我们所熟悉的王世骥似乎是另外一个人。受到威胁之后的祖父才发觉自己最得意的衣着也会成为惹祸的来源，在之后很多政治运动到来之前，他便悄悄把那些考究的行头收起来，机智地把自己隐藏在普通群众之中，这件事在我们家造成的后遗症遗留到了后代，当我们衣着光鲜的引人注目的时候心里会很不踏实，似乎一些莫须有的罪名正在窗户被外面窥伺着我们。我们也就无法知道来者是谁，但是这个让人印象深刻的夜晚都被大家记在了脑海里。我们院子里潜进去一个人，在后窗户上偷听。山东话叫隅崚子，隅崚子上有脚印，这是太爷爷发现的，大早上起来扫院子，发现很多脚印，至于这个人是怎么进来的，我们没有查到，因为门闩是好的，夜里也没有听见过什么动静，或者是翻墙进来的，但是院墙上也没有痕迹，由此可知，来者是个高手，至于目的，当然也不会告诉我们。那个时期我祖父跑过徐州之后，已经去过兰州了，周村银子市街的生意还没有了结，所以，他就衣着讲究地回家了。那身行头走在街上实在是太惹眼，家中的亲友都觉得他在外面发了财，都要让他"表示表示"，说白了也就是分给大家一些。我爷爷还没有想好怎么回应来家里这些要钱的，夜行人就越墙而入，也不知道是哪一条来路。这种事情之前并没有发生过，应该是在我爷爷回家的时候，这个人尾随他而来的，家里人四处打听了一下，到处在抓反革命。我爷爷在家思忖了几日，越发觉得周村不是个安全的地方，于是他非常果断将自己的股本金投向了兰州的商铺，而不是在周村的银子市街。这项股本金的数额才露出了真容：六百块大洋，也就是银圆。这个数额不算大，但足以让我爷爷的身份有了一个彻底的转变，他成了股东。在兰州的中山路一九三号，称为王益三绸布庄。他自己对这个转变有自己的定义，由"行商"变成了"坐商"，这个概念的起源非常早，清朝就有这样的称谓，在商业传统浓厚的山东，坐商与行商是泾渭分明的，他们执行着一套非常严格的商业运行机制，谁也无法越级到达另一个层次。在成为坐商之前，一定要经历过行商的阶段，他们叫"跑行商"，全国各地到处走，只要铁路能通的地方都要了解有没有商机。在行商可以稳定赢利的时候，就可以考虑坐商，自己不再出门，可以指挥伙计们跑买卖，自己做决策。因此，坐在店里不动，这可是一种质的变化，等级不同了。知道了这样的背景之下，才能理解我爷爷坐在家里斟茶的那种调调，那是他曾经成功的一种回音，终于可以胸有成竹地拥有自己的字号了。这个商铺在兰州不在淄博，我爷爷看透了一大家子分财产抢钱的乱局，从这个泥淖中快速抽身，兰州远在西北，听起来很远，但对于生意人来说，这个西北城市蕴含着很大的商机，在他们眼中黄土高原真是如黄金一般的颜色呢！

这个在隅崚子上偷听的人没有再出现过，越发引起了我们的警觉，我爷爷在很长一段时间没有再回过淄博。很快，在山东开始了一场大规模的清理反革命的运动，很多有历史问题的人都一朝获刑，反而在兰州似乎没有山东动静那么大，我爷爷的生意还能按照他的预期在渐渐运行。他不是一个人在兰州，一起从淄博走出来的人有十个，这十个人在20世纪50年代都被调查备案，在之后的"三反五反"运动中和公私合营时全部都是重点监控对象。当年这十个人下定决心北上的时候在银子市街开了很严肃的会议，那个时期时局不稳，对于这些生意人来说，外面的风雨越大，自己的前途与命运也就越发难测，因此，北上是需要毅力和决心的。我爷爷这个号称最胆小怕事的人又一次冲在最前面，成了这十个人稳定的主心骨。到了我有记忆的时候，山东的老乡似乎还有些来往，反而是我父亲并不清楚这些旧事。这是一种非常特殊的现象，与"文革"和各种运动有关，要与旧家庭旧观念划清界限是一种革命觉悟。似乎历史是一个轰隆隆的大车轮，像我爷爷这种念四书五经的人早就被抛弃了，他们那些夹杂在封建主义与资本主义之间的思想说出来会被耻笑，假如再让后代们听到，出去在外面一说，反而要惹出祸事来。所以，历史在此处挖下了一道深深的鸿沟，父辈与孩子们之间非常陌生，是文化和思想上的陌生。这种情况在我外祖父家里基本一样，可见是一种普遍现象。反而是到了我上学之后，这个鸿沟才开始有了微妙的通道，我的感觉是我爷爷和姥爷站在一个安全的距离观察着我的课本，心里头打着鼓，那种翻云覆雨的政治风波让他们的言语评价非常谨慎，在我妈这一代人受教育的时候，我外祖父一言不发，他积累的学问和经验几乎一点都没有传授给自己的子女。我爷爷那些年与淄博老家的乡亲谈话是关起门来，或者换个隐蔽的地方，不让我爸知道，也不让他听谈话的内容，因此，我们无法知道他们在一起都说了些什么。很快，到了1956年，全国大规模的公私合营开始了，所有商号账面的钱都不许进出，等待"革命委员会"的交接。至此，这些叱咤风云的商业精英全部都成了监管对象，很多人因为各种原因入狱，从淄博银子市街走出来的这十个人也面临审查，最后也未得善终。

人有两个归处，一个是家，另一个是故乡。有家未必有故乡，在故乡的人却未必有家。当年壮士断腕准备在兰州大赚一笔钱的十个人只有我爷爷在此地扎根，没有再回到老家。六七十年代，有几个一同来兰的老乡决定回乡，把些箱箱笼笼的杂物都扔给了我爷爷。这些人面对当时的时局，心境是很寥落的，自己为之努力的一切都不存在了，也谈不上未来，还要每天面对审查与交代，不如回乡种地养老算了。或者这也是一种看透世事之后的豁达，还有些心里窝了火气又发不出发，觉得每天都在受欺凌与羞辱，于是想不开就走上绝路。有位尹先生与我祖父住在同一间宿舍，早上起来就找不到人了，桌子上还放着戴过的手表，也是英纳格，旧了仍然十分精致，似乎他只是出门办事很快就回来了，只是这个人再也没有出现，店铺里的同事、乡亲动用了所有的力量来找他却仍然没有音讯。有人去黄河边捞尸的人那里打听，有经验的兰州人告诉他们，这里可是黄河水，不是一个小池子，掉进去什么东西都能捞上来，很多尸体浮上来是恰好遇到旋涡或者不平的凹陷处，卡在一种阻力中所以浮上来能看见，大多数掉进去的尸体都是看不见的，当年马步芳的金元宝都捞不上来，何况是个人了。因此，这位尹先生活不见人，死也不见尸，就这样从大家的生活里消失了，老家里的亲人也没有消息说他去了什么更远的地方。这件事我爷爷心里是有主意的，他连连摇头，觉得尹先生一定是凶多吉少。在各种运动中每个人的境遇都不好过，这个时候商人的本色就露出来了，他们有一种随机应变的能力，应付各种审查，用我爷爷的话说，"要把钱送给人家，还不能吊个脸，还得欢天喜地的。"这种看似荒谬的逻辑在当年每天都在发生，很多大资本家将自己的资产拱手相让，关于这个问题，其实它内在的机制非常复杂，假如当时这些商人不把自己的资产交出来，也没有办法继续商业活动，因为经济模式变成了计划经济，运输、物资这些环节都是国家统一管理，绝对不是某些个人能够运转的。所以，我爷爷对这个问题有自己的总结，"不干活了，休息休息，清闲清闲。"他的这个懒汉论调其实说出了公私合营的实质，他也在这样的局面里看透了问题的本质，"清闲"去了。但有些人不这样想，尤其是要让他把自己的资产股份变成别人的，虽然说是统一成为公家的，但总归是自己说了不算了。于是，在与"公家"谈判的时候，就出现了各种问题，一方面，有钱人压根瞧不起公家人，他们既没有资本积累，也没有管理经验，很多资产规模大的资本家一看这种局面，交到这些人手里，无论什么产业都会化为乌有，万念俱灰跳河了。我们的老乡尹先生倒不是忧心自己的产业，他是一口气咽不下去，想不开，家里人提及这件事，都感慨真是"英雄气短"。他所面对的不仅仅是交财产，在"三五反"运动中，还有些反贪污浪费等等稀奇古怪的罪名，连我爷爷最后都搞不清楚尹先生到底"犯了什么错误"，与乡亲们聊起这件事，说："这是出来做买卖的，把人都做没了，这叫什么事。"尹先生的失踪，是一块无法消失的阴云，在背井离乡的奋斗中涂上了极其苍凉的一笔，使得这十个从淄博走出来的人出现了一种无法弥补的悲剧色彩。与尹先生相对的，我祖父应对这一切的办法是"忍气吞声、逆来顺受"，尹先生为什么想不开，没有去劳改，也没有被批斗，看上去风平浪静的，我祖父常说："最黑暗的不过是人心，想让你不好受，办法真是太多了。"这应该叫明枪易躲，暗箭难防，我们家里对这个问题做过深刻的分析，当年我外祖父徐工时不时被抓走监视起来，某种程度上来说是一种保护。没有受到政治监控的我祖父自己找到了一套保护自己的办法。在我很小的时候，他一个人时常摆弄那几个铜钱，似乎其中蕴含无穷多的奥秘，人的命运总逃不过高深哲学的推演。我想他一定从中得到了某种启示，以至于在我们的眼中，他胆小怕事，唯唯诺诺，这是他给自己制造的一身铠甲，我们必须由准确的通道才有可能窥见他的内里，恰好相反，他是我们家中胆子最大的一个人，连我外祖父一家都算在内，都没有孤身一人揣着金条跑江湖的经验。显然，我父亲并没有通道去了解他，就像我母亲无法了解她的父母一样。《易经》有一个著名的典故"箕子之明

周村老街保存得非常好，基本上维持了原貌，瑞蚨祥等老字号都在其中

夷"，祖父熟读《易经》，自然通晓"自晦其明"的道理。这种历史造成的鸿沟是巨大的文化损失，我们把上一代，或者说是悠久文化积累下来的经验全部扔进了垃圾桶，变成一个莽撞的无知者在历史长河里开始犯各种低级错误。尹先生的意外事故让我祖父对世事有了更加通达的想法，在他什么也不说的背后，其实准确地观察着我们的命运，只是我们从没有察觉罢了。

尹先生的失踪在一个混乱的年代里无法轻易下死亡的结论，处在一种悬

而未决中很多年。终于，到了1978年，十一届三中全会之后，所有我们这些有历史问题的人都得到了统一的平反。我祖父拿到了一张证明，对他的身份做了定义，意味着我们提心吊胆的时代永远地过去了。从淄博走出来的十个人都拿到了这张证明，也包括尹先生，只是，我们不知道这张证明应该交给谁，就一直保存在我祖父手里，此时我们才知道尹先生的名字是尹效鲁，我们一直称他为尹子伦，子伦是他的字，效鲁是名。

在兰州的绸布字号运营方式与山东是非常不同的，很多在内陆做得很好的商号渐渐不会满足于国内的市场，他们希望有更高的利润更广阔的天地，这种野心是随着生意的扩大慢慢积累出来，一旦产生，便会有强大的吸引力，被这样的野心诱惑的商人不会满足于置房子置地，几乎可以说，这些人的脑子里只有一件事，就是股份，不断扩大自己的股份占比，只有这个方向，才会通向他们梦想中的地方。我曾经在北方的边境线上走了一遍，看了很多个国门。假如我们把那个地方称为"天尽头"也未尝不可，到了这种地方，人有一种超越自己的感觉，那些尘世的琐事似乎都不重要，越过去之后人生便是另一番境界，很容易激发出一种豪情，变得超然了。像我爷爷这样在纺织行业也算是见过点世面的，大约再也没有比瑞蚨祥更成功的山东商人了，但到了兰州，他们所有积累的经验都不好使了。首先，在兰州的街市上最

我祖父组织股东，创办绸布庄的银子市街（原址）

有势力的绸布庄叫做大德源，围绕着大德源的票号钱庄数不胜数，可以说，兰州的纺织业走的是高端路线，完全用不着靠土布土绸发财。大家都知道大德源最著名的是皮货，它店里最贵的袍子要卖一万多块钱，这个数目得卖多少土布啊？！生活在兰州的人，要说给人炫耀一下买了漂亮衣服，其他东西都是不够分量的，那些花里胡哨的布料绸缎都不如一件皮货扛价钱。直到如今，在兰州穿皮草也是很重要的一件事。我外祖父家里做个穷官就穿不起皮货，我外婆娘家有钱，看到我外祖父"冻得穷嗖嗖"就给了他一件皮袍子，非常挡风抗寒。当年我外祖父被关起来写交代材料，全靠这件袍子。兰州的冬天很长，即使到了春天，很寒冷的风还是会吹透身体，这样高寒的地区穿些棉布的确是不行，在风雪里穿着厚厚的皮毛有一种很威武的气势，皮毛就像是冰天雪地的王者，有一种很匹配的气场。大德源经营的皮货产业不比瑞蚨祥的差，它不仅把商业贸易做得很完善，还有"科技研发"，就是处理皮毛的技术。在兰州有一种很著名的特色运输工具，叫羊皮筏子。把羊皮充气之后渡河，据说有经验的舵手驾着轻便的羊皮筏子要比船只好使得多。因为从兰州穿城而过的黄河水流非常湍急，水底里暗礁密布，地形十分复杂，而羊皮筏子非常轻，力气小的少年扛起来就走，筏子上坐了人，有了重量之后会非常稳，可以说，驾驭羊皮筏子是一种经验主义，很多人都是家族式的技术传授，在黄河捞尸的也是这些人，传说经验老道的师傅捞尸收钱很贵，却有很多禁忌，有能捞的，也有不能捞的，这种故事被很多艺术家一再写成各类艺术作品。处理羊皮是一项很复杂的工艺，程序不能乱，否则羊皮充了气会破。这种技术与大德源处理皮货的工艺不相上下，只是大德源的皮货处理技术不仅仅局限在羊皮，它擅长处理各种皮毛，经过处理之后光泽华美，保暖又挡风，但这些皮毛的原料从哪里来呢？就不得不提这些在边境线的风云际会的商人。大德源的老板鲁云亭与我妈妈一起下乡的战友鲁叔叔有些姻亲关系，他倒不是倒卖皮草，他是在边境线上历险。在蒙古与俄罗斯的边境上交换的货物有几大类，我们国内的手工艺品或是生活用具，诸如餐具、丝袜、剪刀什么的，他讲起来在边境线上换皮毛是靠"扔"，趁着巡逻的边防军不注意一抡胳膊把东西扔过去，俄罗斯的一捆皮毛就扔过来了。若是想要换些质量好的，就得拿点咱们的好东西，比如画着大牡丹花的暖壶，这个产品能换来上好的狐狸毛。这些在边境上换来的皮毛在大德源的收购价很高，自然也就吸引了很多人冒险。像鲁叔叔这种大德源的内部人士看得出皮毛的好坏，也清楚这其中的门道，有些皮毛没有处理干净有腐烂或者被虫子啃了，进了店里需要很多工序来处理，自然会增加成本，假如处理得好的皮毛是很耐穿的，这其中的学问要比我爷爷的经纬线更高深了。

  大德源的门店在兰州市区里最繁华的街区，门口挂着各种皮毛展览，是街市上一大景观。大德源很敢标价格，完全不怕把进店的人吓着，这种全然不同于中原地区的商业风格与地域多民族杂居有关。就像这里的人卖东西一样，敢出高价，敢惹事更敢惹人，在边境上的"倒贩子"假如价格谈不拢，一点不给俄罗斯人面子，一把抓起俄罗斯人的衣服领子就在地下转圈。有人说，敢和俄罗斯人打架的人一定是西北人，我们注解得再具体点，打架的都是大德源鲁老板的供货商。这些人在西北做贸易，需要打交道的人起码有数十个民族，再加上外国人，什么俄罗斯、欧洲人，中东人，他们有各种宗教信仰，禁忌习惯，这些商人知识面很宽，各种文化习俗都能聊得来。我们说笑话讲在边境上贩东西，这些商人站在墙根里念叨，"俄罗斯人爱吃大列巴，还有……"假如这些禁忌不了解，闹出笑话不说，假如惹恼了哪一国的人，可是国际事件，这种很丰富又宽松的文化环境使得西北的商人很圆滑，擅长处理难题，还有一项必备的技能就是幽默。幽默是一种最高深的智慧，我们家人最讨厌的一种人就是"驴上树都不笑"的人，假如一点幽默细胞都没有的人在我们家人中间一定是交不到朋友的。在我小时候有一部动画片《阿凡提的故事》，其中的人物幽默机智，心地善良，动作夸张诙谐，抓住了西部少数民族最具特色的性格，幽默之下炽热的赤子之心。不知道是不是一种商业习惯的延伸，大德源家族中的鲁叔叔最擅长的就是交朋友，他交朋友不是泛泛之交，也不是我外祖父那一种谦和的君子之交，他交朋友比干事业上心多了，交得"很瓷实"，恨不得穿一条裤子上街，自然，他的朋友在某些危急的时刻绝对与他站在同一立场。有这样一句话，男人最好的朋友就是一起分赃的。在利益面前的情义才显得格外经得住考验。从商的人几乎每分每秒都是和钱打交道，西北的商人与我祖父那种谨慎谦恭的为商之道不尽相同，他们像西北的烈酒，很浓烈，也不会隐藏。人们对西北人的印象是粗犷，只是忽略了这些粗犷背后浓烈的感情。汉族文化对情感的表达是谨慎含蓄的，但少数民族不同，他们很会表达，无论是男女之情还是兄弟之情，都能唱成最婉转的歌，假如再有了酒的助兴，翩翩起舞才能表达他们心中丰富的感情。我说鲁叔叔的表情特别丰富，像一个最幽默的演员，攒足了情绪准备谈一个最"合适"的价钱，这个谈钱的过程是一个容量极大的文化体系，一个人所有的才华都会在谈钱中得到淋漓尽致的发挥，他们会变成诗人、歌唱家、舞蹈家、学者、流浪者等等，这就是西北边陲的商人的生活方式，做生意也是生活方式的一种。他们就像印度织就的五彩毯，无穷多的颜色层层叠叠地交织在一起。和我妈一起下乡的知青后来全部进入了交通系统，这个行业几乎是贸易的一部分，一些司机对于贩皮毛的生意非常了解，又因为脚下有车轮子，走南闯北见多识广对于什么地方有皮货的集贸市场十分清楚，像地下工作者一样，不像明白清楚的生意，倒像是有什么特殊任务在接头一样，假如不是"自己人"是打听不到最优质的货源的。这个排外的系统里面就是如鲁叔叔交朋友一样，是自己最铁杆的弟兄，怎么变成铁杆弟兄呢？得有感情交流，男人之间达到一种情感高潮，需要一种外在的助力，就是酒精。在我们的生活里，有一句话是这样说的："不好说的话，难听的话，叫人难为情的话，喝了酒之后，就都好说了。"这种情感因素进入社会运行之中后，任何事情就不那么简单了，就如同大德源的标价，这个价格是给"外人"看的，还有一种价格是对"自己人"的，因此，商业系统有了各种层次与分类，这种习惯使得西北人非常注重人际交往，一种规则有能贯彻执行的区域，也有不能贯彻执行的区域，这一点，应该是山东的瑞蚨祥做得更好。我祖父在经商的过程里，他们更注重规则，而不太注意人际关系。

我对这些老字号的印象很多来自我外婆的描述，在大德源皮货店的街上有很多间店是陈家的，根据陈家的铺面收租的情况来看，纺织业的经营和利润要比其他行业稳定的多，那些倒卖玉石玛瑙的一旦销不出去就拿货物来抵房租，而绸缎铺子就不曾听说这样的事。因此，在兰州大赚一笔的构想是经过商人们深思熟虑的，这其中有很深层次的社会发展逻辑，我祖父埋头在商业规则里，只是忽略了时代变迁公私合营，让他事业起步的第一笔股本金也差点让他被定性成资本家，祸与福就如硬币的两面，会在人的期望之外悄然落下。

我们回到淄博老家惊喜地发现原址上的老街保存得非常好，基本就是我爷爷当年离开时的样子，徜徉在旧时光的我们回忆起这许多年的往事，那些远离我们的故人，历史就像在一扇老街的木质门之后，一推开来便有翻涌的烟尘将我们淹没在其中。

月出天山

　　人这一生除了父母亲友，大约就是老师最重要。人获得智慧学问都得通过老师，遇到一位富有智慧的老师像盲人看见光亮，很多人穷其一生都是盲人，只有真正的智慧才能让人看清自己，也看清世界。还有一种人与老师差一个字，叫做师傅，是教学手艺的，学会了手艺活就可以谋生，这其中有一点细微的差异，说明师傅不管"解惑"，只管"授业"，因此若要称得上"为人师表"要求是很高的，得有过人的才智与高尚的德行才能使人信服。儒家文化的代表孔夫子是中国人的老师，他的教育范围很广，连家庭教育也能涵盖了，从吃饭走路，行为举止开始教，直到国家大事，事关体统等等，孔老先生不厌其烦写了无数篇章，先教给身边的弟子，再坐着马车各国巡回演讲。老师光说不练还不行，得有行动让人的身心得到洗礼，释迦牟尼就是这样一位用行动来教化人的先哲，他的佛法教义有很深的感化人的能力，因为他舍身喂虎，不是万念俱灰自杀了，在他的内心有一种真正的悲悯，看到挨饿的幼虎心生万般哀怜之情，感化了天地万物，普降甘霖，终得涅槃。我们在读到佛法典籍的时候也能真实感受到巨大的慈悲心，能够感化他人连性命都要交付出去，这可不是沽名钓誉的轻巧之举，想来万世师表这样的称谓可不是一般人能承受的分量。

在我家里，爷爷辈大约都能做我的师长，不仅他们的知识面有足够我去探索的面积，还有一种令人折服的人格魅力，这不是教育能获得的，学习了孔夫子、释迦牟尼、穆罕默德等等，还是无法获得一种性情中的魅力，这种魅力内容很抽象，表现形式变幻莫测，很难模仿，勤学苦读未必得法。有了性情魅力的人就好比一具木头塑好了，得由神仙来点化就活了；画好了龙，一点睛就跃上天空了；女娲神塑好了泥人，吹了仙气才活了。总之，真正称得上生动之人一定有自己的性情，不是千篇一律的泥人。能把泥人点化活了的人需要有智慧，德行过关还要会看人，比如相面摸骨参透八字等等，接近佛，比佛干的活更加具体。能让我爷爷们信服称道的人并不多，民国的大才子们眼光是很高的，假如来个不着调的老师，遇到我龄垚爷爷那种聪明学生，挂在讲台上下不来，还会被编成英文歌曲到处唱一遍。但他们有一位老师很尽职尽责，追在身后念叨，他无处不在，尤其在他们最开心的时候耳提面命地讲着各种人生哲理。这位机智幽默的师长名叫刘尔炘，是一位清朝的翰林，他修了一座兰州最大的园林五泉山，还怕人家记不住自己，又用自己的别号"果斋"建了一所学校，叫做"志果学校"，又去当时的省立兰州一中做了校长，大约再也没有比这位刘翰林更勤奋的老师了，他在兰州人的生活里无处不在，达到了教化人的最高境界——润物细无声。

我外祖父生在兰州，对这个城市的每一个角落都很熟悉，尤其是吃喝玩乐的地方他最清楚不过了。他小时候还没有五泉山，后来就出现了这位刘翰林，四处搞了些银子开始大兴土木。修园子事小，题字事大，他在山门上写了几个大字，这几个字在各种多如牛毛的匾额题字里不算新奇，却很有特色，一看就知道是刘先生的字，当时徐老太爷在政府里做官，各路名流雅士都结交了一些，也包括这位刘老师。他不吝惜笔墨，给徐老太爷写了很多，扇面字画山水一捆一捆堆在书房里，自然我外祖父对刘老师的字很熟悉，那些又占地儿又不怎么好看的字有一天突然立在了山门上，我外祖父兄弟几个私下里就调侃刘老师，说五泉山三个字，就像"狗屎橛子堆出来的"，这个措辞不太文雅，但很形象，他在山门上题字选的是隶书，四平八稳很有分量。到了我念书的时候与外祖父说笑，"当年如来佛祖写的那几个大字唵嘛呢叭咪吽就是用隶书写的，这种字体是专门用来镇山的！"这几个大字在山上很显眼，配上高高的山门实在很有分量，若说别人再写几个字换下来，就没有刘老师写的大字能有一种"镇山"的感觉。红楼梦里讲谈诗文，怎么样就叫好字句呢？乍看来不新奇，若要拿其他的字句来换，却再也找不出了。刘老师的字经历了一百多年人们的评价，也找不出更好地来替换，今天依旧立在山门上。

在刘翰林当校长的时代，意识形态与如今的学校教育截然不同，中国的文化哲学占的比重很大，这其中有很大一部分是唯心主义，没有谁规定一定要用唯物主义来解释世界，包括风水算卦解梦驱鬼等等都算在其中，刘翰林在决定修建五泉山的时候同一群风水先生聚会，反复研究各种山体的风水，最终定名为五泉。这个定名的过程是很严格的，是唯心主义的严格，一个城邦在漫长的演变过程中有一个最稳定的核心，风水先生认为的灵气汇聚的地方，就是泉眼，这是一种亘古不变的生命之源，灭亡总是伴随着泉眼的干涸。卧龙山脉的灵气非同一般，它有五个泉眼。因为此处地势复杂险要，没有工业污染，山泉水非常清洌，我们小时候最热的夏天伸出舌头在石头岩壁上喝泉水，真是甘甜又凉爽。假如拿一个沙瓤的西瓜泡在泉水里，拿出来切开就是冰镇西瓜。据说最清洌的泉眼是非常难发现的，它是一种神明般的存在，隐藏在不易发现的地方，人被一种劣性与贪婪纠缠，总是毁灭着造物主的馈赠，因此，寻找泉眼是一切文明最关注的主题。刘翰林当然对这个文明系统了然于胸，他把自己掌握的学识全部灌注到了甘甜的泉水之中，润泽了一方水土的子民。

中国人有一种非常"入世"的文化，所谓"小隐隐于野，大隐隐于市"，最伟大的学问是在生活的最细微处，不是在庙堂上，刘翰林把这种文化思想发挥到了最大限度，他不仅要在学堂上教育人，也要教育那些不进学堂的人，就是公园，不喜欢上学，总喜欢玩吧？寓教于乐，不知不觉就被刘老师教育了，不得不说很高明啊。刘老师教育人也丝毫不掩饰自己的"虚荣心"，他要把自己镌刻在历史上，史书不好写，还有一种更高超的办法，把自己镌刻在石头岩壁上，任风吹雨打、时光变迁。在石窟里造佛像即是这个道理，这是接近永恒的最直接的办法，供万世瞻仰。刘翰林也做到了，我们自幼在五泉山游山玩水，摸着冰凉凉的石碑，学认字学文化，学会的第一句古文就是"高处何处低处好？"这是我外祖父最喜欢的一句，他时常念叨，说这副对联写得最好，我们孙子围着他跟着学，也不知道什么意思，只会念高处何如低处好。稍微长大些之后知道了字面意思，每次去五泉山刚走到门口，要开始爬山了，我们的懒筋抻不开就念这一句"高处何如低处好"？在低处野餐好了。外祖父哈哈大笑，说我们学会了一句，连下一句都不知道，就活学活用了。这个时候我已经看过了萧红写的纪念鲁迅先生，里面有一段写鲁迅先生形容公园，是这样说的，"进门之后一般分两条路，左边一条，右边一条，路边上种点柳树什么的，再往前走，有个水池子。"这几句话说的任何公园索然无味，看过之后都不想去了。鲁迅先生自有一套他的幽默方法，是把有趣的事情变成无趣，尽力去发现美好也是一桩很累的事情，回到无趣的状态，就不用费脑子了。所谓反讽是一种很机智的艺术形式。鲁迅先生说的这种公园的构造是现代化的，不是中国园林的格局，在中国建造园林是所有文化艺术的集大成，一个文化人能够与社会建立联系的最大系统就是建造一座能解释自己的园林，中国人的艺术一点都不艰涩，全部落实到了衣食住行上。刘翰林怎么会不明白这个道理，他在这座园林里集中发挥了自己的才华，颇有点酣畅淋漓的感觉。我去过中国几乎所有的园林建筑，看过很多楹联，说实话，像刘翰林这样写楹联还真是不多，一般来说，要在园林里题出楹联，但凡是才子，生怕自己的用字不够优美，立意不够高远，要说一个人的艺术才华到底有多少，进个园子题个对联就知道了，因此，大观园"试才"才有题对联的章节，宝玉题字"沁芳"二字绝妙，到了林妹妹就技高一筹，想出了"凹晶"与"凸碧"。题字是才子们对自然之美的一种发现，这种才气是一种体会外界的能力，很多没有慧眼的人是发现不了自然最动人最特别的地方，也就题不出绝妙的字句。我外祖父最称道的这副对联题在一个很高的山坡上，要爬这个台阶需要一点决心，一口气爬上去腿很酸，这个景点叫做"青云梯"。

这个很累人的青云梯的楹联下半句是"下来还比上来难"，这句的字面意思在我们小时候，外祖父是这样解释的，下山比上山累，腿又酸还不好控制，比起喘着气爬山难受得多。至于青云直上的含义随我们自己的理解。与这个青云梯有点类似的还有一个，叫做"企桥"，它的楹联是这样写的：要过去么过去便能通碧落；休下来了下来难免落红尘。这就是刘翰林著名的"白话楹联"，就像与人闲话一样，却不粗陋浅薄，极有韵味。刘尔炘先生的楹联与鲁迅先生的"前面有个水池子"有异曲同工之妙。他把最艰深的中国哲学写成大白话的楹联，被人们念叨了一百

青云梯还是刘翰林最初设计时的样子

177

多年，其中有很深的哲理。我外祖父时常咀嚼其中的意味，这副对联几乎左右了他的命运，他对于仕途为官的观点与刘老师的教育完全一致，他太清楚什么叫做"下来还比上来难"，为官被架在一个高位上的苦楚真是有苦说不出。

中国最大的皇家园林故宫精彩的楹联非常多，从午门开始，到中和殿保和殿这些楹联全部都是正襟危坐的姿态，像刘翰林这样随便说话可不行，这里的楹联有一种极其严重的氛围，"兹事体大"，在保和殿上乾隆皇帝写的楹联是这样的：凝鼎命而当阳，圣箓同符日月；握乾枢以御极，泰阶共仰星云。作为治理天下的皇帝在这个对联里的意思是："我管你们是秉持了上天的旨意，我掌权治理得很好，你们不要不服气。"在皇家园林里看楹联除了天地万物，皇帝威仪之类的感觉之外，有很多当皇帝的个人感受，比如题字"戒急用忍"，普通人总觉得当了皇帝可以为所欲为，还有什么事是需要忍的，结果随处可见写的各种大字，"忍"字。在皇帝的养心殿里写了一副很哀怨的对联，是这样说的：无不可过去之事；有自然相知之人。匾额题字为"随安堂"。看了故宫的楹联，才能真正体会刘翰林的青云梯的韵味，什么叫做"高处何如低处好"。故宫的楹联不乏机智幽默的，文辞清丽，总归是皇家园林，不得随意逾矩，高处的楹联何如低处的好？我在故宫里读到最令人叫绝的题字，只有御花园的两个字，为"摘藻"，读到这里，不禁会心一笑，我总想，不知道想出这两个字的人是不是读的书与刘翰林差不多，如同在最严肃的课堂上不小心笑出了声。想一想，一座皇家园林，用尽全天下最威仪典雅的字词，到了最绚丽的花园里，该怎么写呢？除了铺陈辞藻还能怎么写？索性，明人不做暗事，挂两大字"摘藻"，其他的都不用说了，这两字的效果与"前面有个水池子"有点像，说完摘藻二字，还要使劲造词形容御花园的美丽让人觉得又虚伪又做作。清朝的皇帝对汉文化继承得非常完整，几乎找不出少数民族的痕迹，他们对汉文化的典雅之美推崇的程度要比汉人还高，倒不像刘翰林连佛祖一趟打趣了。我们爬五泉山到了最高处风景是很好的，还有一座大佛供瞻仰，叫做"卧佛寺"，这座佛寺里有很多修行的高僧，德行学识深不可测，一般不以真面目示人，真是与庙里的佛祖一样，叫"卧佛"。侧身睡着的佛祖，我们小时候到了殿里闻一闻香烛，看见闭目安睡的大佛会禁不住打个哈欠，也不知道佛爷是真睡还是假寐，很机智地与我们周旋。一座山的最高处不好端端立个佛像，倒是个睡佛，也不知道刘翰林是一种什么哲学思想，睡佛也就罢了，他题的对联更好笑，就好像是与门槛上晒太阳打盹的大爷唠嗑，他是这样写的：还不起来么？此等工夫怕是懒人都藉口；何妨睡着了，这般时代倘成好梦亦欢心。读完这样的对联我在任何地方看见释迦牟尼佛祖的像是都觉得像刘翰林打趣的二大爷，一点神学效果都没有了。本来睡佛也没有什么不好，佛性更神秘些，比站着的佛更玄妙，问题是禁不得刘老师这一注释，连佛祖的清梦也扰了。在封建社会子嗣是很重要的，但凡上庙里烧香，女性有一很大一部分是来求子的，刘老师又按捺不住了，如此教育人的好机会要比修建几所女子学校机会更加难得：糊糊涂涂将佛脚抱来求为父母；明明白白把石头拿去说是儿孙。五泉之一的一个泉眼名为摸子泉，据说这里的泉水有灵气，在水底里摸一摸石头就能得子。这个神乎其神的传说又被刘翰林拆穿了，他在写楹联的时候，仔细分辨着哲理与迷信的关系，可能一墙之隔，却是截然相反的两件事。他修建的五泉山最高处的阁楼叫做"万源阁"，是一座三层的阁楼，我们看这座阁楼的时候要仰起头，脖子很酸地来看，这也是刘翰林最重要的思想体系，以儒家文化为基底包容万象的思想。我小时候跟随着外祖父听他讲五泉山的楹联和刘尔炘的趣事，有一个感觉就是杂乱，其中似乎什么都有，佛教、道教、各种神佛，听的糊涂了就忍不住要问，"到底拜哪一个神啊？"这正是刘翰林的高明之处，他造的园林包罗万象，连佛教都细分为汉传佛教与藏传佛教，做学问有孔圣人、伏羲、文王、朱熹，还有各种民间传说里的神，财神关公等等，各种层次高低不等，供人选择。有点像做菜的厨子，一桌子盛宴总能找到自己喜欢的口味。这种文化传统及其符合兰州的历史，这里民族众多，宗教派别林立，一个孔夫子是镇不住山门的。

中国人的文化很实用，喜欢用楹联，小到门店大到皇宫，门上题些什么字一看就知道这户人家的底色。一到春节，"新桃换旧符"指的就是贴春联的习俗，在除夕贴春联不仅是辞旧迎新，还有"辟邪"的作用，想来春联又不是门神，写几个字就能挡住邪祟？这就是文字的起源，是一种最厉害的符咒，妖魔都要敬畏。写对联是对文化人最实用的测试，有多少学问，眼界的高低，心中的襟抱，一眼便知。还有一种更高层次的考试因为门槛太高，不像题对联这样随时可以进行，普及性不高，赋文是一种骈体文，为文能赋才能叫识文断字，比如有些大事发生的时候，婚丧嫁娶，迁坟建城，改朝换代等，就需要赋文来表现，这种文体的气势很足，有一种递进加强的感情，文辞铿锵，极富渲染力。赋文对文字功底的要求很高，没有大篇章的文章在脑子里是做不出文赋的，历史上最有才华的才子一般都是拿文赋镇场子，比如左思嵇康这些人；才气没有那么高的就降一格，搞点诗词，按照词牌规矩填上字词欣赏。再到寻常百姓家，即使学问不高，诗词文赋做不来，还可以在大门上写个对联贴上，境界倒也不必高，春玉满堂对个人丁兴旺就行。因此题对联随处可见，文法上与赋文的基础是一致的，对联创作绝对不是应试教育，是全方位的美学教育，对联还好上手一些，好歹有一句话的余地供回旋，还有一种更绝的考试，就题两个字，比如宝玉题字沁芳，只有两个字的余地，得有画龙点睛的作用。在唐代的诗人多如牛毛，想要占得一席之地绝非易事，诗人杜牧先生在高手林立的诗坛上工作得很辛苦，咬着牙来了一篇赋，这下终于站稳了脚跟。《阿房宫赋》一开篇，得说清楚这个华丽宫殿是怎么造出来的，正常情况下大概是个"政府工作报告"，精炼点也得是个专家论文。结果杜牧先生只用了六个字，"蜀山兀，阿房出。"是说把蜀山上的树砍完了山都秃了,才够修建阿房宫的木材。因此作文不怕长,就怕短,一缩减字数,智慧就露馅了。在园林里题字用的两个字的地方一般都是小巧精致的地方,最婉转优美的那一部分,最考验才情。我在江南的园林里看见很多玉燕堂,忽然看见两个字,一下子境界不同了,名为"洗秋"。在故宫里威仪的字词太多,这是个议论朝政的地方,不便过多的抒发个人感情,故宫里不能写的,颐和园能写,文辞清丽优美的很多,几处优美的小景致,题名也很精巧,又与园林的美景十分吻合,有"引镜""饮绿""澹碧",颐和园的湖边上最高处的有一个登山的门,没有起些政通人和的来体现皇家园林的气派,取名"排云",叫"排云门",不俗气,此处的楹联题的也好,我看到上联的"珠联璧合"心想,这个上联很刁钻,把话说满了,下联再说什么也不能是珠联璧合这般圆满,结果皇家园林的高手很多,下联题的是"玉节金和",可谓绝妙。用最美的金玉之和对了这个上联,排云门的对联文辞雅丽,又不失皇家风范,"复旦引星辰珠联璧合,顺时调律吕玉节金和。"有了夜空美丽的星辰,还要配上玉节金和般的音乐来与之相配呢。

题字就好像在美人的脸上涂胭脂,先不论立意的高低,文辞清丽是要有的,也有一种反其道而行之的拙作,诸如"摘藻"这般。好像看一位美人,外表美丽心向往之,先不论品行教养这些,何况真正的美人内心丰富才能有耐人寻味的行为举止,也有特

几处小景观都在院子里

春山故园 | CHUNSHAN GUYUAN

别美的人有意不装饰也掩盖不住风华。在五泉山我外祖父喜欢的青云梯每次要上去一次疏散筋骨,往旁边的去处是我最喜欢的,这个我喜欢的地方被外祖父打趣过,真是什么人喜欢什么样的园子。我最喜欢的这个地方叫嘛呢寺,是藏传佛教的。这个名字文面不起眼,也是刘翰林的风格,像是念什么咒,在这个藏传佛教的院子里刘翰林不知道怎么想的,用了一种汉语文字里最婉转脆弱

依依径 所有的题字都与山门上的一致,镇山的隶书

的文法,叠字来命名,建筑风格极其小巧精致,深得园林中曲径通幽的精髓。分别是依依径、仄仄门、重重院、叠叠园。我小时候清楚地记得那个依依径,只能站一个人,假如再来一个人就要侧身才能过去,仄仄门也是一样,很低的门框,像小孩子们玩过家家的玩具一样,还有重重院,迷宫一般好几个院子套在一起。他造的这种微缩的景观是我们儿时最喜欢的游乐场。其实这个园林系统强调表现了中国建筑的基本构造,就像识字一样,一个一个单字认识了,才好连成词语造成句,这些微缩了典型的院、园、亭,经过创造性的叠加与重复就是大园林的模样,一个园子最精华的部分无非也就是小径门廊亭台而已。所以,嘛呢寺是一种启蒙教育,我印象中的园林都是那些依依、仄仄、重重叠叠的小门小园。

世界上再也没有一个民族像中华民族一样,对建筑园林倾注如此多的艺

术才能，寄予如此多的感情，园林，是中国人对家国最深沉的寄托。这里安放着我们的肉身，抚慰着我们的灵魂。所有的诗词美文，牵肠挂肚、愁思百种，都需要有一个寄存的地方，哪怕它只是窄窄的门，小小的院落。中国庭院的美是径直往人的心里走，曲曲折折的巷子叫做"羊肠小道"，大概与人的肠子构造也差不多，我在自己的文学作品里只要一写到旧宅院，就会写到飞檐，这是我认为中国建筑中最诗意的部分。当然，假如要让梁思成先生来讲天坛祈年殿又是另一种震撼人心的美感了。飞檐在一座建筑物中很特别，接近天空，却也没有脱离地面，假如我们去注视飞檐的时候，它的背景一定是天空，却是人在地面上的庇佑之处。它的美在所有建筑中是另一种存在，就像一个非常儒雅的人突然引吭高歌，把自己最激动的感情释放了出来，像鸟儿的翅膀一样，张开了羽翼正要冲向天空，它有一种内力，是蓄势待发的瞬间。我只要想到飞檐，就会联想起下雨，似乎那种高高立起来的飞檐专门是为下雨准备的，雨水落在飞檐上，因为相反的重力减缓了下落的速度，让雨水变成一串串有形状的珠串落下来，这种构造的思路似乎有点像喷泉，却又非人力所强求，中国审美的最高境界是顺应自然之力，又有人的创造。飞檐下的落雨有一种神形俱佳的美态，非常灵动，却有一种静谧之美。我对飞檐几乎偏执的喜爱与二爷爷有关，他对往事的回忆有一种很寂寥很哀伤的调子，在一个黑暗的巷子里摸索着过去他幼年时的记忆，只是我们没有一样可以让他来触摸的旧物，旧宅院里的一切连一张完整的照片也没有，在一个离乱的时代里，都随着时光灰飞烟灭了。他讲了一件旧日与他父亲之间的往事令我印象深刻。他睡得正香，听见父亲在叫他，很困的时候被叫醒很难受，窝火想打人。徐老爷叫醒他为了什么呢？父亲把他从香甜的睡梦里揪出来是干体力活的，叫我们这位二公子去接水，这是个标准的力气活，可不是在水龙头接点水喝，是去搬院子里的大缸接雨水。这几口大缸平日里就放在院子里，养金鱼和睡莲，在雨水多的季节，大缸放在院子里是不用管的，浮在水面上的叶子绿油油的，晒过太阳之后很容易开花。在雨水少的时候就需要专门接水来养这些大缸里的花，假如赶上下雨就最好不过，挪在房檐下面哗啦啦地接一大缸，经常养花的人都知道用雨水养在缸里是最好的，天上下来的水是活水，徐老爷自然也知道这个雨水的宝贵，一听见下雨就喊龄垚，似乎他是与那几口大缸共生共存的。龄垚少爷睡不成觉，嘟嚷着搬缸接水，惆怅地打着呵欠看着雨水一条线准确地落入缸里，黑漆漆的院子里只有雨水落下来的声音，注满水的大缸里鱼儿会咕嘟地冒个泡。在旧宅院里生活过的人都知道，那种房子的空间很高，显得很安静，雨水从房檐落下来的时候会有回音，很清脆的水声，极其悦耳动听，中国的建筑在雨水落下来的时候会上演一场变奏曲，在寂静的夜叩问着人的思绪。

  我外祖父退休之后最主要的工作就是养花。他养花不是随便养着玩，他把自己工程师的工作方法全部用在养花上，要经过专业学习，有定期送来的养花的杂志，按图施工。在我们很小的时候，外祖父家住在一院老房子里，这种房子与我们家旧时的宅院非常类似，是一个方方正正的院子，木质结构的二层小楼，本来这一院房子就住我们一家，新中国成立之后房屋全部归公，由政府来分配房间，我们住的屋子也就越来越少。一进院门，最正面的房屋有几阶台阶，外祖父养的花就放在这里，也有那种大缸，养着睡莲。假如外祖父放点肥料，在水面上会开出小小的白花，那种浮在大缸里的花给我的感觉非常脆弱，它不像枝叶在土壤里的花，花期也不长，但绝对美丽，白色透明的花瓣怯生生地浮在水面上，盛开在一个杂乱的旧宅院里。这座木质结构的房子在我们小时候是探险的好去处，因为它很老旧，到处有落满尘土的犄角旮旯，像一个神秘世界的入口，布满了时光的密码。我最喜欢的是这座小阁楼有一个木质的楼梯，非常窄，只能过去一个人，走上去有吱呀的声音，还有一种陈旧的木头散发的味道。走到二层的拐角处非常黑，没有光线的来源，在最边上有一个很小的房间，落满灰尘锁着门，我时常在这扇门上透过门缝往里看,那扇门上雕刻着很多花纹,每一个都不一样,有葡萄、石榴、枝叶,非常小巧精致,让人忍不住要细想一番,是什么样的人在一扇小小的的门上花费如此细致的心思,连一扇门都雕刻的这样精致,其他地方呢?由此想来,徐老太爷叫龄垚爷爷夜里接雨水,他们的生活是非常诗意浪漫的。这个阁楼上的小房间在二层楼的两侧各有一个,称为"耳房",从建筑构造上来看,真的就像是两只耳朵一样,这种建在拐角处的阁楼有专门的用途,是夏天吹风乘凉的。在建筑的综合考虑上来说,两侧的房间将房屋的主体包含在其中,有御寒挡风的作用,夏天在阁楼上斟茶看风景也是非常心旷神怡的。这种旧时的宅院完全是按照人的情感需要来建房子,不是实际需要,中国人是情感为先,实用其次。这座老旧的阁楼存在了很长时间,在它的边上盖起了新式的公寓楼房,我外祖父也就搬离了阁楼。它是完全的木质榫卯结构,旧了之后有一种很颓废的美感,在一群拔地而起的水泥楼房里很突兀,我们常说,这座小阁楼似乎要倒了,如此破旧楼梯都没有人敢上去,吱呀的声音很大,一上去人似乎房梁都在摇晃。但是它也没有塌,虽然摇晃,但房屋柱子没有倾斜,就这样变成危房在街道中立了很多年。我记得外婆住的屋子里总是很暗,采光不好,旧宅子是有正反面的,正面是大门的一面,有窗户,反面没有窗户,在很高的后墙有一个圆形的窗户,很高,不像用来照进阳光,倒像是通风口。一层的空间很高,到了二层的房间就要低一些,非常科学地解决了承重的问题。在一层我们住的屋子是木质的窗户,可以拿木棍支起来,窗户外面就能看到外祖父的大缸与盛开的芙蓉花。我记忆里院子里的石板很光滑,像是特制打磨过一样,石板缝里长满了野草,一到秋天,开满了淡黄色的小花,沿着石板缝分割成一块一块,一走进院子就是一幅淡雅的水墨画。

这座旧时的小阁楼有一种很耐心的工艺,总在细微之处发现它的精美,那时的工匠不嫌耗时费事,手里攥着大把时光,不像如今的人总有大机器在身后轰隆隆地赶着。旧时的人与时间有一种亲密平和的关系,流逝的光阴如

春山故园 | CHUNSHAN GUYUAN

同早生的华发、衰弱的肢体一样只是岁月的一部分而已。时间久了，屋子柱子的颜色斑驳了，但依旧能看出柱子的底座细致优美的工艺，包括门梁上的雕花并不是随便挑选，都有深远的意义与寄托。窗户上的花纹一般是"卍"字纹或者"口"字纹，因为窗户是可以推开的，立起来旋转成九十度，这种连绵不断的花纹一般雕刻在能动的部位，比如大门、窗户等，是连绵不绝，富贵不断的意思。在房梁或者屋檐上要雕个龙头，既可以辟邪又有家族兴旺的寓意。我记得小阁楼那个高高的飞檐在秋日里的夜空刚好在圆月的一边，位置很准确，似乎我每次看见很亮的圆月都是在同一个位置，不知道盖房子的工匠是学过天象还是什么天体物理之类的，能够算出来圆月升上来的时候恰好在飞檐的上方，这不仅要熟悉高深的星体运行规律，更重要的是美学知识。据说在金字塔的建造中对太阳照射的位置有过精准的测算，每年会有几天太阳透过金字塔刚好照耀在法老面具的宝石上。很多伟大的建筑物都有类似的规律，让人觉得哪里是我们印象中的泥瓦匠，估计是上帝或者外星人才可能有这样的智慧。人与自然合二为一，可能研究好医学会快一点，但要让建筑物与自然交融，达到你中有我的境界，需要的智慧就要脱离地球站在宇宙上来看了。真不知道今天的我们是聪明还是愚钝，或者在一个

我大姨在旧宅院的门口，左边柱子走过去就是很窄的木质楼梯，窗户上面是木质的雕花

很长的纪元里，我们是一种低等文明也不好说。中国人还不像埃及人，他们的文明里有一种对光明的崇拜，但中国人不同，中国文化的最深处有一种哀伤的调子，似乎永远不像外国人那样乐观，就像我外祖父与二爷爷一样，接受了美国文化的龄垚爷爷总比我外祖父外向一些，他的乐观豁达让他更容易渡过很多人生的难关。这种中国文化的底色决定了中国人对月亮有一种极深的感情，几乎中国人一切的爱恨情仇都与月亮有关，只要碰到抒发情感的地方，一定要与月亮扯上关系，有关月亮的神仙都是绝世美女，不像人家希腊神话总有一位男性英雄驾着太阳神的战车风驰电掣。只要是一个美学体系完整的园林，一定要有一处留给月亮，天上的月亮距离我们太遥远，中国人的美学是"镜花水月"，是从另一个侧面来看月亮，赏月，不一定是仰着头，还可以低下头，看水中的月亮，看了还可以"掬一把水月"，水中捞月是一件很不吉祥的事，于是，中国人的审美系统有一种非常浓重的悲剧色彩。月亮的美总是与求而不得，与失去有关，情绪再次反向，一年最重要与团圆美满有关的节日，中秋节就是一个满月的节日。诗文是这样说的，月，有阴晴圆缺；人，有悲欢离合。缺月是常态，满月不是常态；人生，不完美是常态，完美不是常态，甚至是镜花水月，是不真实的，这种最中国的价值观与哲学观点就由月亮教给我们。

　　刘翰林遇到赏月的问题就比较正经了，如同才子遇到了美人，他变得伤感了。这个可以赏月的泉眼是唯一蓄满水能看见的泉眼，是一口清澈见底的井。据说这个泉眼在满月之时会将月影完整地投入井中，是山中赏月的最佳位置。这个地方的对联刘翰林没有打趣的心情了。他暂时脱离了尘世，超脱地望着天山明月，"月来满池水，云起一天山。"在掬月泉的照壁上，题字是"明月出天山"，在这个很特别的地方，刘翰林的话也多起来了，他是不会忽略月亮与天山之间那种美妙的意境的。天山，即是祁连山，祁连，是匈奴语，是天的意思，翻译过来就是天山。在兰州生活的人，只说祁连山，天山是外

春山故园 | CHUNSHAN GUYUAN

地人的叫法。这个名字比天山的音韵更美，严格来说，祁连山是一座雪山，在最高峰上有终年不化的积雪。祁连山在西北是很特殊的，还不同于藏区的雪山，它沟壑纵横，地势险要，连绵在青海与甘肃最广阔的高原上，在祁连山上升起的月亮有一种很复杂很玄妙的美感。假如看过戈壁上的月牙泉，就会明白刘翰林为什么在月亮升起来的时候一定会想到祁连山。对我这个生活在兰州多年的人来说，天山上的月亮会让我想到少数民族中蒙面的姑娘，她们身上的内容很复杂，放浪炽热又满是禁忌，沉默拘谨而野性。皎洁空灵的月亮在天山上的姿态是非常魅惑的，它距离宗教很近，却又不甘于被捆绑，在一层空灵的面纱之后跃跃欲试自己的热情。在中国其他地方的赏月诗文，都不会有这种感觉，刘翰林在这个地方没有过多的描述美景，而是画了一幅图景，"月出天山"，只此一句，足以夺人心魄。这也是我们在刘翰林所有的创作当中最富于感情色彩的一次，他把自己流露出感情的一面，留给了月出天山。

掬月泉

麻孃孃与九姨

"一畦春韭绿,十里稻花香。"自古以来读书做官的人最喜欢的休闲就是农耕。这种与土地亲近的收获与耕耘在我们家里更是深入人心,只要一提到去乡下玩,估计小孩子能兴奋得整夜不睡觉。要去乡下摘果子玩就得有一个"根据地",在我妈、我大姨小时候有一位守着果园子的麻孃孃,到了我记事的时候,就是九姨在乡下有果园子可以玩。这两位寄托着我们对田园生活最惬意向往的人身份都很特殊,假如政治运动再严格一点,我们就又多了一条罪证——贩卖人口与虐待奴仆。这两件事罪责都不轻,前一条在共和国时期有罪,后一条在封建社会有罪。麻孃孃与九姨不属于同一个时代,麻孃孃的年纪大一些,在我外祖父年轻的时候常去麻孃孃的乡下玩,九姨属于我们这一代人的记忆,但她们有一个共同的标记,都是我们家的仆人,麻孃孃与徐家沾点亲戚关系,九姨是我外婆陈家买来的丫头。

关于陈家的历史我们是一种很模糊的记忆,一些细节都失落无考,留在亲友中间唯一的记忆,就剩下了一样——有钱。至于有钱到什么程度,没有统计人才掌握账本,数目不知道,只剩下很具体的吃喝穿戴让人任意去想象陈家得多有钱。据说陈家到了我外婆记事的时候全家不工作，也没有什么产业，只需要往外花钱就行了，家里有一件挂在樟木大柜子的皮袄，里面挂满了金叶子，纯金子做的，需要花钱的时候就扯下一片叶子，听上去就像魔法传说一样奇幻。陈家虽然有钱，子孙倒也不是不成器，起码没有抽大烟、赌钱的，因此日常花销很有限，至于吃食，一年四季是不用花钱买的。有专门掌管地里种菜种果子的，按季节往城里送菜，地里收上来什么就吃什么，不能点着吃，按照气候收成，有时候想吃的没有，不想吃的倒拉了一车。陈家的地实在太多，就专门找个人来管理。这位管理地产的"总裁"先生赶着一辆马车，戴着油亮的瓜皮帽子装了一车货慢悠悠从乡下进城，走到陈家的门口一声吆喝，就像是最亲近的亲戚来了，惹来一阵热闹，大人们作揖，小孩子们吵闹，关键还有一大车的好吃的，所以，乡下来人，在陈家是一件最快乐的事，比过年还热闹。陈家不仅在乡下买了很多耕地，就连自己家门口也有空地，来了载货的马车就停在这块空地上，到了冬天，这个地方就堆着取暖烧的煤。这块地也是归属陈家，只不过是陈家太奶奶朱大小姐的陪嫁，有钱人家嫁女儿，直接买了一块地作陪嫁，就买在陈家宅院的旁边。在旧时代里，生活的节奏很慢，是马车的速度，不是油门的速度。地里长的瓜果也不能急，按时节熟了才好装一车来送货，打理农事的人名义上是陈家的仆人，关系倒比亲戚还要亲，是完完全全的一家人。

外祖父徐家是做官的，钱没有陈家那么多，但手里存了钱也是要置办耕地的，徐家的男人多，不仅有耕地还养了鸡、羊，逢年过节，吃的肉食就是自己家养的。管理这些事情得有可靠的人，就是麻孃孃，这个人不是买来的人口，是远房亲戚。因为长了一脸麻子，不好看做不得别的活，就被徐家老太爷看中派去管理这些地了，这样一来，麻孃孃的生计不愁，又有徐家做靠山，容貌丑陋也不打紧，在乡下找了个务农的老实人结婚，一家人生活不错，徐家既是他们的恩人也是亲人。这样的模式在财产管理分配上是主仆关系，决定权不在他们手里，但人际关系相处得非常好。我外祖父、外婆小时候都是在乡下的田间玩耍长大，这是一种非常健康的生活模式，春天开花，秋日收获，自然丰富的美景足以陶冶出最旷达的心胸。这些地产到了新中国成立之后自然全部充公，麻孃孃一家人与九姨还是在乡下过着与之前一样的生活，只是从钱财上解除了与我们的主仆关系，但感情上他们依旧是我们最喜欢去串门的亲戚。

如今我们生活里，是没有这样主仆关系的概念的。在我爷爷辈这一代人，这件事很普遍，但不像我们在影视剧里看到的主仆关系那样紧张，似乎像仇敌一样。主人与仆人是一种非常人性化的个体差异决定的，不能要求每个人都是主人，就如我王家爷爷一样，做大掌柜压力很大，很多人当个伙计一生也很快乐。主人与仆人也是一个道理，仆人是不承担家族产业发展的巨大压力的，只管干好具体的活，给菜叶子捉虫、果园子松土这样的事，假如出现了什么灾情，诸如大旱大涝蝗虫瘟疫致使地里没有收成，主人就得负责仆人一家的生计问题，救灾救难主人说怎么办就怎么办，仆人是不需要费脑子的，因而，主人的压力大。在生活平静的时候，仆人对主人一家很忠心，做事也很尽心；到了危难时节，仆人一家有了主人的庇护才好平安度日，因此，主仆的命运是紧密相连的，一损俱损、一荣俱荣。在徐家老太爷还在的时候有一次乡下发了大水，把房子全淹了，麻孃孃一家人就卷了细软到城里来了。我外祖父与二爷爷很高兴，帮他们一家人在地上铺了凉席被褥，麻孃孃他们倒不像是受灾来逃难的，和串门子一样热闹。自然，帮助麻孃孃一家灾后重建也是徐老爷的事，不然他想吃果子就再也没有了。在我妈还很小的时候，外祖父带着她去麻孃孃家里玩，最令她惊喜的一件事是麻孃孃的果子不是从树上摘或者存在地窖里，而是在炕上，和她最值钱的小柜子放在一起。麻孃孃上炕在炕柜里掏半天，拿出来的果子金灿灿的，非常香，我妈闻着果子醉人的香气，觉得麻孃孃炕上的小柜子太神奇了，是用来存放果子的，经过她储存的果子散发着异香，在哪里也买不到，再一想，麻孃孃晚上睡觉是与香喷喷的果子在一起，这应该是一种最高级的芳香疗法，这位脸上长麻子的老太太用人体的温度焐熟了果子，带着她对徐家子女最体贴的爱护递到我妈手里。

在乡下务农的人家总有一种很淳朴的情义，说起麻孃孃的旧事，是全家都非常愿意去回忆的时光。之所以让我们产生这样的感觉，这其中有一种很深厚的主仆情义，我们的命运是紧密连接在一起的，因为徐家改变了他们的命运，更是他们危难之时唯一可以投奔的去处，因此，麻孃孃对孩子的关爱是非常用心的。旧时代里有一种说法，叫作前人栽树，后人乘凉，荫及子孙也是这个道理。在三年困难时期来临的时候，1960年饿死了很多人，这个时候的麻孃孃起了非常关键的作用，我外祖父能够活到八十多岁的高寿，与这个时候麻孃孃的助力有直接关系。

再来说陈家的旧事，我外婆的妈妈对自己的丈夫这个有钱人家的子孙是很不满意的，不求上进，只知道卖地卖金子养活一大家子人。在陈家有一个突出的问题就是人太少，地太多，铺子也太多，置办的产业太多，又没有足够的人手来管理，只好卖地，这样一来，陈家庞大的地产越来越少，当年连收租子这样的经济要务男人们都顾不上了，是太奶奶去收的。她是个旧式裹脚的老太太，走路走不快，就坐着一辆小马车，挨着铺面收租子，这一收就是一天，有时候一天还干不完，可见陈家财产的规模。我外婆姐妹有四个人，有一位哥哥是唯一的男性成员，掌管家务的重任就落在他的身上，各种空屋子存的东西，箱箱笼笼上的钥匙有一大把，非常重，这串钥匙把陈家儿子压得喘不过气来，劳累忧心五十多岁就去世了，可见继承财产也不是一件好受的事。说到我外婆，她是四个姊妹中最小的，家人都叫她小姑姑。这位小姑姑上了学堂学了新式学问知识，行事风格与陈家是不同的。那个时候女子十七八岁结婚很正常，我外婆一直到二十四岁还没有结婚，成了远近闻名的陈家嫁不出去的"老姑娘"。我外婆面对巨大的舆论压力丝毫不在乎,与家里的落后思想正面交锋,什么地主老财的家庭说媒的一概不见,很有主见地任凭自己的年纪一岁一岁渐长,直到遇到了徐家的大公子,学习了当时最先进的无线通讯技术,外语一流,思想解放,终于合了陈小姐的心意。在娘家的生活虽然条件优渥,但对于女性的要求是与男性不同的,比如陈家唯一的男性就反对我外婆一直上学,他是这样说的:"女人上的学多了,家里就待不住,跟了男人就跑了。"我们在家经常讨论他的这种观点,其实他并没有说清楚女性读书的好坏,而是对掌握知识之后的女人有一种不可掌握的忧心。当我外婆读了女子中学,眼界与想法都与他不同了,他这个男性继承人有一种对未来茫然的不知所措。当人的智慧不足以驾驭自己的命运之时,痛苦就来了,这也是他英年早逝的重要原因。

我外婆讲起陈家旧时的生活内容非常丰富,简单说,就是很讲究。这种讲究都是有很深层次的原因的,有些很深奥的哲学理论,不是我所熟悉的知识,是唯心主义,他们解释世界的方法与我们不一样,很难说哪一种更好,反而觉得我外婆对人的命运有一种很洞悉的远见,连她自己的生死也是了然于胸的,她总是对我们说,我就是老病,年纪大了而已。因此,她不乱治病,生活习惯也与我们不同,她又说了,人一生能吃多少东西是有定数的,先吃完早走,她一生中从来不会不吃大喝,无论多好吃的东西,她也只是尝一尝而已。若是看见谁一直大吃大喝,我外婆就说,"这是吃衣禄啊!"衣禄是一种宗教概念,是说一生的衣食俸禄自有定数,以我今日的知识结构才能解释她的这种观点,过量饮食与透支一定是会缩短寿命的,尽管看上去是在享受。她有一种贯穿一生的观念,在今日来看,是非常养生的,她的生活原则有"三少":腹中食少,口中言少,心中事少。与我们今日争先恐后地争夺钱财恰好相反,"少"才是她奉行一生的原则,这些我们后代很熟悉的生活习惯,都是她在陈家大宅院里养成的习惯。我妈很小的时候,最喜欢的事就是去她外婆家里玩，一进门有一大排黑漆漆的大柜子。这里需要说明一下旧时的屋顶与我们现在房屋的高度完全是两回事，我们参观的诸如礼堂展览厅之类的，就是那样的高度。这些柜子大约抬进宅院之后就不会再挪动了，因为太沉，没有人能搬得动，里面放的都是陈家祖传的好东西。我妈进了陈家院子之后，就像刘姥姥进了大观园，眼花缭乱看不过来，每个屋子走一遍就累得不行睡着了。我大姨去玩的时候不贪心，走去大柜子的屋子里拉开一个抽屉，就这一个小抽屉，就够她们新奇开眼界了，里面全部是很新奇的珠串荷包挂饰等等，我们猜测这些东西之所以那么多是收铺面的租金收不上来抵的货物。总之陈家这些东西很多，细想起来似乎也没有什么用处，那个时候交通不便，也不能拉一货车去卖给俄罗斯人。除了摆放这些大柜子的房间，还有一些房屋专门是用来储存食物的，比如秋梨瓜果干菜等等。北方的冬天需要烧热炕，我外婆还没有出嫁的时候大冬天裹个棉袄，跑去提溜一串秋梨，冻的冰凉凉的，在热炕上一吃，喉咙就舒服了。

这样的人家对于过年过节很重视，让人会有一种感觉，他们平日里生活几乎就是为了过节而准备的。一种很隆重的氛围在过年前很多天就开始了，家中所有的陈设全部换成大红锦缎，包括坐垫、门帘、食盒，杯盘等等。像我外婆这样的大小姐在过年的时节里要交出一样绣品，摆放在家中最显眼的位置，这项任务带着很浓厚的磨炼的意味，在最热闹的时候绣花去锻炼专注与安静的能力。经过换新的陈家过节的氛围很浓，我总觉得旧日的人在审美能力上超越我们很多，那种暗色的木质家具上配的缎子，色调和花纹都是今天的我们想不出来的，绝对不是金灿灿的大红大绿，内敛与沉静的红色，典雅的花朵映衬在深褐色的底色缎面上，低调而华丽。我记得小时候外婆时常评价"新社会"，因为她代表的是被改造的"旧社会"，她的表情有趣极了，时常惹得全家开怀大笑，好像一个被审判的犯人嘲讽了审判她的法官。她对我们说，"新社会一点意思都没有。"她所指的"意思"涵盖的内容很广，包括无趣的人与无趣的事。我们小时候在外祖父家过春节是一件大事，除了准备除夕的年夜饭之外，还有很多隆重的事，每个人从头到脚都要换一身新衣服。我们的这些仪式与我外婆家的仪式完全不能比，她对我们这些新社会"没意思的人"十分忍耐，在她看来，我们过的这种生活简直是"低级"，和她所知道的仪式几乎不沾边。

我们与台湾的二爷爷通信之后每到过年的时候他一定要寄信来，或者在除夕到来之前早早寄来贺年卡。我们亲友众多，他几乎每人都要寄到，逐一写上祝福的话，这是一项大工程，给台湾的邮政部门增加了不少工作量。后来我吉生大舅舅家的舅妈因为在邮政局做分拣工作太出色获得了全国劳模，我们笑了很久，我们的信件太多了，不是劳模真是分拣不了，亚茹舅妈分拣信件两手同时操作，四个窗口飘飞信件的速度非常快，还被记者艺术化地报道了。这么大量贺卡都是我二爷爷在台湾精心挑选的，他的眼光那么高，寄来的贺年卡非常漂亮，暗红色的底色覆盖着白雪的梅花，或者是绿竹秋菊，意境都很美，有一种很中国特色的美感，再配上他龙飞凤舞的字体，让我们感觉到有一种浓郁的年味接近了。二爷爷无法参与我们的春节，那种隆重的氛围却隔着大山大河几千公里传来了，他最惦念的是旧日家里除夕夜的祭祀仪式，专门写信来问我们在兰州是怎么过节的，他们在海岛上没有任何可以寄托乡愁的仪式。据我外祖父说，在旧时的宅院里专门有一间房子是祠堂，放祖先的牌位的，后来火药库爆炸后房屋震塌了，这些牌位搬离的时候装了几大麻袋。在他们小时候除夕夜最重要的祭祀就是祭拜祖先，还有"献饭"，每一道年夜饭都要在祠堂里供过祖先之后才能吃，意思是这样膏腴的盛宴要与先祖神明一起享用。献饭的仪式是有很多讲究的，这些讲究在中国人的生活里不是被严格贯彻的，按照家族的具体情况可以删减或者增加，比如有钱的陈家可以多献几道菜，仪式复杂一些，徐老太爷虽然钱没有陈家多，但为官的人在仪式上一定不输他人，我二爷爷对于除夕最深刻的记忆是自己辈分

我外婆家里用过的食盒，距今一百年

低，献饭的时候献一道菜磕一个头，把先祖的牌位念一遍。长辈们端了菜磕个头就可以退出去了，辈分低的要等着轮到自己"献饭"，于是就陪着磕头，年夜饭没吃到，磕头先磕晕了。二爷爷讲的这些趣事在过年的时候一回味，对我们来说更有趣味了。我的脑海里总有一幅最具中国风韵的图画，像二爷爷寄来的贺年卡一样，浓郁神秘，深远又内容庞大。牌位在"文革"前就被销毁了，大喊惋惜的人是我，这些牌位区别于任何我们家中的旧物，因为上面有文字，这是最具备文物特质的物品，从文字的记载上可以解读出来的东西太多了，可惜我没有机会见到这些记录最真实历史的文物，只能靠祖父们的回忆。我外婆说他们家在过年的时候要准备很多吃食，从炸油馃子开始，到做各种蒸肉、蒸菜、甜点，做好了就放在食盒里。这种食盒很讲究，制作材料有严格的筛选，颜色很漂亮。在临近年节的时候，大红色的食盒在桌子摆着一大排，十分有气势。

二爷爷提及的这些年节仪式，是比较完整的，这其中有一个非常要紧的问题，仪式的完整与规范需要一个承载体，比如祠堂，或者是老宅院。等到我们小时候跟随着外祖父履行这些仪式的时候，已经没有了任何能够承载这些仪式的区域，我们全家人挤在一套小公寓房间里，外祖父专门买了可以折叠的大桌子，非常大，一间屋子依旧坐不下所有人，于是我们小孩子就另外摆一桌，所有的菜品都按两份准备。外祖父对于年夜饭的菜式是有规矩与定数的，比如凉菜与热菜各有多少，蒸肉鱼虾一定要有，有了这样的定数，才称得上是年夜饭，做菜的烹饪方法也很要紧，不能含糊。他买来各种式样的切菜刀，教我们各种蔬菜怎么切，切丝的、切片的，还有需要摆盘的刻成萝卜花的。我记得有一次做年夜饭我给我妈打下手帮忙，抓起一个大青椒就切，外祖父看见了，大叫着说，"没去籽！青椒没去籽就切！"去好籽之后切的时候还要顺着蔬菜的纹理，不能乱切。这些规矩都是当年外祖父家里的厨子说的，还好叫我们见一见世面，否则真成了"原始人"了！准备年夜饭是一项很大的工程，我们做各种肉食甜品需要做一周的时间，做好了这些工作就该大扫除了，陈设全部换新，洗澡换新衣，就到了除夕的这一天了。按照二爷爷所说的祭祀仪式，其实到了我们这里越过了"献饭"这一道，直接摆在餐桌上。严格来说，这些菜肴是要在祖先的牌位前供过之后才能吃的，这项工作经过我外祖父的手改造了，我们没有祠堂，但仍旧可以烧纸。在除夕的筵席开始之前，所有的菜式都是拿小碟子先盛出来一份，不能是剩饭。这些烧纸用的菜要在午夜十二点之前进行，这是经过我外祖父改造之后的仪式，因陋就简。我们把在祠堂里的祭拜搬到了大街上，更加符合"年"的原始意义，年是一种巨兽，到了过节的时候闻到饭菜的香味就要来了，这个时候点燃的纸钱，里面有一味镇定安神的药，叫做朱砂。烧纸之后在腾起的火焰里倒些饭食是与野兽飞禽一同享用，这个行为更加接近一种自然生态的理论，反而淡化了宗族观念。在火焰完全熄灭之前，我们一家老小就磕个头，表示一年之中对祖先的敬意。在除夕夜随处可见烧纸钱的人家，这个传统至今仍在延续，这种行为从祠堂里走出来之后有一种对自然万物的敬畏，虽然不如二爷爷描述的那样庄重华丽，却有一种很凄惶的美感。

中国人所有的祭祀仪式有一个最普遍、最容易完成的环节，就是供品，所有的寺庙道观，无论哪一种宗教都有这个传统，把最好的食物果品拿来供养天地万物。家里在清明上坟时带着很多吃食，在坟上供过之后带回来一定要叫家里的小孩吃一点，是去病怯灾的，但没有成为"供品"的食物是没有这个功能的。二爷爷来信说，他们在海岛上也只是简单地放些供品，以慰乡愁而已。可见供品是一个最大公约数，最容易实现的仪式。中国人对于果腹派生出的仪式非常多，到了今天，我们只知道简单的吃，并不知道吃背后蕴含的所有意义。我外婆家在过年的这几天里，一项重要的活动就是走亲访友，她存的那些绫罗绸缎就都派上了用场，家里的马车篷换成大红色的缎子一家人浩浩荡荡地出门，一种最稳定的亲缘关系要在年节的时候稳定地维系着。即使远在台湾的二爷爷，也会在除夕夜打来长途电话，听见我们一家人在电话那头吵嚷，他就满足地笑，我们就吵得更起劲了。

在旧日的年节里，乡下的亲友是一个非常重要的环节，他们是过年的物资承运方，我们在过年的时候桌子上能摆出何种姿态，就全看乡下送来的货品了。在三年困难时期到来的时候，其实麻嬢嬢已经与我们不存在主仆关系了，只是感情上还是像亲戚一般，这个时候我外祖父已经历经无数次审查，关起来写交代材料，这种折腾的生活导致他本来就不强壮的身体快速羸弱下来，加之营养不够，人开始浮肿了。人在吃不饱饭的时候就没有精力来管我们这些"反革命"了，我外祖父骑了一辆自行车跑去麻嬢嬢那里休养生息。营养不良加之劳累，麻嬢嬢治疗我外祖父是很有办法的，她先准备了一碗温热的羊奶，这是她自己养的羊。后来我外婆说，羊奶是大补，要比牛奶更好吸收，尤其是人在饥饿过度脾胃很虚弱的时候，羊奶几乎可以作为一道药膳。

那个时候粗粮很多，细白面很缺，麻孃孃这里也有，她的白面馒头也都给徐工存着，不知道是否也像我妈记忆中的香果子一样，是从炕上的小柜子里拿出来的。麻孃孃比当时的医生更富有经验，她看了我外祖父的脸色，就安排了"定期食疗"，要求他每周来一次，她挤好的鲜羊奶存着，专门留给他喝。于是，徐工每个周末的清晨，穿过城市的晨雾直奔乡下那一畦碧绿的田畴，麻孃孃把她能想到的最有营养的食物都留给了我外祖父，其他人她不管，她这样说："你是一家的顶梁柱，不要把身体搞垮了，那一大家子人可怎么办？"由此可见，麻孃孃一点都不糊涂，她很善于抓住重点，在最困难的时期，保全了我们家最重要的人的身体健康。在我外祖父经历了六十年代的食物匮乏之后，身体反而好起来了，之前他的消化一直不好，吃了东西不舒服就吐出来，经过麻孃孃的调理之后，这个肠胃毛病没有再犯过，到了晚年反而身体好了，也胖了，这都与麻孃孃的一碗羊奶有很大关系。

我外婆陈家的问题说起来要复杂一些，好比九姨的来历，与这个古老的家族传统密不可分。我外祖父曾经在写交代材料的时候这样说我外婆："思想落后。"可是我外婆在当时的陈家可是思想最先进的一位，掌握一家人思想意识形态的人是陈家的大哥——陈嵩年。这位当家的男性很具备旧时掌家的思维方法，扩大家产延续香火。这个思维体系他履行得非常严格，当时家中的收入只出不进，地产越来越少，陈嵩年先生非常忧心，他振兴家业的第一件事就是存钱买地。陈家虽然衣食不缺，但换成买地的资金还是有点困难的，于是，就需要全家人压缩开销，把流动资金全部用来买地，这种治家方略自然惹得大家怨声载道，这个时候，九姨出现了。因为一大家子人缺劳动力，又要压缩开销，连扫院子的人也没有了，这个时候陈家的太爷爷年事已高，需要一个使唤的人。九姨家在武威，姐妹两个人父母双亡，她就被自己的大伯卖了。人贩子打听到陈家需要人，九姨被买来的时候只有七八岁，是太奶奶的贴身使唤丫头，正式成为了陈家的一分子。在她来到陈家不久，1949年前后经历了很多经济变革，这种变革并不在陈嵩年的计划之中，用我们家人的话来说，"经过陈先生的努力，终于在四九年之前把他自己划进了地主的行列，买地买够了地主的分数线。"进入了地主的分数线之后一系列的思想改造就会准确无误地落进陈家。这个时候九姨在陈家的存在进一步证实了封建思想在这个家族里有多么根深蒂固，新社会在陈家改造的第一步就是必须消除仆人这个概念，九姨成为陈老太太的义女，跟随陈家的姓氏，连名字也与我外婆一脉相承，名为"陈秀英"。就在这种新思想席卷一切的时候，九姨生了一场病，得了很严重的风湿，关节红肿化脓。这个病的起因是因为她晚上睡觉有尿失禁的毛病，尿湿了被褥还不敢声张。陈家的房屋很多，她年纪小一个人住一间屋子，被褥没有及时晾干，等到关节炎严重了才开始治疗。这件看似不大的事却让她落下了终身残疾，病好了之后她的腿无法恢复，伸不直了。对于九姨的遭遇我们全家都是很同情的，后来她成家之后一直与我们像亲戚一样来往。这件事在当年是我们一项重要的罪证，把买来的丫头折磨致残了。我们理亏又处在各种运动的浪尖上，自然得加倍厚待九姨。只有这位陈嵩年先生死不认罪，他很嫌弃这个买来的丫头，像被人坑了钱买了不好的东西一样，他嫌弃九姨的理由很多，对于他致人残疾的事实不以为然，他说九姨，"十岁的孩子都会去柜台上记账了，还能尿炕了不知道?!"对于买来的丫头"不省事"，陈先生不仅是恼火，还有一种很丢脸的情绪在其中，越发让他觉得家族败落，一蹶不振了。陈先生对于外界的变革浑然不觉，还在按照旧式的思维管理家族产业，有一个基础是正确的，固定资产要在一个兴旺的家族中占有一定的比重，但他却忽视了一个问题，要保证一个家族的兴旺，除了置地之外，还有一个最重要的问题，就是谁来经营管理这些资产，至于有什么样先进的管理经验能够让这些庞大的资产有效运转，在他还没有琢磨出一个头绪来，就操劳过度去世了。在陈先生过世之后，他辛苦积攒的家产并没有让他的子孙获得更多，反而很快就被吃干花尽充公收编。我外婆没有分得陈家的财产,却因为外祖父出色的工作,开启了另一种丰富的人生。

我们家中对于九姨的讨论很多,也有很多不同的立场与观点。首先对九姨疏于照顾的确是陈家的重大失误,这件事经过我们的溯源,假如发生在封建时代,我们的罪责只会更重。在封建社会有一条很重的法律,凡是在朝为官的人家中有奴婢被虐待或者非正常死亡的,一律要被罢官处罚。在史书上也有很多关于虐待奴仆造成的社会动乱,可见,奴仆的待遇在为官懂礼教的家族中非常重要,假如发生奴仆被虐待致死这样的事情,说明这个家族的教养品行出了问题,因此也就做不得官,这个要求看似过于严厉,却蕴含着很深刻的智慧,从一个很微小的侧面监视着官员家族的素养。我外祖父听完我的溯源之后,哈哈大笑,"真的是太对了,陈家就是没有做官的人。"可见陈嵩年先生在管理家庭事务的时候有重大疏漏,与我外祖父不可相提并论,我外祖父从来不关心家里的资产,只关心子女的学问教育。九姨落下残疾之后与之来往最频繁的也是陈家的小姑姑,也就是我外婆这一大家子人。所幸的是九姨嫁给一位心地善良的人家,儿子也很孝顺。我们闲暇时与她聊天,时常说起旧日的事,与她聊天是件很费劲的事,她的表达能力有限,也无法完整地叙述一件事,她的语言体系里有一种鲜明的特点,她个人总是退之第二,总是说"他们叫我做什么,别人要我做什么"。我们这些学了现代社会体制的人又开始研究了,在封建社会的结构中,统计家庭人口是分别计算的,奴仆算一类。在今天的社会里,应该叫"不完全民事行为能力人",这是一个法律概念,旧时家中的奴仆犯了罪,主人是要跟着一起过堂的,主人对自己家中的仆人负有教育监督的责任,因此,责任与义务总是统一在一起的,主人放纵奴仆出了事,责任也就一起担。反过来说奴仆自己,反封建最主要的理论武器是"不把奴仆当人看"。这是一种片面的误读,准确地说,应该是主人没有负起责任,让一个不具备完全民事行为能力的人变成了完全民事行人能力人。在中国的文化当中,能够称得上堂堂正正的人,并不容易,要经过教育训练，磨炼心智，对于一些蒙昧状态的人，就有了各种分层，比如主仆、妻妾、贵贱等等。这并非是一种人格的诋毁，而是对人性差异的正视，我们改造了妻妾贵贱的区别，但无法否认人的智慧能力是千差万别的，一个完整意义上的人，要负担自己，也负担他人，并不轻松，假如，一个人全然不去思索自己的行为，只是履行他人的意志，也就不能称为完整意义上的人。陈嵩年先生抑郁而终的原因正是如此，围绕在他身边的人，都是"不完全民事行为能力人"，没有人为他分担生活里最沉重的责任，关于家族发展的未来和方向全体压在他一个人身上，九姨的事件加剧了这种恶劣的情绪，让他时常烦闷，怒火中烧，长此以往，自然对身体有损伤。再来看我外婆可不像他哥哥一样，她在家里很有发言权，她不仅具备完全的民事行为能力，还是我们一大家子人的情绪掌控者。她的思想深处有一种很高的生活智慧，她生育了很多子女绝不仅仅是给徐家传宗接代，在现存的六个子女之前，她的两个孩子—男—女都不幸夭折，这对我外婆是很大的打击，之后家里人总是太多，生活质量自然也由不得精耕细作，但她的精神状态非常好，有一种从心底里散发出来的满足，她非常爱热闹，不嫌我们孙子们吵闹。我外婆对于"人多"有一种非常智慧的处置之道，总结之后是四个字"难得糊涂"。最经典的对话是这样，"×××东西找不到了，

我与小静姐姐和外祖父春游

202

在哪儿？""在大衣柜里吧。""不在？那就是钱桌子里。""不然就是客厅的书柜里。""可能在高的柜子里。""一共就这几个地方，全说了一遍。"我外婆听了，哈哈大笑，东西依旧没找到。我们常说她的性格很像贾府里的老太太，爱热闹爱找乐子。她不喜欢去看电影，要先问问演的什么，一听说人们坐在电影院里哭，她立即不去了，她只看喜剧片。亲友当中谁一来笑声不断，她便十分欢迎，我们过年的时候看电视，我外婆就等着看小品，让她哈哈大笑最好。她可不是只会给龄楷先生

我外婆的亲哥哥陈嵩年，陈家庞大财产的管理者

我外婆最欢穿这样的对襟褂子

生孩子的女人，她生活里的一大乐趣是消遣徐工，就像一部喜剧电影需要一个主角一样，徐工的一板一眼，冰山一样冷峻的脸，都被我外婆讲成了笑话，她还揭老底，说我外祖父，"结婚的时候摆仪式，要几样金货，还凑不齐，还是借的！"在她的潜移默化之下，我外祖父丝毫没有什么"大家长"的架子，和我们没大没小地玩。我时常想，追根溯源，我们家最早的文学家其实是我外婆，她很擅长讲笑话，更擅长发现生活中最欢乐的事，她在语言与表达方面是很有天

赋的，我妈深受她的影响，最喜欢的事就是说各种笑话段子，时常笑得我肚子抽筋。这一切都得益于她接受到当时最先进的教育，与陈家的大哥唱反调，陈嵩年在自己人生的悖论中抑郁而终。他不愿意女人学习更多的文化知识，那么，也就意味着围绕在自己身边的人也没有能力与他分担生活的重担，在一种蒙昧的状态下，少了很多生活的乐趣，只有文化与学识会帮助我们找寻平凡生活里最生机盎然的部分。陈家小姑姑与自己的哥哥各自选择了不同的道路，也就通向了全然不同的人生。

跳快狐步舞的校长

我与我妈闲聊时常说,你不是说自己本质上是个工人阶级,怎么跑去中专学校里,知识分子的语言体系可不能天天说笑话段子。的确,我妈变成人民教师之后就有些使命感了,觉得自己有义务把学生带去一个更好的地方。这些当年的中专学校老师的文化水准相当高,都是从各个高校里剔除出来有一些政治问题,出身不好,发配到西北的,五湖四海的人都有。这些老师各个样貌俊朗,风采挺拔,随便一讲就给我上一堂文化含量极高的课。我妈工作的中专学校更是我儿时的乐

我妈与杜校长

园。我在各个教室里流窜,下了课就挤在学生群里在食堂打饭,从学生到老师再到食堂的师傅玩得连家门都找不到了。这个学校能涌现出一批出类拔萃的人与时任的校长有关,在我见过的涉足教育领域的人,还没有像电子工业学校杜校长那么风流倜傥、性格鲜明的。

这位敬爱的校长先生有一个公开的爱好,并且将他的爱好普及给身边的每一个人。他酷爱跳交谊舞,而且跳得十分好,所有在国标大赛上能见到的舞种他都会跳,最优美的当属华尔兹。杜校长的参赛舞伴就是我妈,这是经过选拔的。我妈、我大姨很年轻的时候就参加外祖父政协办的交谊舞会,练好了基本功。在20世纪80年代,各单位内部都会自己办舞会,也有对外卖票营业的舞厅。我们全家老少全体都是舞会的活跃分子,连我与小静姐姐也没有落下。当时我只有五岁,小静姐姐比我大四岁,也才不到十岁的年纪。我们挤进舞池里,跟着大人们一起跳,在人群里比人矮一截,有人看见我们说,"哎哟!这么小就跳舞,长大都是舞星啊!"我们还不是乱跳,是有步伐节奏的,自然是没有杜校长的指点,只好以自学为主。这个时候的杜校长与我们家来往很密切,因为我们家里有很多舞会的票,也就是入场券,交谊舞必须有舞伴,一个人是没法跳的。我们家里的亲戚朋友,再加上我妈下乡插队的战友都是交谊舞的爱好者,这位杜校长简直是找到了知音,教我妈跳各种难度大的舞步,每次舞会的压轴演出大家都要看一次杜校长的舞步,一饱眼福。他的舞步非常标准,是俄罗斯人的跳法,据说是他去俄罗斯留学时候学的。我妈被杜校长一训练,眼界就不同了,她的男伴跳得都不如杜校长好,我爸跳得更糟糕,我妈说他跳交谊舞不是在炒大豆[①]就是耍长拳。跳交谊舞是一种要求很高的艺术训练,需要会听节奏数拍子,我妈与杜校长都能写五线谱,抓起小提琴能拉个小曲子,他的表演很即兴,听到舞池里响起什么曲调,

---

[①]炒大豆是说跳舞的姿势,男伴与女伴只会左右摇晃,没有舞姿,像在锅里炒大豆一样。

就和我妈跳什么舞步,我挤在中间很碍事,校长先生就说"等你长大了,教你跳狐步舞。"我听到很满意地去吃零食,努力长大。于是在我的记忆里,这个狐步舞是顶级水平,不像华尔兹,一晚上能跳无数支曲子。我妈提起这个狐步舞,说"太不好学了。"极其累人,一身大汗还跳得不好看,交谊舞的精髓就在于好看,优美,不是使蛮力就能跳好的。杜校长的狐步舞,准确地应该叫"快狐步",因为我妈跟不上趟,只好变成狐步舞,学些皮毛。真正的狐步舞有俄罗斯的风琴伴奏,节奏欢快热烈,充满浓郁的异国风情。这位校长带领大家用轻快的舞步度过了很多年快乐的时光。他不仅舞步一流,英文也很流利,据说俄文也懂一些,这么热爱生活的校长怎么能放过游览大好山河呢?当年我们是第一批进入九寨沟的游客,景区刚开发不久,景色壮观极了,珍珠滩的瀑布真如一层跳跃的珍珠一样,在去往山里的游览车正好坐满,结果有两位外国人要与我们一同去,他们人少,不会单另发一趟车,关键好处是这辆车上坐的全是教授,沟通起来完全没有语言障碍,两位美国的年轻情侣太高兴了,立即加入我们。有英文流利的老师就开始介绍人,希望他们愉快的旅途认识些中国朋友,到介绍领导,说了半天,杜校长不吭声,听了一会儿,用一个单词就把自己介绍完了。他告诉美国朋友,"我是这里的 number one"。说完冲他们竖了个大拇指,说得美国小伙子兴奋地笑起来,一下子明白了他是这群人的头儿。再看他得意的表情,简直比美国人还会表达,一车人唱着外国歌开进了九寨沟的五彩池,还有老师跟在后面注解,"我们与美国人民一起唱着《莉莉玛莲》①挺进佛罗伦萨"。这种深厚的文化的了解与认同在当年的中国内陆是不常见的,在这位校长的影响力之下,一群出色

---

① 《莉莉玛莲》是一首曲调欢快、朗朗上口的歌曲,歌曲的小节可以不断反复,十分悦耳。在二战时期广为流传,几乎所有参战国的士兵都熟悉这首曲子。与这首思乡情绪浓烈的歌曲对立的是《轰炸英格兰》,这是将军们喜欢的,但士兵们喜欢无比思念故乡的《莉莉玛莲》。这是战争史上的一大佳话。

的人构成了出色的风景。

　　杜校长除了跳舞旅游自然也需要办公，在办公室里写毛笔字，修身养性。这个时候他的面前趴着一只黄色毛毛的小狗，是我们一群小孩子最爱的宠物，养在学校里很多人照顾，名字叫"欢欢"。这只小狗在午后太阳好的时候只喜欢去校长办公室里晒太阳打盹，盯着他写毛笔字。欢欢是学校里的宠儿，任何一个地方它都可以随意进出，校长先生喜欢它就像喜爱我们这些晚辈一样，有骄纵的倾向。那幅安详的画面至今深刻地印在我的脑海里。我想再没有一位校长能像他一样，从来不讲什么大道理，却能让我们体会到如此广阔斑斓的人生。我常说我十二岁的时候就从电子工业学校毕业了，因为之后杜校长年龄到任，该退休了，之后的很多任校长都不可望其项背。如今的这所中专学校早已经与高校合并，是教育部直属的本科院校，成了"兰州石化职业技术大学"。我们家里人开玩笑说，别说变成本科院校，就算升格成艺术院校，以杜校长的水准都绰绰有余了。

　　在杜校长的支持下，学校开展了很多艺术活动，我妈说她变成了一颗螺丝钉，拧在各种需要的地方。带领教职工排练节目、练和声。学校里还专门开了一门课，叫做"美育"，我妈把自己多年积累的素质教育压箱底的存货都搬去课堂上，连带家访做思想工作，若不是我的抵死反抗，她的学生简直比我还重要了。我想教师这个行业，大约是很容易让人沉浸其中的，尤其是当你面对一群无知的孩子，能够左右他们的命运的时候，人会"忘我"，当教师挽救或者塑造了灵魂的时候，也是非常有成就感的。我妈教班上的女生怎么

我妈在排练教职工合唱

化妆，怎么打扮，连我她都没有教过，这种固执的对美的追求与杜校长是非常一致的，会让我坚信一件事，真正的美，无论哪一种，都是一种非常积极的正面力量，不会让人产生邪念。就好像我们当年看杜校长的狐步舞，华尔兹，是一种真正的艺术享受。我记得那时候小静姐姐买了一架钢琴，在那个年代的钢琴是很贵的，她的琴音质非常好，她在家练好了让我去听，那是可以跳华尔兹的钢琴曲，我第一次坐在钢琴前面听，与儿时在舞池里听的完全不同，那些音符完全淹没了我，我今生第一次感觉到了"忘我"，当她弹完之后叫我，我才回过神来，魂魄回到了我的躯体里。后来大姨家里搬家，钢琴寄放在我妈学校的房子里，我们有空就去学校里玩，小静姐姐可以弹一整天，只是这个时候，杜校长年事已高，无法教我们这些长大的晚辈跳欢乐的舞步了，小静姐姐一曲又一曲，《致爱丽丝》《水边的阿狄丽娜》回响在学校的小操场里，像一种命运的眷恋，在轮回的时光里挥之不去。

后　记

　　这本书准备的时间很长，完成的却很慢，我在整理收集素材的时候，大家总说，你要写家谱啊，其实这不是家谱，严格来说，连家族史都不算，是一些杂记与随笔，这些生活趣事的来源是我生活里最熟悉的人，讲着耳熟能详的事。这些人与事有各种讲法，可大可小，像一面历史的镜子，站的远，看起来小，走近些，人就大了。我从小听着这些故事长大，在光怪陆离的时光隧道里穿梭，时而被追赶，时而被审视。等到有一天，要真正写成一本书的时候，我反而犹豫了。不知道镜中的是我，还是历史，抑或镜中是历史，我正在与它遥遥相望。这些历史长河中的人没有什么神圣性，也不伟大，即使接近了伟大，也充满了失误犹疑，爱恨情仇拖拖拉拉。似乎历史的发展并没有一定的规律，它与人的命运一样，充满了各种偶然性，宗教语言里，有一个词，叫作"愿力"，那些心中每一个小小的祈愿，成就了我们所看到的波澜壮阔的历史画卷，它写满了禅机与不可参悟的玄妙。

　　每一个人都有属于自己的历史，从自己的历史走入他人的历史，从个人的历史走入社会人群的历史。每一个人的思想、情感、认知，都不是从天而降，是很多代人沉淀积累出来的经验、得失、荣辱与成败。无论这些历史令人愉悦或者痛苦，都是造就我们命运性格的分子，无法改变也不能回避。书中的每一个人都是我从小到大生活在一起的亲人朋友，他们的命运在历史的浪涛中起伏，时光的帆船每一次起航的时候，我们都无法知晓前方是危险的激流，还是风和日丽的航程。等到命运的故事书一页一页翻过，或者有它诡谲的隐秘，等待我们去探索历史留下的未知宝藏。对于我这一代人来说，应该具备了能够面对、审视历史的能力与阅历。这是在我所有写作工作当中最吃力的一本书，因为这些历史事件不属于我个人，它属于与我有亲缘关系的所有人，这些历史他们是拥有者，也是当事人，为了尽量接近历史的原貌，我淡化了个人的写作技巧，艺术手法，这些对于真实的历史拥有者来说，是不值一提的。为了最大限度接近历史事件当事人的真实情感，我尽量用了他们的原始用词，没有经过任何我个人的加工，哪怕它不如艺术化的创作更流畅与优美。

　　这些历史是发生在中国大地上的人的命运，从这片古老又磨难的土地上走出去很多人，遍布全世界，他们生存在每一个历史的转角处，褶皱处，对立面，他们或明或暗，亦正亦邪，许多年来生活在我的身边，或者与我相隔万里，却始终互通消息。我所陈述的这些人的命运情感是传统中国人的所思所想，这些文化基因一脉相承，跨越了近一百年的时间，历经无数种思想观念的更新，政治体制的变革，人的思想意识的进步等等，这些变化真切地发生在我的身边，发生在我的亲友当中。历史是人在书写，命运在起伏的历史中跌宕，无论悲喜对错，也许是失误的抉择，糊涂的取舍，才有了层峦叠嶂的历史层次，再加之时光的漂洗，像大自然的鬼斧神工使人无法言说。这本书的完成几乎动用了全家所有的亲友，他们或者在我的身边，或者久居海外，在便捷的通信工具的辅助下，才有了很多珍贵的照片与翔实的史料。在海量的历史资料里选择与剪裁极大地考验了我的功底，我的亲友们在提供所有资料时毫无保留，对于最终成书给予了最大的帮助与支持，在此郑重感激。

为了获得更全面的写作资料，我们采用了文学研究中最普及的一种形式，口口相传，所有能够讲述出来的往事统统纳入我们的资料范围，因为时间久远，亲友的记忆是一点点在恢复，讲了前面的，又推翻了后面的，讲了一半，忘了另一半，所有人被我们跟踪追击式地"审问"，交代之后还要回家翻照片，找信件，颇有一点"家翻人乱"的效果。直到被我们审问搜刮到底，开始换另一家，我大姨比我妈记得的事情更多，很多往事确切的情景都是由我大姨确认的，她存留的照片信件旧物也都全部贡献出来，成为了书中的内容。

书中记述的事件一部分是口头叙述留给我的记忆，另一部分来源于我外祖父的书信、笔记，在一个特殊的年代，还有一份重要的资料来源，对我的写作起了决定性的作用，就是"交代材料"，这些由我祖父、外祖父手写的交代材料生成于公元一九四九年至一九五六年之间，需要交代的历史事件从他们出生开始写，这份珍贵且翔实的资料基本奠定了整部书的结构与基本脉络。我与父母曾经研究过这些交代材料它所包含的历史信息，因为我们的家庭出身在当年会严重影响到生死存亡，必须详尽且毫无保留地交代家庭中所有的问题，它的真实性是有保证的，每一件事都需要有一个当时健在的"证明人"，以便于组织部门去核实。为了减缓当年"挨整"的程度，我的爷爷们还是动了点小心眼的，策略就是"大事化小，小事化了"，我们在这些字句中发现凡是涉及资产、字号、钱财数额的部分，字迹粗略、模糊，不希望引起注意。越是在这些有遮掩意图的部分，我们发现的信息也越多。碎片的只字片语最终在我的脑海中连缀出了完整连贯的画面。

这些资料由于年代久远，纸张缺损，字迹模糊，需要我们逐字逐句地去考证与还原，最终确定书中出现的每一个历史地名、事件、人物的确切与真实性。书中对于山东淄博纺织业的记述基本全部来源于我祖父手写的交代材料，其他的信件全部遗失。因为我自小与他生活在一起很多年，许多故事情节来源于他的口头讲述，这些听上去很传奇的故事与这份泛黄的"故纸"在一百年之后恰好吻合，如同美丽庭院的榫卯一样，刚刚好，完美而统一。另外一份珍贵的纸质资料是我外祖父与台湾的通信，这些信件的内容与渊源在"家书抵万金"的章节中有详尽的叙述，他们是存留在历史海岸上的贝壳与化石，许多通信由于各种原因丢失，我们手中存留的只是一部分。这实在很像一则寓言，是一枚属于历史时光中的密码符节，我们只有其中的一半，另一半，在海峡的另一端。我熟读的内容是台湾的二爷爷寄来的一半，至于我外祖父告诉他们的另一半，在书中并无涉及，寄出的信件目前仍在台湾，不在我们手中。

"以铜为鉴，可以正衣冠；以人为鉴，可以知得失；以史为鉴，可以知兴替。"以史为鉴是人感知外界的一面镜子，关键在于，我们面对的历史是什么样的历史，既不是粗浅的表象，也不是某种僵化的教条，是生活在历史浪潮中形形色色的人，他们在历史转折中的每一次反应和选择都是历史的一部分，这些人是历史的成果，也是结论。我在叙述这百年间的历史，除了压力之外也有顾虑与杂念，因为各种原因与特殊性，我的父辈与祖父辈都没有对他们所经历的历史进行过定义或者叙述，这些素材对于我的写作来说，既是丰富的养料，也是不好把握的刀锋。我写的不是正史也不是小说，是杂文散文，这些我从小无比熟悉的人与事，像是春日里在枝叶上跳动的露珠，丰富鲜活千变万化，每当讲述这些家族故事的时候，都会再一次焕发生机，这是一种十分古怪的体验，我们家很热衷于讲往事，每一次讲或者不同的人讲，总有些创造的灵光从时间的罅隙中跃出，令我手忙脚乱地去捕捉。对这些历史事件的诠释和判断，这把锋利的刀刃，我在使用它的时候并不自如，因为我没有先师，这种现象我在书里做过分析，中国文化的断层具体在每一个家庭就是如我这般，我们在不断推倒的废墟中寻找自己的文化坐标与表达方式。庞杂纷繁的历史或者会在我的手中游刃有余地梳理，也有可能被切割得一塌糊涂。我驾驭着刀刃在历史中穿梭，最后使用的一种稳定的力量还是回归到中国传统文化里，以儒教为中心兼收并蓄的文化体系。这种文化体系在我的生活环境里是有特殊性的，它辐射的范围很广，与中原的中国文化有明显的区别。

　　祖父辈他们遵循的价值观念、生活方式，经过一百年的洗练之后有它特殊的意义，这种历史梳理会帮助我们前瞻未来。书中的这些人用个人命运的波澜起伏展现出百年间的变革与更替，不仅在中国大陆，包括台湾地区、北美等地，这些地区因为有中国人的生活，变革事实上是在同步进行的，因此，在海外都有中国文化的影响力，或者不是最标准的中文体系，但中国文化的因子会浸润在各个区域，发挥它潜移默化的影响。在我的生活里，这样多元文化体系的交流始终没有中断过，即使是在最封闭的年代，并非政治因素的选择，是我们的情感选择。在近一百年的时间里尽我所能还原这种文化交融的风貌，我想无论对于个人还是社会文化遗产，都是有意义的。

　　我儿时听来的故事加上书信笔记，组成了我记忆之外的部分，到了我非常清晰的记忆可以亲身去经历，就是两岸实现沟通可以探亲。这件事我在书里用了很大的篇幅来写，不是说台湾来探亲这件事有多么重要，而是因为探亲扯出了所有被尘封的往事，因为我们台湾的亲人没有受到"文革"一系列运动的干扰，他们的观念与记忆是从公元一九四八年起，恰好被我们丢弃的一段历史被他们完整地记忆下来了，大陆与外界，包括台湾、香港地区，很多观念与文化是相互补充的，我们是彼此的一面镜子，甚至可以说大陆某些文化观念的先进是超过这些区域的，对比最大的好处就是有了比较系统去修正自己。尽管其间有很多干扰的声音，包括对我们信件的管控，交流的障碍等等，在很多欲盖弥彰之下亲缘的关系使得我们从不陌生，在各类严肃的新闻与官方语言之下，我们有自己沟通的途径，对于我们来说，这些人与事才是真正的历史的真实的一面，而报纸是一种可供"参考"的消息。当然，误解与敌意并存，这种情形在任何一个时代，任何一个社会都是如此。我二爷爷在兰州冲印照片，结果被操作"失误"曝光了，团聚的珍贵场景变成了一卷空白的胶片。我们寄往台湾的照片信件，也丢失了很多。我想我实在很幸运，寄给姨妈们的信件毫发无损。对于我个人来说，台湾探亲这件事从根本上改变了我的思维方式与知识结构，我越过了父母一代，从爷爷辈开始梳理历史，这种密集型的学习完全打破了学校教育的框架。我十三岁开始写文章发表在各大报纸上，有老师甚至问过我，"你为什么会这样写文章，你的想法与别人不同。"我没办法简单解释出其中的原因，在没有先师指导的情况下的学习是摸索性的，很费心力，这种求索也非常孤独。从上学开始所有的语文老师都拿我当"例外"来对待，除了批改我的作文之外，他们更愿意与我交流，搞清楚我写文章特别之后更深的原因，由此可见，丰富多层次的文化，对任何人都是很有吸引力的。我经历的历史事件对很多人来说很陌生，可能在我们自己家里觉得没有什么特别，在我认为理所当然的事情，在别人看来，是一种"例外"。当我将自己儿时熟知的故事梳理成文字的时候，它就成为一种传奇，十分引人入胜。

  我在书里详尽叙述的很多人，都已经不在人世，距离我的祖父、外祖父出生的年代，刚好一百年。政治文化领域的变化之外，还有一些经济贸易的历史原貌也非常珍贵。文化观念的更替进步，通过一些小小的货物交换渗透到各个领域的，微小的贸易活动纵览社会发展的全貌，是最真实最生动的历史。随着贸易的往来，城市群落的兴衰脉络也就清晰可见了。

  这本书忠实地记录了我所有写作的思想源头，对于每一个写作的人来说，都无法摆脱自己的原生记忆，艺术创作大都在这些范围之中，无论我们经过艺术加工之后的作品会呈现出何种面貌，思想情感的基底还是围绕自己生活的这些内容，深刻或者肤浅，都是属于生命的一部分，很多作品在本质上的优劣也是属于我们自己所体会到的生活范畴，不可能超越这些区域。哪怕我们学习了很多艺术理论，文学研究，都无法取代对生活本身的体会，这种从生命深处而来的体验是任何理论都无法触及的区域，它最丰富也最深刻，最宽广也最玄妙。每一个希望在创作领域有所建树的人都必须学着去面对真实的自己，自己的来处与自己的历史，这种真实感有时候并不舒服，却是我们能够获得最丰富养料的艺术来源，别无他法。

书中提及的人物无一虚构，所有出现的名字职务地点皆为真实情况。亲友们对我的创作给予了巨大的理解与支持，深表谢意。我的祖父、外祖父这一辈人已经全部不在人世，与我有亲缘关系的兄弟姐妹还在延续着我们家族波澜不断的人生，有与我最亲近的大姨、小静姐姐，也有多年不曾谋面的敏亚姐姐，还有在台湾的姨妈、姐妹等等，这本书是我们共同的记忆，也是我们对于未来最好的祝愿，只愿这些亲人能在书本之外的生活中永远获得平安喜乐。因为是家中琐事，因此行文轻松，趣味盎然，即使最不幸与悲痛的往事也会在家中说成幽默诙谐的故事，或者这也是我外祖父常说的"置身于痛苦之上的人生态度"，这是一种最深奥的智慧。

对我们家族中所有人来说，这本书的完成似乎有点迟，因为无法在我外祖父、二爷爷还在世时付梓。这些叙述是我们对时光流逝最好的纪念，也是我们远在海外的所有亲友以慰乡愁的最好寄托。愿我这迟到的写作能够弥补一些岁月的遗憾吧。

王可嘉

二〇二一年北京